새 로 운 질 서

# 開闢

## 개벽

박모은
장편소설

완결편

개벽

박모은
장편소설

새 로 운 질 서

3
上
완결편

맑은샘

일러두기

민간에 널리 퍼져 있는 선인과 도통한 스님들의 구전 설화와 세계 예언자들의 예언을
한국 중심의 판타지로 재구성한 것입니다.
이야기 구성은 창작이므로 특정 종교와는 무관합니다.

# 차례

# 성소의 위기

서아시아 사막 기단의 위쪽은 언제나 청명했다. 비가 거의 오지 않는 퍼석퍼석한 모래사막 하늘 위에는 신계의 삼대 성소(聖所)가 자리하고 있었다. 이 삼대 성소가 가리고 있어서 이 지역에는 거의 비가 오지 않았고 가끔 바람에 흔들려 성소의 위치가 살짝 비켜날 때만 비가 오곤 했다. 삼대 성소는 밤부터 새벽까지 서아시아 상공에 있다가 해가 뜨면 해가 지는 서쪽으로 살짝 자리를 옮겼다가 다시 서아시아 상공의 제자리로 돌아오곤 했다. 따라서 파키스탄에서 줄줄이 터졌던 빛응축폭탄의 영향을 심각하게 받고 있었다. 성소도 하나의 생명체였다. 빛응축폭탄의 막강한 빛과 열에 성소의 막은 심각한 화상을 입었다.

성소를 관리하고 운영하는 것은 24 신장(神將)이었다. 각 신장 밑에는 십수 명씩 신관들이 있어서 신장들의 과도한 업무를 보조하였다. 신들의 일에 일절 관여하지 않는 것이 신장들의 일관된 입장이었지만 신들의 잘못으로 성소의 외벽이 손상되는 것을 지켜볼 수만은 없었다. 성소가 있어야 신장이 일을 하고, 이 세상도 존재할 수 있는 것이다.

기록관 밖에서 하얀 옷을 입은 신관 셋이 막을 살펴보고 있었다.

"큰일 났네. 벌겋게 데어서 화상을 입었어."

"신장님께 보고를 드려야 해."

"화상을 입은 부위가 너무 넓어. 어떡해요."

신관 셋이 기록관 외부를 둘러보고 바로 자신들의 직속상관 신장에게 갔다.

"신들의 무기가 터져서 성소가 광범위하게 화상을 입었어요. 매우 심각합니다."

신장이 눈을 크게 뜨고는 물었다.

"구멍 뚫린 곳은 있느냐?"

"구멍 뚫린 곳은 없으나 상처가 심각하니 나가서 보십시오. 하지 신장님!"

이 소문은 순식간에 기록관의 전 신장들에게 전달되었다.

하지 신장을 비롯하여 신장 넷이 밖으로 나갔다.

"오!!! 마…… 맙소사!"

외부의 면을 보자마자 하지 신장이 외마디 비명을 질렀다.

"헉! 이게 웬일이야. 벌건 데도 있고 검게 그을린 곳도 있어."

"세상에!!! 성소에 무슨 짓들을 한 거야."

신장 하나가 위아래로 옆으로 열심히 다녀보더니 소리 질렀다.

"상처의 범위가 엄청 넓어요. 큰일 났어요."

하지 신장이 말했다.

"망할 놈의 신들 같으니라고…… 이 꼴이 뭐람. 우리 기록관만 그런가? 아니면 다른 성소도 화상을 입었을까?"

옆에 있던 대서 신장이 화상 부위를 꼼꼼히 들여다보며 말했다.

"기록관이 이렇게 광범위하게 데었는데 다른 성소라고 멀쩡할 리 없어요."

다른 신장들도 줄줄이 나와서 살펴보고 한결같이 놀라고 있었다.

하지 신장이 말했다.

"상태를 봤으니 안으로 들어가서 이 문제에 대해 의논합시다."

그와 함께 신장들이 안으로 사라졌다.

안으로 들어온 하지 신장이 입을 뗐다.

"먼저 동지 신장에게 연락해서 이곳의 상황을 전달하고 다른 성소는 괜찮은지부터 알아봐야겠어요."

하지 신장은 즉시 홀로그램을 띄웠다.

'신들이 전쟁을 하기 위해 만든 무기가 터지면서 빛과 열에 기록관이 광범위하게 화상을 입었음. 상태가 심각함. 다른 성소의 상태는 어떤지요?'

동지 신장에게 홀로그램을 보내자 곧바로 답장이 왔다.

'이곳도 화상 상태가 심각하고 정화의 숲도 화상을 입었다고 함.'

곧이어 동지 신장으로부터 또 하나의 홀로그램이 왔다.

'모든 신장들과 이 심각한 상황 타개를 위한 회의를 하겠음. 신관들에게 일을 맡기고 긴급히 모여 주시기 바람.'

천 개의 방을 관장하고 있던 동지 신장은 신장들의 우두머리였고 성소의 대표였다. 동지 신장의 말에 따라 모든 신장들은 두말없이 모였다.

평소 신장들을 도와주는 신관들에게 일을 맡기고 한자리에 모인 것이다.

천 개의 방 신장에는 동지 신장을 비롯해 소설, 대설, 소한, 대한, 입춘, 우수 신장이 있었다. 동지 신장은 15명의 신관이 도왔고 동지 신장을 제외한 각 신장들 밑에는 14명의 신관들이 돕고 있었다.

기록관에는 경칩, 춘분, 청명, 곡우, 입하, 소만, 망종, 하지, 소서, 대서 신장이 있었고 소망, 망종, 하지 신장의 밑에는 15명의 신관이, 나머지 신장들의 밑에는 14명의 신관이 있었다.

정화의 숲에는 입추, 처서, 백로, 추분, 한로, 상강, 입동 신장이 있었다. 입동 신장 밑에는 15명의 신관이, 나머지 신장 밑에는 14명의 신관이 신장을 돕고 있었다.

가끔 성소에 말썽을 부리는 신이 있으면 성소의 대표가 처리했고 성소의 대표로도 안 될 때는 동지 신장이 나서곤 했다. 하지만 일터가 다른 모든 신장들이 한 자리에 모이는 일은 없었다.

천 개의 방을 담당하는 신장들은 같은 성소 일을 하기 때문에 방을 늘리거나 줄일 때 주기적으로 만나 의논하는 사이였다.

또한 기록관을 담당하는 신장들도 자신들이 담당하는 혼줄이 얽혔을 때 긴밀히 협의하기 위해 종종 만나는 사이였다.

정화의 숲 신장들 역시 그러했다. 신장들은 정화의 숲을 거부하고 안 들어오는 신들을 위해 모이거나 인과(因果)의 계산에 오류가 났을 때 만났다.

이렇게 다른 성소의 신장들과는 서로 교류가 없던 탓에 처음의 모임이 어색하기만 하였다. 그러다 보니 기록관의 신장들끼리, 정화의 숲 신장들끼리, 천 개의 방 신장들끼리 모여 있었다. 각 신장들은 저마다 복장이 달랐고 남자 신장도 있고, 여자 신장도 있지만 공통적인 것은 저마다 투명한 밝은 빛을 내고 있다는 점이었다.

동지 신장이 앞으로 나섰다.

"여러분! 만나서 반갑습니다. 다른 성소의 신장 분들까지 이렇게 한 자리에서 뵙는 건 처음이라 반갑긴 한데…… 좋지 못한 일로 만나게 되었습니다. 잘 아시다시피 이 성소가 생긴 이후로 전대미문의 일이 일어나서 모이게 되었습니다. 성소 아래에서 터졌던 빛의 폭탄들 때문에 성소 외벽이 많이 상했습니다. 우리 천 개의 방은 외벽이 폭탄의 열로 빨갛게 데이고 그을린 데가 여러 군데 있어요. 임시방편으로 찬 바람을 쐬게 해 놓았고 상처를 재생하려고 노력 중이지만 안 되고 있습니다. 아마 우리 천 개의 방이 이런 상황이면 다른 성소도 이와 비슷할 거로 생각하는데여. 기록관은 어떻습니까?"

가장 숫자가 많은 기록관의 신장들이 서로 얼굴을 쳐다보았다. 그러다 흰색 민소매 드레스를 입은 여신장 하나가 손을 번쩍 들었다.

"저는 소만 신장입니다. 우리 기록관 외피에도 군데군데 헐고 상처가 나서 신경을 곤두세우고 있습니다. 아직은 아니지만 이러다 구멍이라도 뚫려서 기록관 본체까지 영향을 미칠까 봐 걱정이 많습니다."

기록관의 신장 한 명이 또 손을 들었다.

"저는 춘분 신장입니다. 우리 기록관은 여러분들도 아시다시피 방대한 양의 기록이 있습니다. 그것이 손상된다면 어느 한 시기가 없어질 수도 있고여. 인과의 계산도 안 될뿐더러 앞뒤가 어긋나는 일이 생길 수도 있어서 매우 치명적인 일이 발생할 수 있습니다. 그래서 우리 기록관의 신장들끼리 회의를 했는데요. 신들에게 폭탄을 스스로 없애길 권유해 보는 건 어떨지 의논을 해 봤습니다. 우리 신장이 할 일은 아니지만여.”

동지 신장이 고개를 끄덕이며 춘분 신장을 보았고 기록관 외의 신장들도 이 부분에 대하여 모두 공감하며 수긍하는 모습이었다.

“기록관이 훼손되면 큰일 중의 큰일이지여. 춘분 신장님의 말씀대로 어느 한 시기가 날아가는 건 역사가 사라진다는 거니까 엄청 위험한 일이에여.”

우수 신장의 말에 백로 신장이 맞장구를 치며 동의했다.

“절대로 그런 일이 생기면 안 되지요. 인과의 계산까지 안 되면 어디로 태어날지 어떤 운명으로 태어날지를 계산할 수 없는 거 아닙니까?”

“기록관은 생명이 환생하는 데 있어 없어서는 안 될 곳이에요. 아마 기록관에 문제가 생기면 이승도 저승도 뒤죽박죽이 될걸요?”

망종 신장이 카랑카랑한 목소리로 말했다.

“그렇지요. 그럼, 정화의 숲은 어떤가여?”

동지 신장이 정화의 숲 신장들이 몰려 있는 쪽을 보며 물었다.

정화의 숲 신장들이 한 신장을 일제히 바라보았다. 그가 입을 열었다.

“나는 입동 신장입니다. 우리 정화의 숲도 두 성소와 다를 바 없습니다. 외피가 군데군데 녹아서 치료를 해 보려고 노력 중이에요. 하지만 어떻게 해야 하는지도 모르겠고 쉽지 않군여. 이런 전례가 없었으니까여.”

“상황이 비슷하군여. 문제는 우리가 성소를 치료할 수 있는 능력이 없다는 겁니다. 성소를 치료하고 더 이상 성소에 피해가 가지 않도록 조치를 취해야 해여. 그래서 여러분의 의견을 듣고자 모인 겁니다."

동지 신장의 말에 입동 신장이 말했다.

"우리도 이곳에 오기 전에 따로 모여 의논을 해 보았습니다만, 우리 신장들이 할 일 중에 일반 신들 일에 관여하는 일은 들어 있지 않아요. 지금까지 그랬던 적도 없고요. 그래서 퍽 난감한 상황임은 틀림없지만 이 상황을 우리가 앉아서 지켜보고만 있을 수는 없습니다. 우리 신장 중 대표로 천왕과 자연왕을 찾아가 만나 보도록 하지요. 그래서 이 사태를 진정시킬 수 있는 방법을 대화를 통해 모색해 보는 것은 어떻겠습니까? 어차피 우리에겐 성소를 치료할 수 있는 능력이 없으니까 천왕의 도움을 받아야 합니다."

"나도 그 생각을 하고 있었어여. 지금까지 일반 신들 일에 관여하지 않는다는 신장들의 원칙 때문에 망설이고 있었는데요. 이대로라면 삼대 성소가 언제 와장창 무너질지 모르는 상황이라 두 손 놓고 바라볼 수만은 없지여. 이 성소가 기능을 못 하게 되면 신계도 인간계도 없어요. 이 방법 말고 또 다른 의견 있으시면 말씀해 주세여."

동지 신장이 다른 신장들의 의견을 촉구했다.

추분 신장이 나섰다.

"성소가 상처가 나거나 기능을 못 하게 되면 천왕이 치료하도록 되어 있는 걸로 알고 있습니다. 천왕에게 책임을 추궁하고 성소를 치료하도록 요구해야 하구여. 더 이상 빛의 무기가 터지는 걸 막기 위해 무기를 폐기하도록 해야 합니다. 그리고 전쟁질도 그만두게 해야 하고요. 그래서 성소의 상태가 더 이상 나빠지는 것을 막아야 합니다. 성소에 또 다른 열이나 빛이 가해지면 구멍이 뚫릴 수도 있어여. 그럼 정말 큰 일인 겁니다."

모두가 동감한 듯 고개를 끄덕이자 동지 신장이 말을 이었다.

"좋은 말씀 감사합니다. 성소의 치료도 중요하고 성소가 더 이상 열 받지 않는 것도 중요하니 모든 전쟁 중지와 무기폐기를 요청해야겠 군여. 또 다른 말씀 있을까여?"

옆의 신장과 귓속말을 하던 여신장 하나가 손을 번쩍 들었다.

"저기요. 저는 망종 신장입니다. 만약 천왕과 자연왕에게 우리의 입장을 전달했는데, 그들이 지금의 상황을 인지하지 못하거나 무기를 폐기 안 할 수도 있잖아여. 그럴 땐 어떡합니까?"

여신장을 바라보던 눈들이 일제히 다시 동지 신장에게 쏠렸다.

"아직 속단할 순 없지만, 되도록 해 봐야지요. 안 된다고 손 놓고 있다가 성소가 녹아버리거나 구멍이라도 나면 큰일 아닙니까?"

"만약 성소가 파괴되면 어떻게 되나여?"

망종 신장이 바로 되질문하자 여기저기서 질책의 소리가 터져 나왔다.

"거…… 재수 없는 소리!"

"그런 일은 없어여."

"뭐, 신계가 없어지기라도 바라는 겁니까?"

갑자기 망종 신장이 날카로운 소리를 질렀다.

"만약에 라고 하지 않았습니까. 만약에 라는 단어 몰라여? 여러분들도 걱정이 되시겠지만, 나도 걱정이 된다구여. 만약에 성소가 기능을 못 하게 되면 이 신계에 어떤 영향을 미치는지 그걸 아는 분이 있나여? 알면 그 심각성을 더 정확하게 천왕이나 자연왕에게 전달해서 이 사태에 도움이 되게 해야지여. 안 그렇습니까?"

동지 신장이 망종 신장에게 자제하도록 손을 들어 까닥였다. 망종 신장이 입을 삐죽 내밀면서 입을 다물었다.

"망종 신장의 말이 맞습니다. 삼대 성소가 조금 손상되면 생명체라 자체적으로 치유하면서 살아가지만, 스스로 치유할 수 없는 상태가 되면 어떤 일이 벌어질지 몰라여. 지금은 자체적으로 치료할 수 있는 범위를 넘어서 외부의 도움이 절대적으로 필요합니다. 한 번도 이런 일을 겪은 적이 없었으니까여. 나도 모르는데 혹시 아시는 신장 있으십니까?"

아무도 나서는 신장이 없었다.

"흥! 똑같은 주제에 누굴 비난했던 거야."

망종 신장이 나지막이 한 마디 내뱉는 말이 크게 들릴 만큼 고요했다.

여기저기서 한숨 소리가 들려왔다. 동지 신장이 무겁게 말을 꺼냈다.

"이 성소가 파괴되면 어떻게 될지 만 년을 넘게 지켜온 우리도 모르는군여. 아무도 아는 이가 없는 것 같네요. 그러니 일반 신들이 더욱 알 리가 없지여."

정화의 숲 쪽에서 슬며시 손을 드는 신장이 있었다. 동지 신장이 그를 바라봤다.

"나는 백로 신장입니다. 이 신계에서 성소의 존재를 잊고 사는 신이 있는지 모르겠지만 지금부터라도 성소의 소중함을 일깨우기 위해 우리가 나서야 하지 않을까여?"

"어떻게여? 일반 신들은 우리가 성소 밖의 일에 관여하지 않는다는 걸 잘 알고 있는데여."

백로 신장이 다시 대답했다.

"삼대 종교 왕신이 일반 신들에게 소중하고 두려운 대상이잖아요. 그런 것처럼 앞으로 일반 신들에게 우리 신장들도 전면에 나서서 성소의 소중함을 계몽해 나가자구여."

"좋은 생각이긴 하오만, 그러자면 시간이 많이 걸릴 것인데 그때까지 이 성소가 버텨줄지 모르겠습니다. 당장이라도 무슨 일이 터질 것처럼 위험한데여."

동지 신장의 말에 백로 신장 옆에 있던 신장이 손을 들었다.

"나는 처서 신장입니다. 지금 당장 빛 때문에 성소가 구멍 날 지경인데 일단 천왕과 자연왕에게 가서 담판을 지어 보고여. 일반 신들에게 성소의 중요성을 알리는 것은 그다음이어야 할 것 같습니다. 지금 진행 중인 전쟁도 중지시키고 빛응축폭탄의 폐기를 유도해야 합니다. 신들의 욕심으로 자연이 망가져서 온갖 재해가 한꺼번에 닥쳐서 일어난 것 아닙니까? 일단 빛응축폭탄이 많은 두 왕신을 설득해야 합니다. 그리고 필요하다면 러시아 나라신도여."

"맞습니다."

"러시아가 빛응축폭탄이 가장 많아여."

"러시아가 전쟁 중이라 빛응축폭탄을 사용할 가능성도 있습니다."

옆에 있던 처서 신장이 맞장구를 쳤다. 기록관의 신장들도, 천 개의 방 신장들도 고개를 끄덕이거나 엄지와 검지로 동그라미를 만들어 보였다.

이때 망종 신장이 다시 손을 들었다.

"지금 신계의 주체는 천왕과 유럽연합군 대 러시아와 중국, 미르왕 연합군입니다. 자연왕은 내부의 문제로 전면에 나서지 않고 있잖아요. 이럴 땐 러시아 나라신을 적극적으로 설득해야 하지 않을까요? 전쟁의 주체는 러시아잖아여."

"맞아. 지금 자연왕은 빛도 거의 소멸 지경이여."

하지 신장이 공감했다.

동지 신장이 잠시 생각하더니 고개를 흔들었다.

"자연왕과 러시아 나라신과는 우호 관계라 자연왕이 러시아 나라신을 설득해 주면 돼요. 문제는 자연왕 빛이 희미해져서 언제 왕신이 바뀔지 모르는 데 적극적으로 나서줄지……."

"하긴 그 정도의 빛으로 자연왕을 유지하긴 어렵지요. 오히려 한국 나라신이 훨씬 더 빛나던걸여."

추분 신장의 말에 여러 신장들이 공감했다.

"맞아요. 한국 나라신이 엄청 밝아요. 천왕보다 더 빛나여."

"근데 왜 아직 왕신이 바뀌지 않을까요?"

"한국 나라신이 일반 신일 때부터 힘이 엄청났습니다. 그래서 자연왕과 천왕이 죽이려고 했는데 결국 나라신이 되었어여."

"그 무용담은 신계 누구라도 알고 있는 내용이져."

"모든 왕신들보다 한국 나라신이 빛이 더 강하고 능력도 압도적이던데여."

신장들이 한마디씩 하면서 웅성거리자 동지 신장이 손을 들어 조용히 할 것을 요구했다.

"조용히 하시오. 지금 우리가 할 수 있는 것을 합시다. 아직은 중국 나라신이 자연왕이니 일단 가서 러시아 나라신을 설득하도록 요구합시다. 만약에 그게 안 된다면 우리가 차후에 러시아 나라신을 찾아가는 걸로 하구여."

추분 신장이 동의했다.

"그렇게 하지요. 먼저 두 왕신에게 설명하고 대답을 받은 후 차후 의논을 통해서 다음 행동을 하는 게 좋겠습니다."

"그럼, 세 명씩 갑시다. 천 개의 방에서 한 명, 기록관 한 명, 정화의 숲 한 명씩 해서 세 명이 한 조로 움직이는 거요. 먼저 나는 천왕을 설득하러 갈 거요. 나와 같이 갈 분과 자연왕에게도 세 분이 가야 하는데 누가 가시겠습니까?"

동지 신장이 자연왕을 만나러 갈 신장을 찾자 여기저기서 손을 번쩍 들었다.

"내가 가겠소. 자연왕에게 우리의 상황을 얘기하고 신계를 위해 빛의 무기를 폐기할 것을 요청해 보지여."

천왕을 만나러 동지 신장과 기록관의 소만 신장, 정화의 숲의 추분 신장이 가기로 했다.

자연왕에게는 하지 신장과 천 개의 방의 우수 신장, 정화의 숲의 입추 신장이 지원했다.

"아, 예! 부탁드립니다. 이렇게 세 분이 한 조가 되어 두 왕신을 만나는 거구요. 다녀와서 결과를 공유하기 위해 다시 만납시다."


신장의 우두머리 격인 동지 신장이 소만, 추분 신장과 함께 천왕에게 홀로그램을 보내고 찾아갔다.

"웬일이요? 신장 나리들께서 나를 다 찾아오고……?"

한 번도 없었던 신장들의 출현에 짐짓 놀라워하면서 물었다.

삼대 성소에서 일하는 신장과 신장을 돕는 신관들이 실질적인 신계의 일꾼들이었고 그들은 어떠한 일이든 성소 밖의 신들의 일에 일절 관여하지 않았다. 그러니 5대 왕신을 만날 일도 없었고 서로 부딪치거나 찾을 일은 더욱더 한 번도 없었다.

천왕은 신장이 셋이나 찾아온 것이 유쾌한 일은 아닐 거라 짐작하며 처음 보는 신장들을 신기한 듯이 훑어보고 있었다.

"지금 삼대 성소의 상황을 알리러 왔소이다. 이미 천왕도 알고 있겠지만, 알아도 다시 들으셔야겠소."

"뭘요?"

동지 신장은 찾아온 용건을 바로 말했다.

"얼마 전에 빛응축폭탄이 성소 아래에서 터졌지요. 성소는 살아있는 생명체인데 폭탄의 빛과 열로 인해 심각한 화상을 입었소이다. 성소가 어떤 곳인지는 잘 알고 계시지 않소? 성소가 망가지거나 기능을 못 하게 되면 신계도 없고 인간 세상도 없소이다. 지금 삼대 성소에 많은 상처가 나 있소. 뜨거운 열로 데이고 빛에 그을려 패이기도 하고 상태가 매우 불안정하오. 더 이상 상황이 나빠지면 성소의 안위를 장담할 수 없게 된다는 말이오. 천왕!"

동지 신장의 단호한 말에 천왕이 심각한 표정을 지었다.

"성소가 그렇단 말이지요? 그러니까…… 뭘 얘기하고 싶은 거요?"

"성소의 치료는 천왕의 의무요. 천왕의 의무와 책임을 다하시오."

"내가? 나더러 성소를 치료하라고?"

소만 신장이 대답했다.

"물론이요. 그리고 이번에 터진 것과 같은 성능을 가진 폭탄들, 그와 유사한 폭탄들을 모두 제거해 주시오. 당신은 천왕이요. 천왕은 신계의 실질적인 주도권을 쥐고 있소. 그러니 천왕이 폭탄 제거에 앞장서란 말이오. 물론 천왕의 영역에 있는 것까지 모두 말이요."

"만약 성소가 기능을 못 하면 이 신계가 어떻게 되는 거요?"

천왕의 질문에 동지 신장이 인상을 팍 찡그리며 낮게 깔린 소리로 말했다.

"한 번도 그런 일이 없었기 때문에…… 단정 지을 수는 없지만 성소 중 하나라도 기능을 못 하게 되면 당신도 없고 나도 없을 거고, 물론 신계도 인간계도 다 없어지겠지."

천왕이 과장되게 팔을 벌렸다.

"그런 일은 없을 것이요. 성소가 좀 다친 것 같은데 성소는 생명체 아니요. 그러니 스스로 치유하는 능력도 있을 것이요."

동지 신장이 벌컥 화를 냈다.

"그걸 말이라고 하는가? 삼대 성소를 운영하는 건 신장과 신관들이지만 성소를 지키는 건 천왕과 왕신 모두의 의무다. 의무를 소홀히 한 죄를 묻고자 하는데 성소에게 스스로 치유하라고 하는가? 이미 그 범위를 넘어서서 스스로 치유할 수 없는 지경에 이르렀단 말이다."

동지 신장의 성난 소리에 움츠러든 천왕이 급하게 팔을 흔들었다.

"오우, 아니, 너무 엄살 부리는 거 아니요? 성소야 아직 멀쩡하고……."

"멀쩡하지 않다! 그대들이 쏘아 대고 있는 무기가 터지면서 빛과 열로 인해 녹고, 패여서 너덜너덜해지고 있단 말이다."

거들먹거리는 천왕을 처음부터 눈꼴사납게 보던 소만 신장이 더 참지 못하고 날카롭게 쏘아붙였다. 천왕이 소만 신장을 쳐다봤다.

"신장 중에 여신장이 몇이나 있소? 꽤 예쁘네."

소만 신장이 기가 막힌 표정을 지었다.

"버르장머리 없는 신 같으니라구. 저런 자가 천왕이니 이 신계가 이 모양 요 꼴이지. 정신 나간 놈이잖아."

동지 신장이 소만 신장을 제지하며 말했다.

"천왕! 성소가 화상을 많이 입어서 언제 어떻게 될지 몰라 전전긍긍하고 있는 신장들을 대표해서 온 거다. 당신들 욕심 때문에 모두를 파멸의 구렁텅이로 빠트릴 셈인가?"

동지 신장이 눈을 치켜뜨고 화가 잔뜩 묻은 목소리로 일갈하자 천왕의 얼굴도 불편하게 변했다.

"나한테 큰소리쳤는가? 허허허…… 내가 누군지 모르는가? 나, 천왕이야, 천왕! 이 신계에서 실질적으로 최고의 권력을 행사하는 신이라고."

천왕이 큰소리로 꾸짖는 신장에게 가소롭다는 듯이 자신의 위상을 얘기하며 조롱했다. 동지 신장이 눈을 부릅뜨며 천왕을 노려봤다.

"그대가 천왕이기 때문에 이 신계의 안녕을 위하여 찾아온 거 아닌가. 이 신계가 이미 병들고 위태롭다. 그중에서도 삼대 성소의 소중함에 대해서는 말하면 입이 아플 정도다. 그 성소를 지키는 것이 천왕의 의무란 말이다. 당신이 의무를 저버리고도 무사할 줄 아는가?"

동지 신장이 화가 나서 계속 목소리를 높이자 옆에서 가만히 지켜보고만 있던 추분 신장이 손으로 동지 신장을 제지하며 말했다.

"여보시오. 성소가 녹거나 파괴되면 지금까지 유래가 없던 재앙이 닥칠 거요. 성소가 안전해야 신계가 존재하고, 신들이 있고 천왕도 있는 거요."

"나한테 협박하는가?"

"협박이 아니라 천왕으로서 책임과 의무를 다하라고 말하는 거다."

"성소가 망가지면 그 책임이 나한테 있다고?"

"천왕은 무조건 되는 자리가 아니다. 능력이 주어질 때 책임과 의무가 같이 부여되는 자리란 말이다."

"건방지게 말하는 게 마음에 안 드는 신장이구나. 그래서, 나더러 치료하라 그건가?"

천왕이 일그러진 표정으로 말했다.

"내 의지대로 천왕이 된 게 아니다. 어느 날 빛에 색깔이 생기면서 천왕이 되어 있었지. 하늘이 주신 천왕 자리를 신장 따위가 협박을 해서 이래라저래라하다니 가소롭구나."

소만 신장이 끼어들었다.

"모든 자리에는 책임과 의무가 따른다. 마땅히 천왕의 자리에도 그 책임과 의무가 있고, 거기에는 삼대 성소가 망가지면 그 수리와 복구는 천왕의 의무이다. 따라서 삼대 성소를 지키는 것도 천왕의 책임이고 의무인 것이다. 그것을 몰랐는가? 잊었는가? 아니면 모른 척하는 것인가?"

이 소리에 천왕은 퍼뜩 정신이 들었다. 자신이 천왕이 되었을 때 들렸던 음성이 생각난 것이다. 그 음성의 주인이 누구였는지는 알 수 없었지만, 천왕의 책임과 의무가 삼대 성소를 지키는 것이라는 목소리가 떠올랐다.

기억이 떠오르자 천왕이 당황하여 말을 돌렸다.

"무기는 내 맘대로 제거할 수 있는 게 아니다. 이해타산을 따져서 동맹국과의 합의도 해야 하고 적절한 명분도 있어야 한다. 성소에서 일만 하던 신장이 이런 계산법을 알기나 할까?"

동지 신장이 말했다.

"어떤 계산을 하든 말든 그건 신들이 알아서 할 문제고 나는 우리의 입장과 삼대 성소가 처한 상황을 전달하는 거다. 다시 한번 말하자면 성소를 지키고 신계를 지키라고, 천왕에게 부탁과 함께 책임의 무게를 인식하라는 거다. 우리도 당신네들이 터트려 놓은 폭탄으로 인해 신계를 들락거리는 신들이 많아서 바쁘단 말이다. 웬만하면 이렇게 찾아오는 일도 없었을 텐데…… 지금 웬만하지가 않구나. 알겠나? 삼대 성소 중에 하나라도 기능을 못 하면 이 신계는 파멸이다. 신계의 최고 권력자라 했나? 신계가 없으면 그 권력은 어디에서 써먹을 권력인가?"

"음!…… 아주 작정을 하고 오셨구먼."

"우리가 요구하는 것은 세 가지다. 첫째, 성소 치료. 신장들은 성소를 치료할 능력이 없다. 그러니 천왕이 책임지고 성소를 치료해 주어야겠다. 둘째, 빛응축폭탄을 없애라. 빛응축폭탄이 터지면서 성소가 그을리고 화상을 입은 만큼 빛응축폭탄이 더 이상 터지면 안 된다. 셋째, 모든 전쟁을 멈춰라. 앞으로 더 이상 무기가 사용되었다간 성소의 안녕을 장담할 수 없다. 이게 신계 최고의 권력을 가진 천왕이 할 일이다."

추분 신장이 힘주어 말했다.

"가만있자. 빛응축폭탄은 미국에만 있는 게 아니요. 신계 곳곳에 있소이다. 그것도 지진이라는 자연재해로 인해 터졌는데 왜 내 책임이 요?"

천왕이 빈정거리며 반론하자 소만 신장이 날카롭게 쏘아붙였다.

"무기의 책임도 천왕에게 물어야 할 것이고, 그로 인해 성소가 화상을 입었으니 천왕이 치료해서 완치시켜야 할 것이다. 성소를 수호하는 것은 천왕의 의무이며 책임이기 때문이다."

천왕이 입을 씰룩거렸다.

"다른 영역에서 무기를 소유하는 것까지 왜 내 책임이야? 러시아가 제일 많고, 우리도 좀 있지만 우리 영역의 무기가 터진 것도 아니잖소. 잘 알고 말하시오, 예쁜 신장님!"

동지 신장이 천왕의 말을 잘랐다.

"잘 알고 있다. 어느 영역의 무기가 터진 게 중요한 게 아니라 무기 화력이 너무 강해 모든 것을 녹이고 있는데 그 열이 성소까지 닿았다는 게 문제인 거다. 성소가 없으면 이 세상도 없다. 신계도 인간계도 파멸이란 말이다. 당장 성소를 치료해야 하고 더 이상 성소가 다치지 않으려면 있는 무기도 당장 없애야 한다. 우리가 요구하는 것은 이 세 가지다. 성소의 치료, 무기 제거, 전쟁 중지!"

거듭 성소의 중요함을 강조하면서 현재 상태를 이야기하자 비로소 천왕이 위기의식이 드는 것 같았다. 하지만 신장들의 요구를 천왕이 들어주기엔 너무 거리감이 느껴졌다.

"정말 그 정도요?"

세 명이 신장이 동시에 한숨을 쉬었다.

동지 신장이 제안했다.

"아무래도 천왕이 성소의 외벽을 한 번 보고 현재 상황을 인식하는 게 좋겠구나. 명심하라. 어느 한 성소라도 기능을 못 하게 되면 우리 신장들은 결코 천왕을 용서치 않을 것이다."

"알았소. 시간 내서 한 번 가 보지요. 그리고 무기는 내 마음대로 못 한다는 거 미리 말씀드리겠소."

소만 신장의 눈썹이 올라갔다.

"왜?"

"각 영역에서는 영역 수호를 위해 무기 개발을 해요. 무기가 있어야 자신의 영역을 지킬 수 있다고 생각하거든요. 우리 영역도 마찬가지고요."

"흥, 그래서 자신들이 개발한 그 무기로 신민 수천만 명이 죽었구나. 참 어리석게도."

"그야 지진 때문에 어쩔 수 없었던 상황이었으니까."

"앞으로 미국이나 러시아에서 지진이 안 난다고 장담할 수 있나? 파키스탄이나 중국에서 또 지진이 안 날까?"

계속해서 소만 신장이 다그치자 천왕이 입을 다물었다.

동지 신장이 다시 성질을 냈다.

"지금 어느 영역에서 지진이 일어나도 이상한 일이 아니다. 화산이 여기저기서 터지고 있고 기단 아래는 부글부글 끓고 있으니 기존의 상식을 넘어선 지진이 일어날 것이다. 그러면 이번보다 빛응축폭탄들이 더 터질 거고 그러면 끝장이란 말이다."

추분 신장이 동지 신장의 말을 보탰다.

"미국도 빛응축폭탄이 많다. 미국에 지진이 없었던가? 방심하지 마라. 내가 만든 무기가 나를 죽일 것이다. 그건 어느 영역이든 다 해당되는 사항이고 우리가 염려하는 것은 빛응축폭탄이 너무 많다는 거다. 만약 그게 다 터져서 신들이 다 소멸되더라도 삼대 성소만 멀쩡하다면 이승과 저승을 오가면서 어떻게 되겠지만, 문제는 몇 개 터진 걸로도 성소가 상처를 입었다는 것이다."

신장들이 돌아가며 천왕을 압박하고 있었다.

빈정거리던 천왕의 표정은 이미 사라졌고 신중하게 생각하면서 대답할 말을 고르고 있었다. 말 한마디에 또 신장 셋에게 돌아가면서 공격당하지 않기 위해서였다.

"오! 그래요. 오죽하면 신장이 나를 찾아왔겠소. 내가 심각하게 생각은 해 보겠소만 무기는 말처럼 쉽게 폐기되는 게 아니요. 당장 우리 영역만 해도 어느 정도 타협점이 찾아져야 한단 말이오. 아무 대책도 없이 무기를 제거할 수는 없는 노릇이요. 그리고 다른 영역들에게 무기를 제거하라고 한다면 다들 나에게 미쳤다고 할 거요. 그게 현실이요."

"현실이 그렇더라도 성소는 유지되어야 하니 답을 찾으라. 당신이 권력을 누리고 싶은 신계를 위해서 말이다. 지금 자연왕에게도 우리 신장들이 가서 설득 중이다. 앞으로 자연재해는 더 많아지는데 그 많은 무기들이 다시 터지지 않는다고 어떻게 장담하겠는가. 빛응축무기를 제거해서 이 신계가 망가지는 것을 멈춰야 한다."

"그런다고 그 능글맞은 작자가 들어먹을까? 실질적으로 이득을 취하고 있는 곳은 중국인데."

천왕이 고개를 흔들었다.

소만 신장이 천왕을 쏘아보며 말했다.

"천왕! 천왕으로서 책임과 의무를 잊지 마라."

"성소의 치료부터 해라. 시간이 없으니 당장 움직여야 할 거다, 천왕!"

"시간 내서 본다는 여유 있는 소리 집어치우고 당장 성소의 외벽부터 보라. 얼마나 심각한지 눈으로 똑똑히 보고 치료부터 하면서 각 영역의 빛응축폭탄과 그와 유사한 폭탄들을 제거하는 데 총력을 기울여라."

세 명의 신장들이 돌아가면서 한마디씩 하자 천왕은 머리가 아파왔다.

"그게 내 맘대로 되는 게 아니란 말이오. 젠장!"

동지 신장이 싸늘한 표정으로 한 마디를 던졌다.

"천왕 자리에 대한 책임과 의무를 다하라. 천왕! 지켜보겠다."

동지 신장이 말을 마치자 일행의 모습이 천왕 앞에서 사라졌다.

동지 신장의 잔상까지 사라지자 천왕이 거칠게 내뱉었다.

"건방진 놈, 나를 협박하려고 온 거야. 한낱 신장 주제에 천왕에게 책임의 무게를 운운해. 무기를 무슨 한두 푼짜리 껌 정도로 생각하는 모양이군."

천왕은 기분이 나빴지만 사실 은근히 걱정되기도 했다. 누가 얘기하지 않더라도 삼대 성소가 기능을 못 하게 되면 신계도 이 세상도 없어지는 것은 생각할 필요도 없이 확실했다. 하지만 전례가 없었던지라 어떤 과정을 거쳐서 어떻게 파괴되는지는 알 수 없었다.

보이는 것은 도전하면서 방법을 찾을 수 있지만 보이지 않고 겪어

보지 않은 것에는 막연한 두려움을 가지게 된다. 막연한 두려움이 현실이 되었을 때, 그것은 공포가 된다. 오죽하면 신들 앞에 나서지 않는 신장들이 떼로 몰려왔을까?

천왕의 마음속에 전에 없던 막연한 두려움이 싹트기 시작했다.


자연왕 앞에 하나의 홀로그램이 떴다.

'나는 하지 신장이다. 방문하겠다.'

자연왕은 신장을 한 번도 본 적이 없었다. 신장이 방문한다니 의아하기는 했지만 호기심과 궁금증이 일었다.

'예!'를 손대자마자 빛이 생기며 점차 형상이 만들어졌다. 빛이 일렁이며 싸늘한 기운과 뜨거운 기운이 함께 생기더니 하지 신장 일행이 나타났다.

자연왕은 하지 신장을 위아래로 훑어보았다. 까무잡잡한 피부에 이목구비가 뚜렷한 미남인 데다 하얀 드레스 속에 하얀 바지를 입었는데 빛이 환하게 빛났다.

"어서 오시오. 하지 신장이 나를 방문하다니요?"

하지 신장은 인사 없이 소개부터 했다.

"난 하지 신장이고 이쪽은 우수 신장, 이쪽은 입추 신장이다. 추운 기운과 더운 기운이 함께 느껴질 것이다. 할 말이 있어서 왔다."

"별일이요. 성소를 떠나지 않는 신장들이 나를 찾아온 것도 신기한데 나한테 할 말이 있다고요?"

"그렇다. 우리도 이렇게 밖으로 돌아다니는 거 좋아하지 않는다. 특별하고 매우 중요한 일이라 어쩔 수 없이 오게 되었다."

"빙빙 돌리지 말고 말씀하시지요. 내가 지금 마음이 급해서 말이요."

"빛응축폭탄의 피해 때문인가?"

"그렇소. 매우 많은 신들이 소멸했어요. 폭탄이 터진 영역은 초토화되어 언제 다시 신들이 살 수 있을지 알 수 없을 지경이요."

"그 문제에 대해서 말하려고 한다."

"여보시오. 하지 신장! 당신네 신장들은 우리 신들의 일상사에 관여하지 않는다고 알고 있소. 폭탄은 우리가 터졌는데 나를 찾아오다니…… 신들의 일에 간섭하는 거잖소?"

우수 신장이 끼어들었다.

"우리 일도 바쁘다. 지금 우리가 일하고 있는 삼대 성소가 당신들 폭탄의 화기로 인해 화상으로 데여서 빨갛다. 삼대 성소가 어떤 곳인가? 천왕도 자연왕도 태양왕, 미르왕, 백호왕도 다 삼대 성소를 드나들었고 모든 생명을 가진 생명체라면 다 거치는 곳이다. 이승과 저승을 잇고, 이승의 영광과 오욕을 기록하고 저승에 오면 그것을 바탕으로 벌도 받고 상도 받는 곳이기도 하다. 그리고 다시 이승으로 내려가기 위해 준비하고 내려보내는 곳이다. 그 삼대 성소가 당신들이 만들고 터트린 폭탄에 화상을 입었단 말이다. 삼대 성소 중 하나라도 그 기능을 못 하면 이 저승, 신계도 인간계도 끝장이다, 자연왕!"

우수 신장이 심각한 표정으로 자연왕을 쳐다봤다.

자연왕은 의외라는 듯 고개를 까닥였다.

"아! 그래요. 그런 일로 나를 찾아왔군요. 그래서 어쩌라고요, 이쁜 신장님!"

"뭐-어?"

우수 신장이 질색하며 눈꼬리를 올렸다.

"지금 중국에서 터진 무기의 화력이 얼마나 강한지 아는가? 당신네 신들 천만 명이 죽었다."

"성소가 우리 폭탄이 터져서 상했소?"

자연왕의 물음에 우수 신장이 대답했다.

"성소에 직접적인 피해를 준 건 파키스탄에서 터진 빛응축폭탄이었다. 하지만 자연왕 영역에서도 같은 폭탄이 여러 개나 터졌고 우리는 그것을 걱정하고 있다."

"아! 파키스탄…… 그쪽도 희생된 신이 많다고 들었소. 우리도 많이 희생됐는데 매우 애석한 일이지요."

자연왕이 슬픈 표정을 짓자 하지 신장이 말을 이었다.

"또다시 애석한 일이 발생하지 않도록 빛응축폭탄을 신계에서 모두 제거하도록 부탁한다. 또한 작은 전쟁이라도 다 멈춰야 한다."

"뭐요?"

자연왕이 놀란 듯 눈을 동그랗게 떴다.

"모든 빛응축폭탄을 제거해 달란 말이다."

하지 신장이 다시 한 번 말했다.

놀랐던 자연왕의 표정이 일그러지기 시작했다.

"내 참, 신장들이 물정을 몰라도 너무 모르는구먼. 여보시오, 신장님들! 빛응축폭탄이 길에 굴러다니는 개똥인 줄 아시오? 그리고 돈이 있다고 만들 수 있는 무기도 아니요, 기술도 있어야 하고 돈도 있어야 만들 수 있는 거요. 이 무기를 만들기 위해서 각 영역들이 얼마나 공을 들이는데 제거하라고……. 하, 말도 안 되는 소리."

"어리석군. 그럼 중국의 빛응축폭탄이 몽땅 터져서 중국 신들이 몽땅 죽으면 되겠구나."

우수 신장이 쏘아 붙이자 자연왕이 우수 신장을 언짢은 얼굴로 쳐다봤다.

"정말 이쁜 얼굴로 그런 악담하기요? 우수 신장! 어떻게 빛응축폭탄이 몽땅 터질 수가 있겠소?"

"그걸 누가 알겠어. 지진이 그 무기 근처에서 일어날 줄 몰랐잖아. 앞으로 그런 일이 또 일어나지 말란 법 있나?"

"이번에는 우연하게 빛응축폭탄이 적재되어 있던 무기고 근처에서 지진이 일어나는 바람에 그렇게 됐지만 지진이라는 게 항상 일어나는 것은 아니지요."

입추 신장이 고개를 저었다.

"지진이 항상 일어나지는 않지만 어디서든 일어날 수 있다. 또한 지진이 일어나는 주기가 점점 짧아지고 있어서 폭탄을 방치했다간 가지고 있는 영역들이 피해를 입을 것이다. 그것도 매우 큰 피해를. 그래서 성소가 또 화상을 입는다면 그때는 돌이킬 수 없게 된다."

"……."

"알겠는가? 더 이상 빛응축폭탄이 터지면 성소가 치명적인 상처를 입을 수 있다. 그래서 자연왕에게 빛응축폭탄을 제거해 달라는 부탁을 하는 것이다. 이것이 오늘 자연왕을 방문한 목적이다. 우리의 말을 러시아 나라신에게도 전달해라. 또한 지금 벌이고 있는 전쟁도 멈추어야 한다는 말도 전해 달라."

입추 신장이 차분하게 말하자 자연왕의 표정이 심각해졌다.

"그렇군요. 성소라…… 그건 지금까지 생각지 못했군요. 신계에 들어온 지 오래되었지. 물론 나도 삼대 성소를 수십 번 거친 기억은 있소만, 성소가 기능을 못 하면 신계가 끝장난다고 하셨는데, 구체적으로 어떻게 된다는 말씀이지요?"

웃지 않아도 원래 웃는 상인 데다 여유 있게 느릿느릿 얘기하는 자연왕이 얄미운 생각이 들었는지 우수 신장이 어처구니없다는 듯 물었다.

"설마…… 몰라서 묻는 건 아니겠지?"

"신계에 머문 지 오래되다 보니까……. 참, 우수 신장님은 정말이지 내가 신계에서 본 여신 중 가장 아름다우시네요. 이런 일로 오시지 않았다면 뭐라도 대접해 드리고 싶소만 상황이 여의찮으니 아쉽소."

우수 신장이 얼굴을 찡그리면서 화를 냈다.

"젠장. 정신 나간 영감탱이야. 지금 그런 말을 하려고 온 게 아니라 자연왕과 러시아가 가지고 있는 빛응축폭탄을 제거해 달라고 온 것이다. 또 이미 화상을 입은 성소를 어떻게 치료할 것인가 책임을 묻기 위함이다."

"치료? 그 능력은 종교의 왕신에게 있는 능력이요. 천왕이나 나에게는 없지요."

"종교의 왕신이 치료의 능력이 있다고? 그럼 그들에게 천왕이나 자연왕이 치료를 부탁해야겠구나."

"그렇다면 천왕과 자연왕은 빛응축폭탄이라도 확실하게 제거해라. 만약, 삼대 성소가 구멍이라도 뚫리거나 망가지면 걷잡을 수 없는 일이 발생한다. 천왕이나 자연왕이 주도해서 신계에 있는 모든 빛응축폭탄을 제거해라."

자연왕이 우수 신장에게서 눈을 떼지 않고 느릿느릿하게 말했다.

"글쎄요. 신장들이 일반 신들의 일에 참견하고 다닌 적이 없었는데 느닷없이 이렇게 나타난 걸 보면 사태가 심각한 것 같기도 하고…… 그렇다고 꼭 내가 알아야 할 이유가 있는지도 모르겠소. 내 개인적으로도 매우 힘든 상황이라서 말이요."

"왕신은 신계에 책임감을 가져야 하는 위치다. 그냥 왕신이라는 지위가 주어지는 것이 아닌 만큼 방금 전의 말은 무책임한 말로 들린다."

하지 신장의 말에 입추 신장도 얼굴 근육을 실룩거리다가 입을 열었다.

"음…… 기록관이 망가지면 이승에서 신계로 들어오는 신들을 판단할 수 없게 된다. 기록관에 기록된 과거와 현재, 미래가 한순간에 다 사라져 버리기 때문이다. 기록관이 멈추게 되면 천 개의 방도 쓸모가 없게 된다. 천 개의 방은 이승에서 신들이 지은 복과 죄를 고스란히 되돌려 받는 곳이라 기록관이 없으면 천 개의 방도 무용지물이다. 그리고 정화의 숲은 모든 기억을 지우고 신들이 다시 이승으로 내려가기 위한 준비를 하는 곳인데, 이 정화의 숲이 망가지면 이승으로 내려가는 신이 없다는 것이다. 정화의 숲이 망가지면 이승에서 태어나는 아기도 없으니까 이승도 저승도 모두 파멸이다."

자연왕이 잠시 생각하더니 활짝 웃었다.

"정화의 숲이 망가지면 그냥 기억을 가진 채로 이승에 내려가면 될 것이고, 천 개의 방이 망가지면 이승에서 지었던 죄에 대한 대가를 안 받으면 될 것이고, 기록관이 망가지면 어차피 기록될 것도 없으니 죄책감 없이 살면 되지 않겠소. 하하하!."

자연왕이 조롱하듯이 하나하나 짚으며 어깃장을 놓고 웃었다. 지켜보던 입추 신장이 화가 나서 큰소리로 외쳤다.

"자연왕!"

입추 신장의 눈꼬리가 올라가며 순간적으로 몸에서 빛이 폭발하듯이 환해졌다. 자연왕이 두 손으로 얼굴을 감싸 쥐고 튕겨 나갔다. 동시에 자연왕의 몸에서 푸른빛이 소용돌이치며 주변에 바람이 세차게 불기 시작했다.

우수 신장과 입추 신장의 몸에서도 빛이 강하게 뿜어져 나와 신장들이 안 보일 지경이었다.

"자연왕! 이성을 잃었구나. 그래도 왕신이라고 찾아왔는데 매우 실망이다. 너 같은 신이 어떻게 왕신이 되었는지 한심스럽구나."

바람이 몰아치는 것을 막으며 입추 신장이 자연왕을 매섭게 쏘아보았다.

"머리에 똥만 찬 늙은이 같으니라구…… 저런 자가 자연왕이니 신계가 어지러운 것이다."

우수 신장이 자연왕을 노려보며 한마디 하자 입추 신장이 하지 신장에게 손짓했다. 하지 신장이 자연왕에게 오른팔을 휘둘렀다. 하지 신장이 휘두른 팔에서 나온 바람이 자연왕의 바람을 순식간에 날려 버렸다.

하지 신장이 입꼬리를 씰룩거리며 자연왕을 비웃었다.

"알량한 빛에 자만해서 신계를 농락하지 마라. 우리 신장들은 성소를 지키고 일하는 신으로서 성소가 망가지는 걸 지켜볼 수 없다. 눈이 있으면 성소가 어떻게 훼손되었는지 한번 봐라. 어차피 치유의 능력도 없어서 아무런 도움도 안 되겠지만 말이다. 자국에 빛응축폭탄이 터지면서 천만 명이 죽었는데도 자극을 못 받다니, 무신경한 건가? 바보인 건가? 다음엔 자신의 차례가 될 수도 있다는 걸 모르는 건가?"

우수 신장이 차가운 표정으로 말했다.

"흥, 형편없는 신 같으니. 저런 빛으로 자연왕이라고? 당장이라도 자연왕이 바뀌겠는걸. 뭐 일반 신과 차이가 없잖아."

입추 신장도 못마땅한 말투로 자연왕을 비난했다.

"우리가 원하는 것은 세 가지다. 첫째, 성소가 치료되어 원상 복구되는 것. 둘째, 당장 빛응축폭탄을 제거해서 더 이상 성소가 위태로워지는 원인을 없애는 것. 셋째, 모든 전쟁의 중지다. 아무래도 자연왕에게는 아무것도 기대하기 어려울 것 같다. 신성도 엉망인 데다 능력도 없다. 어쨌든 허울뿐이라도 왕신은 왕신이니 현장이나 한번 가 보아라."

자연왕이 소리를 버럭 질렀다.

"나한테만 그러지 말고 천왕한테 하시오. 천왕이 우리보다 빛응축폭탄을 훨씬 더 많이 가지고 있소."

"알고 있다. 그래서 천왕에게도 우리 신장들이 찾아가서 이야기 중이다."

"자연왕은 자연왕이 할 수 있는 일을 하면 된다. 러시아에게 우리의 말을 전달해 달라."

하지 신장과 입추 신장의 말에 자연왕의 눈이 동그랗게 변했다.

"러시아? 내가 왜 러시아에 신장들의 말을 전해 주어야 하지?"

"자연왕의 말이라면 들어줄 수도 있지 않겠나."

"하지만 나도 빛응축폭탄이 필요하다고 생각하는 신이요. 어떻게 설득하란 말이오?”

“…….”

신장들은 자연왕의 대답이 기가 막혔는지 더 이상 대꾸하지 않았다.

“이번처럼 당신이 만든 무기에 당신이 죽고 싶지 않으면 제거해야
할 것이다. 신계에서 중국이 사라지고 싶지 않다면 말이다.”

하지 신장이 단호하게 말하자 자연왕이 불쾌한 기색을 드러냈다.

“협박하는 건가?”

“협박일 수도 있고 미래에 닥칠 일을 미리 알려주는 배려일 수도
있다.”

“그럼 우리보다 더 많은 빛응축폭탄을 보유하고 있는 미국은 더 확
실하게 사라지겠군. 흥! 나쁘지 않네.”

자연왕의 말에 신장들이 기가 막혀서 할 말을 잃었다.

“여보시오, 신장님들. 괜한 걱정, 마시고 신장님들 일이나 하시오.
신들의 일에 신장들이 나선다고 이런 일이 해결되지 않을 거요. 워낙
복잡한 사안이니까 말요.”

기어이 입추 신장이 소리를 지르고 말았다.

“뭐라는 거야! 같잖은 주제에 능력이 없으니까 책임 회피를 해. 성
소의 고귀한 가치를 알고 지껄이는 거냐?”

하지 신장도 못 참고 일갈했다,

“왕신이 바보 같으니 세상이 이 지경인 것이다. 책임감은 고사하고
문제의 본질을 흐리는가? 성소가 다쳤는데 괜한 걱정이라고? 지금까
지 우리가 한 말을 귓등으로 들었단 말인가?”

“바보도 최하등급이군, 정말 최악이야.”

우수 신장까지 눈꼬리를 올리고 비난하자 자연왕이 눈을 가느다랗게 치켜떴다.

"처음 보는 신장들이라 곱게 대했더니 정말 짜증 나게 하네. 그래, 나한테 책임을 묻지 말고 천왕한테나 물어라. 나도 지금 대가리 터질 지경으로 내부 사정이 안 좋단 말이다. 성소가 망가져서 소멸되면 말지 뭐."

"뭐라고?"

신장들은 자연왕의 말에 더 이상 대화의 필요성을 느끼지 못했다.

"대화가 전혀 안 되는구나. 벽창호 아닌가."

"시간 낭비요. 가지여."

하지 신장이 고개를 절레절레 흔들며 손을 들었다.

하지 신장의 수신호에 따라 신장들이 서서히 그 자리에서 사라졌다.

신장들이 사라지자마자 자연왕이 소리를 질렀다.

"젠장, 그게 협박이지 뭐야. 빛응축폭탄을 모두 제거하라니, 무슨 말도 안 되는 소릴 하는 거야. 그게 어디 한두 푼짜린 줄 알아."

관리신 한 명이 눈치를 보며 다가오자 자연왕이 말했다.

"자네도 들었지?"

"예!"

"말도 안 되는 소리를 신장이라는 작자들이 하고 갔다. 어떻게 무기를 다 없애. 그게 얼만데. 명분도 없고 아직 무엇 하나 얻은 것도 없는데…… 그 무기가 우리의 위상이고 힘인데 말이야. 그리고 전쟁은 러시아가 하고 있는데 왜 나한테 그러냐고. 자기네가 직접 러시아 나라신에게 얘기하면 되잖아."

"신장들은 다시 지진이 났을 때 빛응축폭탄이 터지는 걸 두려워하고 있었습니다. 우리에게 있는 빛응축폭탄이 많으니까요."

"음…… 많긴 하지. 그렇다고 그걸 어떻게 없애. 그 무기를 갖기 위해 영역의 과학자들이 얼마나 노력했는데, 절대로 그럴 수는 없다. 다른 영역들은 어떻게 할까? 천왕에게도 신장들이 방문해서 빛응축폭탄을 제거하라고 했다는데?"

"예! 아까 천왕에게도 신장들이 방문했다는 말은 들었습니다."

"천왕과 나에게 와서 빛응축폭탄을 제거하라고 했단 말이지. 다른 영역은 어떻게 할까? 천왕은 어떻게 반응했을까?…… 아마 안 없앨걸?"

관리신이 고개를 끄덕였다.

"제 생각에도 미국도 다른 영역도 안 없앨 거 같습니다."

"성소가 화상 좀 입었다고 신장들이 나타나서 협박을 하다니 얼마나 화상을 입었길래 그럴까?"

"한번 가 보시지요?"

"내가 그렇게 한가한가? 빛응축폭탄이 터져서 천만 명이 소멸됐단 말이다. 주변은 황폐화했고 그 영역을 언제 예전처럼 되돌릴 수 있을지 아득하기만 하다."

"만약 다시 지진이 나거나 어떤 돌발 상황으로 인해 빛응축폭탄이 터진다면 신장들이 우려했던 일들이 닥칠 겁니다. 자연왕!"

"……."

"깊이 생각하십시오. 신계 돌아가는 것이 예전 같지 않습니다. 여기저기서 화산도 폭발하고 있고 지진 발생 주기도 빨라지고 있습니다.

자연재해도 빈번하게 일어나고 있구요."

자연왕이 물끄러미 관리신을 쳐다보다 생뚱맞은 소리를 했다.

"그나저나 신장놈들 되게 세네. 색깔도 없는 주제에."


정화의 숲 바깥에 천왕이 나타나서 성소를 둘러보았다. 멀리서 신관 둘이 지켜보다가 들어가고 이어서 신장 하나가 나타났다.

"보니까 어떤가?"

추분 신장이 천왕에게 다가와 물었다.

"과연 걱정할 만하군요. 화상을 입은 부위가 좀 넓기도 하고요."

추분 신장이 대답했다.

"여기만 이런 게 아니라 다른 두 곳의 성소도 마찬가지라는 게 문제다. 어떻게 치료가 가능하겠는가?"

"난 치료할 수 있는 능력이 없어요."

"그러니까 치료할 수 있는 왕신을 천왕이 데려와서 치료를 하게 해야지."

"아! 종교의 왕신!…… 와 주려나?"

"천왕이 설득해서 오게 해야지. 다른 문제도 아니고 신계에서 가장 중요한 성소에 관한 문제이니 치유의 능력이 있는 종교의 왕신이 이럴 때 나서줘야 한다."

이때 천왕 옆에 푸른 기운이 돌더니 자연왕이 나타났다.

"어! 천왕! 먼저 와 계셨군요."

"자연왕! 이것 좀 보시오. 성소가 이렇게 화상을 입었소."

천왕이 가리키는 곳은 화상으로 빨갛게 데어 금방이라도 구멍이 뚫릴 것만 같았다.

"음…… 생각보다 상태가 심각하군요. 신장들이 엄살을 부린 건 아니었어요."

"성소가 이 정도까지 다쳤을 거라고 생각한 신은 없었을 거요. 성소는 어떤 일이 일어나도 굳건히 신계를 지탱할 거라고 믿고 있었는데, 무섭게 이런 일이 발생했소."

옆에 있던 추분 신장이 팔짱을 끼고 있다가 말했다.

"어떻게 치료해서 정상으로 돌려놓을 것인가부터 고민해 보라. 더 이상 성소가 화상을 입으면 안 되니까 무기 폐기에 대해서도 진지하게 의논해 보거라."

천왕이 추분 신장을 보며 말했다.

"여보시오. 성소의 치료는 내가 종교의 왕신님께 부탁해 보겠소만 빛응축폭탄 제거는 나 혼자 할 수 있는 게 아니요."

추분 신장이 짜증을 냈다.

"성소가 기능을 못 하면 이 신계는 파멸이다. 정신 차리고 천왕답게 처신하라. 만난 김에 자연왕과 무기 폐기에 대해서도 상의해 보거라."

추분 신장이 성소로 사라지자 천왕이 투덜거렸다.

"뭐야, 말끝마다 겁주는 거야. 상태가 생각보다 심각하기는 하지만 뭐 파멸까지 가겠어? 종교의 왕신들 불러다 치료해 주면 되잖아."

자연왕이 손뼉을 소리 나게 쳤다.

"맞소. 종교의 왕신들은 치료의 능력들이 있으니 종교의 그들을 부르면 되겠소. 오호! 이거 보고 속으로 뜨끔했었는데 그들 때문에 안심이 되는군요."

천왕이 자연왕을 보고 입을 실룩거렸다.

"안심하긴 일러요. 왕신들이 와 줄지도 모르겠고 부상 부위가 광범 위해서 이걸 다 치료하려면 시간이 꽤 걸릴 것 같은데 치료해 줄지 모 르잖소."

"종교의 왕신은 세 분이요. 세 분이 성소 하나씩 맡아서 치료하면 되잖소."

"아주 쉽게 말씀하시는데 자연왕이 백호왕을 데리고 오시오. 내가 태양왕을 모시고 올 테니까요."

"미르왕은요? 미르왕은 누가 데리고 오지요?"

"일단 태양왕, 백호왕 두 분부터 모시고 와서 치료를 시작하고 미 르왕에게 둘이 가서 설득해 봅시다. 어떻소?"

"어! 나는 백호왕을 본 적이 없어서 겁나는데요."

"나도 태양왕을 본 적이 없어요. 신장도 이번에 처음 봤다고요. 자 연왕은 불교이고 나는 기독교이니 그렇게 하자는 거요."

"우리가 이렇게 힘든 일을 하는 걸 다른 영역 나라신들은 알까요?"

"성소의 안위는 왕신의 책임과 의무요. 다른 영역의 나라신들과는 상관없는 일이란 말이오."

자연왕이 입을 삐죽 내밀며 말했다.

"왕신의 위엄으로…… 그럼 부딪혀 봅시다."

천왕이 아니꼬운 표정으로 자연왕을 쳐다봤다.

"반드시 백호왕을 모시고 오시오."

천왕은 그길로 태양왕을 찾아갔다.

태양왕은 기독교, 천주교를 통틀어 관장하는 왕신이었고 천왕의 영

41

역과 유럽, 아메리카 전역에서 믿는 종교의 왕신이었다. 태양왕 주변이 뜨거워서 접근을 못 하자 태양왕이 불의 기운을 거두어 주었다.

그래도 후끈거리고 더웠지만 견딜 정도는 되었다.

"천왕이구나. 왜 왔느냐?"

천왕이 태양왕의 앞에 다가갔다. 같은 왕신이어도 태양왕은 천왕을 자신의 신도 중 하나로 대했다.

"예! 태양왕신이여. 왕신님의 도움을 청하고자 왔습니다."

"도움? 무엇이냐?"

"신들의 전쟁이 잦아서 무기를 만들다 보니까 무기가 굉장히 발달하였습니다. 하나만 터져도 작은 영역 하나가 날아갈 정도지요. 그런데 이번에 그 폭탄이 자연재해로 인해 터져서 삼대 성소가 화상을 입었습니다. 삼대 성소는 말이 필요 없는 소중한 곳 아닙니까? 성소 하나라도 기능을 못 하면 이승도 저승도 파멸입니다. 천왕과 자연왕이 성소의 안위를 책임져야 하는데 두 왕신 모두 치료의 능력이 없습니다. 그래서 태양왕신님께 도움을 청하러 왔습니다."

"그러니까 나더러 치료를 하라는 것인가?"

"예! 능력이 있으신 분이 치료를 해서 성소를 정상으로 돌려놔야 하니까요."

"내가 안 한다면?"

"삼대 성소는 어느 한 신에게만 중요한 것이 아니라 살아있는 모든 생명, 이승의 생명, 신계의 생명 모두에게 소중합니다. 성소가 무사해야 저도 있고 태양왕신님도 계실 수 있으니까요."

"협박처럼 들리는구나."

"그런 것이 절대로 아닙니다. 만약 삼대 성소가 기능을 못 하면 이 승과 저승이 모두 망가집니다. 이승에서는 저승으로 못 올 거고요. 저 승에서는 기록관이 망가지면 인과의 관계도 계산 못 할뿐더러 천 개의 방도 구실을 못 하겠지요. 정화의 숲으로 신들이 간다고 해도 이승으로 내려갈 수 있는 길이 막혀서 이승에서 태어나는 생명도 없게 됩니다. 그러므로 이승과 저승이 모두 파멸입니다. 태양왕이시여! 신계를 구하소서."

태양왕이 지그시 천왕을 내려다보더니 입을 열었다.

"상처가 어느 정도냐?"

"아직 구멍 난 정도는 아니고 광범위하게 데이고 그을렸습니다. 신 장들이 몰려와서 저한테 성소를 원상복구 하라며 따지고 갔습니다. 어 떻게든 고쳐 놓으라고요. 저는 치료의 능력이 없고 자연왕도 치료의 능력이 없습니다. 태양왕께서 고귀한 능력으로 성소를 치료해 주셔서 이 세상을 구하소서."

"그러면 다시는 폭탄이 안 터지는 것이냐?"

"예?"

"또 폭탄이 터지면 치료하고, 다시 너희가 터트리면 치료하고, 그 래야 하냔 말이다."

"저어…… 그게 폭탄이라는 게 말입니다. 저만 폭탄을 없앤다고 없 어지는 것이 아니라 신계 여러 영역에서 가지고 있는지라 제 능력 밖 의 일입니다."

"그럼 또 터지겠구나."

"……."

"감당도 못 할 일을 저질러 놓고 뒤처리를 나한테 하라고 왔다는 말이지?"

"저어…… 태양왕이시여! 그런 게 아니옵고…… 나라신이 되면 그 영역을 지켜야 하는 책임이 있습니다. 영역을 지키기 위해선 군대도 있어야 하고 군대가 쓸 수 있는 무기와 기타 장비가 필요합니다. 싸워서 이겨야 하고, 이기기 위해서 더 나은 무기를 만들어야 하고, 이런 경쟁 구도 속에 지금의 빛응축폭탄이 탄생한 거지요. 싸움에 지지 않으려고 만든 무기가 모든 것을 해치고 파괴하는 무기가 될 줄 몰랐습니다."

"지금이라도 그 무기들을 몽땅 없애버리면 될 것 아니냐? 그러면 추후 다시 터지는 일이 없지 않겠느냐."

"태양왕이시여! 아까도 말씀드렸지만 그게 쉽지 않습니다. 우리 영역만 무기를 포기한다고 되는 게 아니라 다른 영역들도 같이 무기를 포기해야 하는데 그렇게 할 영역이 없다는 겁니다. 그 무기가 있어야 영역이 지켜지고 위상이 올라간다고 생각하거든요. 또한 그 무기를 개발하기 위해서 수많은 돈과 신들의 지혜가 필요했기 때문에 간단한 문제가 아닙니다. 그래서 무기를 없애는 것은 영역 간의 상호 조율을 통해 협의할 것이니 시간이 필요하고요. 당장은 삼대 성소의 치료입니다."

"전쟁 중 아니더냐? 전쟁 중에는 어디서든 또 폭탄이 터질 위험이 있는 것 아니냐?"

"맞습니다. 그래서 러시아를 좀 위험하게 생각하고 있어서 신경 쓰고 있습니다."

"그 분위기는 네가 만든 것이 아니더냐. 지금까지 한 행태를 보면 이권이 있는 곳에 천왕 군이 있더구나."

"제가 만든 것이 아닙니다. 제 우방국들이 침략을 당하면 그들을 보호하기 위해서 돕다 보니까 그렇게 된 겁니다. 태양왕은 우리 믿음의 신이신데 제 편을 들어줘야 하는 거 아닙니까?"

"편을 들어줘야 한다? 어디 그런 법이라도 있느냐? 물론 내가 나의 신도들을 돌보는 게 우선이기는 하나 내 마음에 들지 않는 일까지 돕지는 않는다. 너는 신계를 호령하는 천왕 아니냐. 너 스스로 모든 것을 헤쳐 나갈 능력이 있거늘 무엇이 부족한 것이냐?"

"저를 못마땅하게 여기시는군요. 제가 태양왕 마음에 들지 않는 점은 무엇입니까?"

"오만한 마음이다. 너의 마음에 오만한 마음이 자리 잡고 있어 독단적으로 행하는 일들로 신들의 원성이 쌓이고 있구나. 알고 있으면서 모른 척 외면하고 있어도 그 원성은 네게로 고스란히 돌아갈 것이다. 오만한 마음은 너를 무너뜨리고 모든 것을 잃게 할 수 있으니 경계해야 한다."

"원성이요? 오만한 마음, 그것 때문입니까? 그것이 힘을 잃게 할 수도 있다고요? 요즘 예전 같은 힘이 나오지 않는 것 같고, 신들과의 단합도 덜 되고 있어요. 태양왕은 제게 믿음의 신이시니 힘을 실어주셔야 합니다. 그런데 마음에 들지 않는다고 밀어주지 않으시면 제가 곤란에 처할 수 있습니다."

태양왕이 미소를 지었다.

"천왕답지 않은 말을 하는구나. 언제나 자신만만하고 기세등등하던 그 모습은 어디 가고 나약한 소리를 하는 것이냐. 겉으로 나를 믿는다고 하나 너는 진정으로 나를 찾은 적이 없었다. 천왕이 되고 나서 찾아온 것이 이번이 처음 아닌가. 막강한 너의 힘을 과신한 나머지 나에게 기댈 필요가 없었던 거지. 신도라고 다 같은 신도가 아니다. 참 신도인지 거짓 신도인지 나는 그것부터 본다. 천왕은 나에게 거짓 신도로 보이는구나."

태양왕의 말에 가시가 돋쳐 있었다.

"태양왕의 말씀대로 신들의 원성과 태양왕의 미움을 받아도 좋습니다. 하지만 성소는 왕신님께도 매우 중요하니 성소부터 고쳐 주시고 저를 미워하십시오. 성소가 화상을 입고 나니까 제가 능력이 부족한 걸 알겠습니다. 성소 문제를 해결하지 못하면 신계가 위험에 빠집니다. 부디 신계를 구해 주옵소서."

"투정을 부리는 것이냐?"

"투정이라고 생각하셔도 좋습니다. 태양왕이시여!"

태양왕은 잠시 생각하더니 화제를 돌렸다.

"그보다 한국 나라신의 빛이 심상치 않더구나. 모든 왕신을 넘어서는 빛을 내뿜고 있어서 멀리서 한 번 보았다. 아무래도 새로운 왕신이 등장할 것 같다."

천왕은 흠칫 놀랐다. 한국 나라신은 신계에 들어왔을 때부터 빛이 강해서 견제했었다. 여러 번 죽이려고 시도도 했었는데 끝내 실패하고 기어이 나라신이 되었다.

"새로운 왕신이요? 자연왕인가요?"

"자연왕은 아닌 것 같다. 자연왕이 바뀔 것이었으면 벌써 바뀌었어야 했다. 지금 자연왕의 빛은 누가 봐도 가물가물하니까."

"그럼 저인가요?"

"한국이라는 영역의 신들을 보면 배려하는 것이 습관화되어 공격적이지가 않다. 그것이 그들의 내면에 깊숙이 내재되어 있는데 오히려 이것이 다른 영역이 쉽게 생각하는 원인이 되기도 한다. 하지만 한국은 근본적으로 강하다. 일시적으로 그들을 물리적으로 지배할 수 있겠지만 영적으로 지배할 수 없는 이유이기도 하다.

한국 나라신은 종교 신자도 아니다. 한국 나라신의 빛을 보건대 왕신의 빛을 모두 넘어선 빛을 내더구나. 그래서 생각해 봤다. 왕신이 되지 않는다면 가능성은 두 가지다. 신장이 바뀌었다는 소린 들은 적이 없지만 신장이 바뀌거나 아니면 '전설의 신'이 아닐까 싶다."

"신장이요? 전설의 신이요?"

"성소가 무너지지는 않았지만 이미 상처가 많이 난 상태다. 이미 전설의 한 장면이 이루어지고 있는 것이다. 앞으로 퍼즐이 어떻게 맞춰질지 모르겠지만 신장보다는 '전설의 신' 등장이 더 현실감 있게 다가오는구나."

"그럼 태양왕신님은 어떻게 되십니까?"

"소멸되겠지."

"저도요? 백호왕, 미르왕도요?"

태양왕이 말없이 고개를 끄덕였다.

천왕의 표정이 굳었다.

"미국과 동맹이기도 하니까 한국 나라신이 자연왕이 되는 게 최고의 시나리오였는데요."

사사건건 미국과 대척점에 선 그 자연왕이 한국 나라신으로 바뀐다면…… 한국과 지금까지 우방국으로 지낸 천왕으로서는 날개를 다는 것과 마찬가지였다.

"어쩌면 최악의 시나리오가 될 수도 있겠군요."

"나도 한국 나라신이 자연왕이 되기를 바라지만, 만약 그럴 리는 없겠지만…… 천왕이 될 수도 있다는 가정도 해 볼 수도 있다. 하지만 한국 나라신 빛의 크기를 봐서는 다섯 명의 왕신이 다 소멸되는 게 맞는 것 같구나."

"한국은 아주 작은 영역이에요. 그 조그만 영역에서 '전설의 신'이 나온다구요? 오우~ 절대로 아닐 겁니다."

"한국이 작은 나라는 아니다. 중국, 러시아, 일본 같은 큰 영역에 둘러싸여 있어서 상대적으로 작게 보이는 것이다. 유럽에는 한국보다 작은 영역이 여럿 있어도 작다고 하지 않는다. 또한 예전의 한국은 중국 북동부와 러시아 동남부를 아우르는 꽤 큰 영역이었는데 그걸 한국의 신들이 깨닫기 시작했다. 만약에 새로운 한국의 나라신이 과거의 잃어버린 그 영역을 찾으려고 한다면, 그 숙제를 한국 나라신이 하겠다고 나서면 그때는 아무도 막을 수 없을 것이다. 과거 너와 너의 조상들이 했던 일들을 한국 나라신이 할 수도 있겠지. 그런 일은 일어나지 않았으면 좋겠지만."

천왕이 기가 막힌 표정을 지으면서 웃음을 터트렸다.

"허허허…… 참 내, 태양왕신님이 농담을 하실 줄은 몰랐습니다. 어떻게 그런 일이 일어날 수 있답니까? 절대 그런 일은 일어나지 않아요."

"그러니까 만약이라고 했다. 하지만 한국 나라신은 지금까지의 신과 다르다는 것을 알아라."

손바닥으로 하늘을 가리기에 하늘은 넓디넓다. 한국의 신들은 여기 저기 흩어진 역사의 조각들을 모으기 시작했고 자신들이 배운 역사의 모순점에 의문을 품었다. 조각들이 하나씩 꿰맞춰지면서 윤곽이 드러나기 시작하자 일본은 모르쇠로 일관하며 얼버무렸다. 그리고 중국까지 나서서 역사 조작에 가담했다.

이 뒤에 미국이 있었다. 미국이 일본의 역사 조작을 눈감아 줬고 미국의 묵인하에 맘 편하게 한국의 역사를 날조한 것이다. 그것이 서서히 드러나기 시작하자 미국은 모른 척 지켜보고만 있었다.

"미국과 한국의 사이가 어떻게 될까요?"

천왕이 화제를 다시 현실로 돌려놓았다.

"그건 네가 하기 나름이니 잘 알아서 하거라. 내가 싸구려 점쟁이냐?"

태양왕이 미간을 살짝 찌푸리며 말했다.

"한국과 사이가 벌어지거나 싸우는 일은 없겠지요?"

"한국이 먼저 시비 거는 일은 없을 것이다. 워낙 선량한 신족이니 천왕이 도발하지 않으면 잘 지낼 것이다. 그것보다 성소를 지키는 것은 천왕의 고유 임무가 아닌가? 성소에 구멍이 뚫리기 전에 빛응축폭탄을 모두 폐기해야 할 것이다. 그래야 더 이상 성소가 다치는 것을 방지할 수 있다. 성소는 반드시 지켜져야 한다."

"그래서 제가 여기에 온 것 아닙니까? 태양왕께 성소 치료를 요청하려고요. 저도 간절히 성소를 지키고 싶은데요. 성소를 지키려면 자연재해가 더 이상 일어나지 말아야 하는데 점점 더 잦아지고 있습니다."

"자연재해도 역시 신들의 오만이 불러온 것이다. 그건 천왕의 능력

밖이라 어쩔 수 없지만 전쟁은 천왕의 능력으로 막을 수 있지 않은가? 할 수 있는 것부터 하거라."

"예! 그렇게 하겠습니다."

"한국 나라신에게 잘 보여야겠구나."

"예! 조그만 영역에서 어떻게 그렇게 큰 신이 나타났는지 모르겠습니다. 유감이지만 대세가 그렇다면 따라야겠지요."

"다른 영역과 합의를 도출해서 빛응축폭탄을 없애도록 해라. 더 이상 폭탄이 터져서 성소가 다치면 이 세계는 끝이다."

"예!"

"모든 것을 견뎌내고 결국 네가 이길 것이다. 너는 천왕 아니더냐. 현재 신계의 실질적인 주인은 너다."

태양왕은 걱정하는 천왕에게 용기를 주었다.

"그렇지요. 고맙습니다, 태양왕이시여!…… 성소는요?"

"성소는 네가 걱정하는 대로 되지 않을 것이다. 다만 더 이상 폭탄이 터져서는 안 된다."

"성소의 치료를 거부하시는 겁니까?"

"거부하는 게 아니라 할 필요가 없다는 거다."

"예? 그게 무슨 말씀인지요?"

"내가 아니더라도 누군가 치료할 것이야. 그만 가 보거라."


자연왕에게서 백호왕이 면담을 거절했다는 홀로그램이 천왕에게 왔다. 연이어 천왕에게 홀로그램이 또 하나 떴다.

'동지 신장이다. 면담을 요청하오.'

'ok!'

동지 신장과 대면해 봤자 또 빛응축무기를 없애고 성소를 치료하라는 닦달을 할 것이지만 성소의 심각한 상태를 보고 온 이상 그냥 묵과할 수는 없었다.

금세 천왕 앞에 밝은 빛이 생기며 한 신이 나타났다. 이제 천왕은 동지 신장과 구면이 되었다. 빛 때문에 피부까지 하얗게 보일 정도인 그는 쌍꺼풀이 크게 져서 검은 눈이 깊고 컸는데 오뚝한 콧날에 선명한 붉은 입술이 하얗게 센 눈썹과 수염, 긴 머리가 하얗게 나풀거리며 묘한 대조를 이루고 있어서 신비한 느낌을 풍기고 있었다.

천왕이 빤히 바라보기만 하자 동지 신장이 근엄한 표정으로 입을 열었다.

"천왕! 인사는 생략하겠다."

천왕이 정신 차리고 응대했다.

"구면인데도 신장은 신비로워서 잠시 바라봤소. 성소를 다녀왔소. 신장의 말씀대로 상태가 안 좋더군요."

동지 신장의 하얀 눈썹이 꿈틀거렸다.

"천왕이 지금 최우선으로 할 일은 성소의 치료다. 성소의 치료를 위해서 어떠한 노력을 하고 있는가?"

"가서 보니까 신장이 그렇게 화내시는 게 이해가 가더군요."

"천왕은 성소를 치료할 능력이 없다. 그러니 종교의 왕신을 천왕이 데려와서 치료하도록 하라. 성소의 일이니 종교의 왕신들도 안 한다고 하거나 거절하지 못할 것이다."

"그래서 태양왕께 다녀왔소."

"태양왕은 성소에 나타나지 않았다."

"태양왕이 하지 않아도 누군가 치료할 거라고 하시더군요."

"뭐라고? 뭐 그런 무책임한 말이 있나?"

"태양왕께서 그렇다면 그런 거겠지요. 태양왕을 비판하지 마시오."

동지 신장의 하얀 눈썹이 꿈틀거렸다.

"다른 왕신은? 백호왕, 미르왕은?"

천왕이 한숨을 쉬었다.

"미안하오. 자연왕이 백호왕을 만나려고 했지만 면담을 거절당했다고 하는군요. 미르왕은 시도도 못 해 봤고요."

"천왕! 성소를 고칠 생각은 있는가?"

"나도 답답한데 방법이 없지 않소, 방법이."

동지 신장이 화를 참으며 천천히 말했다.

"종교의 왕신들에게 어떻게 했길래 움직이질 않는단 말인가? 그러고도 왕신인가? 사태의 심각성을 인식하지 못하는 건가?"

동지 신장의 화난 음성에 천왕은 짜증이 났다.

"난 태양왕에게 부탁하고 도움을 청했소. 왕신님이 누군가가 할 거라고 말씀하셨단 말이오. 나더러 어쩌라고."

동지 신장의 미간에 잔뜩 주름이 잡혔다.

"일전에 내가 천왕의 책임과 의무에 말했을 것이다. 기억나는가?"

천왕은 대답하지 않았다.

"그러면서 세 가지를 요구했다. 그중에 한 가지라도 실행되는 게 있는가?"

"……."

"지금 성소는 위험하다. 당장 치료를 해야 하고 또한 더 이상 빛과 열을 받으면 안 된다. 그래서 빛의 무기를 모두 제거하고 전쟁도 멈추어 달라고 했었다. 그런데 천왕은 이 신계에서 최고의 지위를 누리면서 아무런 책임을 지지 않고 있다."

"……."

"천왕이 할 일을 하지 않으면 천왕의 미국뿐만 아니라 모든 신계의 신들, 이승의 인간들까지 모두 죽고 말 것이다. 이 세상을 생명 없는 폐허로 만들려고 하는가?"

계속되는 동지 신장의 추궁에 천왕이 한숨을 내쉬었다.

"후-우~ 내가 천왕인 게 죄로군. 지금의 상황은 내 능력으로 되는 게 아니오."

"그럼 세 가지 중에 먼저 할 수 있는 것부터 말해 보라."

천왕이 어깨를 으쓱거렸다.

"빛응축폭탄 제거는 나 혼자 결정할 수 있는 문제가 아니오. 전에도 말했듯이 미국만 있는 무기가 아니잖소. 여러 영역에서 갖고 있고 그 무기 자체가 영역의 안전을 지켜 준다고 생각하고 있어서 쉽게 포기하지 않을 거요."

"미국이 그 무기를 포기하고 다른 영역도 제거하도록 설득해야 한다."

천왕이 한숨을 쉬었다. 동지 신장이 빛응축폭탄의 제거를 너무 쉽게 생각하는 것 같았다.

"그 무기는 쉽게 만들 수 있는 것이 아니오. 그러니 쉽게 포기하려고 하지 않을 거고, 포기시키려면 수많은 대화를 거쳐서 상대방과 타협점을 찾아야 하는 절차가 필요해요."

"그렇다면 그 절차를 바로 시작하라. 천왕의 권한을 이럴 때 써먹
어야 하지 않겠는가?"

천왕이 고개를 절레절레 흔들며 대답했다.

"다시 말하지만, 현실적으로 빛응축폭탄을 당장 제거하는 건 어렵
소. 성소가 다쳐서 급하기는 하지만 다시 한 번 치료를 위해 종교 왕신
들께 부탁하고 무기를 소유하고 있는 상대 진영과 대화를 시도하겠소."

"원론적인 얘기만 하는군. 성소를 원상복구 하려는 마음은 확실히
있는 것인가? "

"당연하지요. 세상 어느 것도 성소보다 중요한 것은 없어요."

천왕이 침울하게 대답했다.

"잘 아는데 보여지는 것이 없구나. 기억하라. 천왕이 되었을 때 해
야 할 일 첫 번째, 지켜야 할 일 첫 번째가 성소를 지키는 일이었다. 천
왕은 그 막중한 임무를 저버렸다."

"아직, 아직 성소는 무사하잖소. 화상을 입어서 손상되기는 했어도
아직 아무 일도 일어나지 않았어요. 더 이상 폭탄이 터지지 않으면 되
지 않소. 성소는 종교의 왕신들에게 부탁하면 되고요."

천왕이 한 말은 동지 신장의 화를 돋운 것 같았다.

"지금까지 내가 한 말을 어디로 들었는가. 나도 계속 같은 말을 하
고 있고, 천왕도 계속 같은 대답을 하고 있다. 성소가 매우 위험하단
말이다. 모두에게 기회는 단 한 번뿐이다. 단 한 번의 실수로 성소가
더 다치기라도 한다면 돌이킬 수 없는 상황에 내몰려 이 세상은 끝장
이란 말이다. 그러니 절차를 다 생략하고 당장 무기를 다 제거할 방법

을 생각해 내란 말이다."

화를 벌컥 내며 지르는 소리에 천왕이 깜짝 놀라 뒤로 물러섰다.

"내가 할 일이 없어서 여기까지 왔겠는가? 성소가 위험하단 말이다. 기록관, 천 개의 방, 정화의 숲이 망가지면 신들은 인간계로 갈 수 없고 인간계에서는 신계로 오지 못한다. 이 세상을 멸망시킬 셈인가?"

천왕은 할 말을 찾지 못하고 더듬거렸다.

"아니, 아니, 그러니까 말이요. 내가 차근차근하겠다고 하잖소. 더 이상 빛응축폭탄이 터지지 않게 하면 되지 않겠소? 치료는 종교의 왕 신들이 하면 되고……."

"자꾸 폭탄 제거를 미루는 듯한 속셈을 드러내고 있잖나. 더 이상 폭탄이 터지는 것을 막는 것은 물론이고 이미 상처가 난 삼대 성소에 대해서도 당장 치료해야 한다. 그렇지 않으면……."

동지 신장이 말을 끊고 매서운 눈초리로 천왕을 노려보았다.

천왕의 왕성한 기는 어떤 신들과 상대해서도 결코 밀린 적이 없었다. 그런데 천왕의 의무와 책임을 들먹이며, 그것도 이 세상에서 가장 중요한 성소가 다쳤으니 치료해야 한다고, 아니면 멸망한다고 말하는 동지 신장에게 잔뜩 당황해서 할 말조차 찾지 못하고 있었다.

"당장 폭탄을 제거하는 작업에 착수하라. 더 이상 폭탄이 터지면 돌이킬 수 없으니."

"아니…… 그게…… 나 혼자 할 수 있는 것이 아니라고 했잖소."

천왕이 말끝을 흐리자 동지 신장의 하얀 눈썹이 꿈틀거렸다.

"당장 천상 회의를 소집해라."

"어? 천상 회의요?"

"천왕은 천상 회의를 소집할 권한이 있다. 신계의 모든 나라신과 경우에 따라서는 종교의 왕신들까지 소집할 권한이 있다. 수천 년 동안 천상 회의는 하지 않았지만 지금 닥친 상황을 해결하려면 이 특권을 발동해야만 한다. 그 자리에서 모두에게 지금 성소의 상태를 자세하게 설명하고 상황의 심각성을 인식시켜 주어야 한다. 그리고 종교의 왕신들에게 성소의 치료를 맡기고, 폭탄을 제거해야만 하는 합당한 이유를 설명해라. 천상 회의에 종교의 왕신들도 올 것이니 한꺼번에 일을 진행시키면 된다. 그 자리에 나와 일부 신장들도 참석할 것이다."

근엄하고 차분하게 말하는 동지 신장과 달리 천왕은 당황하였다.

"종교의 왕신이 올까요? 내가 이미 태양왕에게 다녀왔는데."

"올 것이다. 종교의 왕신들에게는 내가 천상 회의에 참석하도록 홀로그램을 넣겠으니 천왕은 모든 나라신에게 천상 회의에 참석하라는 통지를 해라."

"아! 예, 그러지요."

"이것이 최선의 방법이다. 그 자리에 종교의 왕신들이 오면 이중삼중으로 뛰어다니지 않아도 되고 한꺼번에 일 처리를 할 수 있다."

"그야 그렇지만, 태양왕이나 백호왕, 미르왕이 나와 줄까요? 좀처럼 신들 앞에 모습을 보이지 않는 왕신인데요. 홀로그램만으로 나올까요?"

동지 신장이 기가 막힌다는 표정을 지었다.

"당신, 천왕 맞나?"

"네."

천왕이 기어들어 가는 소리로 대답했다.

"허허…… 천왕이 이러니 세상이 이렇게 어지럽지. 하긴 빛도 별로 없는 걸 보니 패기가 없는 것도 이해가 되는군. 이래서야 어떻게 신계를 이끌 수 있겠는가. 자연왕도 거의 빛을 잃었으니 이 신계가 어찌 되려고 이러는가."

동지 신장이 혼잣말처럼 중얼거렸다.

삼대 성소를 고쳐야 한다는 말에 천왕은 괜히 자신감이 떨어졌다. 삼대 성소의 중요성은 강조하고 강조해도 부족할 정도였다. 기록관, 천 개의 방, 정화의 숲, 세 곳 중 한 곳만 기능을 못 해도 신계든 인간계든 멸망이었다.

삼대 성소의 위급한 상황을 인지한 천왕은 즉시 자연왕을 비롯하여 종교 왕신인 태양왕, 백호왕, 미르왕과 모든 영역의 나라신에게 천상 회의에 참석할 것을 홀로그램을 보내어 알렸다.

'삼대 성소가 화상으로 위급함. 이에 대한 논의로 천상 회의를 소집하니 종교의 왕신과 모든 나라신은 참여하시오.'

종교의 왕신들에게는 동지 신장이 보낸 홀로그램이 하나 추가되었다.

# 천상 회의

　천왕 영역의 커다란 건물에서 열리는 천상 회의에 각 영역의 나라 신들이 속속 모여들었다. 이백여 나라신들이 와글와글 몰려 있고, 그 위쪽에 황금색 빛이 나는 천왕이 앉아 있었다. 천왕의 옆에는 푸른 빛이 어슴푸레 감도는 중국의 자연왕과 그 위로 종교 왕신 셋이 있었다.

　천왕이 종교의 왕신들에게 눈을 맞추며 가볍게 인사했다. 성경의 구교와 개신교를 대표하는 태양왕이 붉은빛을, 코란의 미르왕이 검은빛을, 불교와 토속 종교의 백호왕은 흰빛을 띠었다. 각각의 개성을 알아볼 수 있는 빛을 내뿜으며 빛 속에 모습을 감추고 눈만 내놓고 있었다.

　나라신들은 각기 믿는 종교에 따라 무리 지어서 모였다. 태양왕 신도의 영역은 주로 유럽의 나라신과 북아메리카, 남아메리카 등의 나라신들이 모여 있었고, 미르왕 신도의 영역은 아랍의 나라신과 아시아와 아프리카의 몇몇 나라신이 있었다. 백호왕 신도의 영역은 인도와 아시아의 몇몇 나라신들과 아프리카 나라신들이 있었다. 상대적으로 다른 왕신들보다 따르는 나라신들이 많지 않았지만 신의 수가 많은 영역들이다 보니 빛만큼은 여느 왕신들 못지않았다.

　왕신들이 자신들에게 주어진 빛깔의 색을 감싸고 나라신들의 시선을 받고 있을 때, 어느 나라신들 무리와도 섞이지 않고 뚝 떨어져 홀로 서 있는 나라신이 한 명 있었다. 빛의 색은 없지만 온몸에서 뿜어내는 빛은 이미 모든 왕신들의 빛을 압도하며 찬란하게 빛나고 있었다. 왕신을 비롯한 모든 나라신들의 시선이 그에게 집중되었다.

천왕은 그 나라신 앞으로 갔다. 그 자리에 있는 모든 신의 눈이 천왕과 투명한 빛을 내고 있는 나라신에게로 쏠렸다. 천왕은 과장된 몸짓과 함께 어설프게 입꼬리를 올리며 손을 내밀었다.

"한국의 새로운 나라신이군요. 전부터 보고 싶었는데 드디어 보게 되었어요. 반갑소! 오우! 빛이 정말 대단해요."

"만나 뵙게 되어 반갑습니다, 천왕."

"요즘 한국이 엄청난 잠재력을 끌어내어 발전 속도가 빠르던데, 나라신의 힘이 반영되고 있는 거군요. 지난날처럼 앞으로도 우리 영역과 잘 지냅시다, 한국 나라신!"

"당연히 그래야지요."

한국 나라신은 이곳에 오자마자 주위에 있는 나라신들을 둘러보았다. 머리에 은은한 빛을 내는 나라신부터 빛이 전혀 없는 평범하기 이를 데 없는 나라신들도 있었다. 그래도 빛이 좀 난다 싶은 나라신들은 신계에서 영향력 좀 행사한다는 영역의 나라신이었다. 이제 새내기 나라신이 되었지만, 자신처럼 빛이 나는 존재는 위에 도사리고 있는 5대 왕신들뿐이었다. 그중에서도 세속의 왕신인 천왕과 자연왕의 빛은 종교의 왕신보다 월등히 빛이 약했다.

한국 나라신은 백호왕을 제외한 나머지 왕신을 처음 보았다. 5대 왕신을 한자리에서 본 한국 나라신은 그들을 탐색하는 데 온 정신을 쏟다가 느닷없이 천왕이 다가와 말을 걸자 정신을 가다듬었다.

"엄청난 빛이에요, 나라신 빛의 크기가 예사롭지 않아서 신계에 소문이 자자했어요. 그래서 전임 나라신에게 물어봤던 기억이 있는데, 제대로 대답을 안 해 주더군요."

한국 나라신이 대답했다.

"아, 그런 일이 있었어요? 그랬군요."

이미 다 알고 말하는 천왕에게 딱 잡아떼고 오리발을 내밀었다.

천왕이 의미심장한 미소를 지으며 고개를 갸웃거렸다.

"나라신이 신계에 들어오면서부터 이미 유명했어요. 왕신들뿐만 아니라 여기 모두의 나라신들에게까지 유명한 신이었을 거예요. 왕신보다 빛나는 신이 나타났다고요. 홀로그램 뉴스에서도 몇 번 나왔죠."

"아, 예, 그랬군요."

역시 모른 척 딱 잡아떼었다.

"젊다는 얘긴 들었는데 너무 아름답군요. 빛에 눈이 부실 정도요. 우리 양국은 동맹이니 자주 만나게 될 거예요. 지금은 회의가 우선이니까 나중에 다시 봅시다, 나라신!"

천왕은 웃으면서 한국 나라신의 어깨를 한 번 툭 치더니 다시 자기 자리로 돌아갔다.

이때 빛과 함께 신장 셋이 나타났다. 다섯 왕신과 나라신들의 이목이 일제히 새로 나타난 신장에게 쏠렸다. 동지 신장이 천왕을 보고 손을 한 번 들어 보이고는 앞을 보고 자신을 소개했다.

"나는 동지 신장이다. 이쪽은 추분 신장, 또 이쪽은 하지 신장이다. 오늘 이 자리에 온 것은 이 천상 회의의 내용이 우리가 일하고 있는 성소에 대한 이야기라 참석하게 되었다. 천왕이 하는 말을 듣고 좋은 결과를 도출해 주기를 바란다.”

동지 신장이 다시 손을 들어 왕신들과 나라신들에게 인사를 하고 한 발 뒤로 물러섰다.

천왕이 한 번 둘러보고 말하기 시작했다.

“자, 전에도 천상 회의는 없었지만 제가 천왕이 되고 천상 회의는 처음입니다. 오늘 모인 목적은 홀로그램으로 밝혔다시피 삼대 성소가 위급 상황이라 모인 겁니다. 일전에 나에게 여기 계신 신장들이 다녀 갔어요. 잘 아시다시피 신장들이 삼대 성소 밖으로 나오는 일은 지금 까지 없었어요. 그런데 성소가 지금 빛에 상해서 위급하다며 성소의 현재 상태를 여러분께 알리고 더 이상 빛응축폭탄이 터지지 않도록 해 달라고 하여 이 회의를 연 겁니다. 삼대 성소가 있어야 이 신계도 인간 계도 존재하니까요. 이 중요한 성소가 위급한 상황이라는 건 매우 심 각한 일이요.”

나라신들이 웅성거렸다.

중동의 한 나라신이 말했다.

“빛에 의해 상했다면 빛응축폭탄 때문에 성소가 상한 건가요?”

천왕이 대답했다.

“그렇소. 최근 중국과 파키스탄에서 지진이 일어났어요. 불행하게 도 무기고가 있던 곳에서 발생했고 무기가 폭발하면서 근처에 있던 빛 응축폭탄에 영향을 미친 거예요. 한 개가 터지니까 옆에 있던 것도 연 쇄적으로 여러 개가 터져서 한 지역이 초토화하는 엄청난 재난이 발생 했어요. 천만 명에 달하는 신들이 소멸되었고 그로 인해 두 영역이 매우 힘든 상황을 앞으로 견뎌야 할 것으로 보입니다. 그 열과 빛에 신들만 소멸된 게 아니라 성소도 화상을 입은 겁니다. 제가 보고 왔는데 상태가 심각해요. 삼대 성소가 광범위하게 데어서 벌겋게 헐고 금방이라도 뚫릴 것 같더군요. 아시다시피 삼대 성소의 중요성은 어떻게 말해도 부족할 정도요. 늘 그 자리에 천 년이고 만 년이고 버티고 있을 줄 알았는데 말입니다."

나라신들이 놀라서 웅성거렸다.

유럽의 나라신이 손을 들고 질문했다.

"프랑스 나라신이요. 성소가 그렇게 다쳤으면 큰일 아닙니까? 당장 성소를 치료해야지요."

"맙소사. 도대체 무슨 일이 벌어지고 있는 거야."

"성소는 신계의 근간이요. 치료도 하고 성소의 보호를 위해 대책을 세워야 합니다."

나라신들이 각자 한마디씩 하며 와자지껄 해지자 천왕이 두 손을 들어 제지했다. 어느 정도 소리가 잦아들자 천왕이 다시 입을 열었다.

"놀라셨을 거요. 나도 처음엔 믿지 않았으니까요. 성소는 언제나 영원히 그 자리에서 이 신계를 떠받쳐 줄 것으로 생각했어요. 한 번도 성소에 대해 그 어떤 의구심이나 이상 현상이 일어나는 것을 생각해 본 적도 없었으니까요. 그런데 아니었어요. 성소도 살아있는 생명체라 다칠 수 있다는 것을 모두 잊고 있었던 겁니다. 그래서 신장들이 나에게 요구한 것이 세 가지입니다. 첫 번째는 성소의 치료, 두 번째는 빛 응축폭탄의 즉시 제거, 세 번째는 모든 전쟁의 즉시 중단입니다. 더 이상 성소가 화상을 입으면 돌이킬 수 없는 상황이 발생하기 때문에 빛응축폭탄이 또 터지면 안 된다는 말이지요."

파키스탄 나라신이 말했다.

"이번 지진으로 빛응축폭탄이 터지면서 엄청난 피해를 입은 파키스탄입니다. 천왕이 말씀하신 두 번째, 빛응축폭탄의 제거 말인데요, 그게 현실적으로 가능할까요? 그 무기를 개발하고 만드는 데 천문학적인 돈이 들어가고 또 그 무기가 있어야 영역 수호에 도움이 됩니다. 만약 그 폭탄을 없앤다면 그에 상응하는 보상이나 조건이 따라야 한다고 생각합니다."

영국 나라신이 나섰다.

"영국에서 지진이 나란 법도 없는데 빛응축폭탄을 제거하다니요. 말도 안 돼요."

프랑스 나라신도 고개를 흔들었다.

"빛응축폭탄이 없으면 뭐로 영역을 지킵니까? 정말 순수하게 방어용인데요."

러시아 나라신이 손을 들었다.

"어쩌다 일어난 지진으로 생긴 일로 모든 빛응축폭탄의 제거라니요. 지진이야 일어날 수도 있고 안 일어날 수도 있는 거요. 그거 몇 개 터졌다고 빛응축폭탄을 다 없앤다는 건 있을 수 없는 일이요."

신장 셋의 표정이 서서히 변했다. 동지 신장이 먼저 입을 열었다.

"지진의 주기는 점점 짧아지고 있고 광범위하게 확산되고 있다. 거기다 화산도 어느 영역 가리지 않고 줄줄이 터지고 있는 중이다. 다음 차례가 러시아가 되지 않을 것이란 확신이라도 있는가?"

러시아 나라신이 무표정하게 대답했다.

"우리 영역이 넓은 것에 비해서 지진은 별로 없는 편이요. 그러니 별로 걱정하지 않소이다."

하지 신장이 눈썹을 꿈틀거리며 말했다.

"러시아 동남부도 불의 고리에 있고, 지금은 그것과 상관없이 신계 전체 기단이 들썩이고 있다. 중국도 내륙에서 지진이 종종 발생했다는 것을 명심하라."

"러시아로선 별로 관심 없는 내용이요. 성소의 치료가 더 관심이 가는군요."

러시아 나라신의 말에 하지 신장이 냉정을 유지하기 위해 애썼다.

"그나마 성소를 걱정하는 것 같아 다행이다만, 러시아도 안전지대는 아니라는 것을 명심하라. 또한 빛응축폭탄을 많이 가진 영역은 많이 가진 만큼 위험하다는 것을 명심하라. 많이 가진 만큼 빛응축폭탄이 터졌을 때 감당해야 하는 피해가 더 많아진다는 것을 말이다."

"흥, 협박이군. 지진이 아무 데서나 일어나나."

자연왕이 콧방귀를 꿰었다.

"협박이 아니라 현실을 제대로 알라고 일깨워 주는 중이다."

"빛응축폭탄은 러시아가 가장 많이 가지고 있는데 그걸 다 제거하기도 어렵거니와 그걸 없애면 영역은 무엇으로 지킨단 말이오?"

러시아 나라신이 되물었다.

"그것을 의논하기 위해 이 자리에 모인 것이다. 천왕, 회의를 계속 진행하라."

동지 신장이 천왕을 보며 회의 진행을 독촉했다.

천왕이 다시 목소리를 가다듬었다.

"흠, 들으신 대로 상황이 심각합니다. 신계의 기후 변화까지 점점 가늠할 수 없는 이상 변동이 나타나고 있잖아요. 여기 신장님들이 이렇게 말씀하실 때는 다 이유가 있는 겁니다. 신계를 지키고 이 세상을 지켜야 하는 사명을 지닌 분들의 말씀을 우리는 귀 기울여야 해요. 성소가 아직 기능을 하고 있을 때 기회가 있는 겁니다. 다시 한 번 성소 주변에서 빛응축폭탄이 터진다면 그 어떤 기회마저 사라지는 거니까요."

"그래도 난 빛응축폭탄을 제거하는 데는 반대요."

"나도 반대요."

러시아 나라신이 먼저 반대를 하자 자연왕도 잇달아 반대했다.

"여보시오, 자연왕! 그렇게 많은 신을 소멸시키고도 그런 소리가 나오시오?"

천왕의 말에 자연왕이 대답했다.

"우리에게 빛응축폭탄을 제거하라고 하기 전에 미국부터 솔선수범하시오. 미국에 빛응축폭탄이 없다면 우리도 안심하고 제거하는 작업에 착수하지요."

"자연왕의 말에 찬성이요."

러시아 나라신이 자연왕의 말에 동조하자 천왕이 난감한 표정을 지었다. 이를 본 동지 신장이 천왕을 돕기 위해 나섰다.

"이렇게 하는 건 어떻겠나. 미국이 하나 해체를 하면 빛응축폭탄 소유국들도 모두 하나씩 해체하는 거다."

"그렇다면 러시아는 찬성이요."

러시아가 가장 먼저 찬성 의사를 표했다. 하지만 뒤를 이어 찬성하는 영역은 없었다.

동지 신장이 자연왕을 보며 말했다.

"그렇게 많은 신들이 죽었음에도 아직까지 빛응축폭탄이 재앙이 아니고 그저 무기로 생각되는가?"

"……."

"파키스탄 나라신은 어떤가?"

"끙."

동지 신장의 표정이 굳어졌다.

"아무래도 사태의 심각성을 인식하지 못하는 것 같군. 천왕! 빛응축폭탄이 더 터져서 성소가 더 다치게 되어 기능을 하나라도 못 한다면 여러분들도 나도 죽는다. 신계의 멸망이란 말이다. 그러니 아직 이렇게 마주 보고 말할 기회라도 있을 때 제거할 대책을 말해 보라."

"좀 전에 동지 신장이 제시했던 내용이 난 마음에 듭니다. 하지만 아무도 호응을 해 주지 않는다면 나로서도 어떻게 할 방법이 없군요."

러시아 나라신이 무표정한 모습으로 말했다.

"무책임하다."

추분 신장이 버럭 소리를 질렀다.

"이 세상을 멸망시킬 셈인가?"

러시아 나라신이 감정 없는 소리로 대답했다.

"지진이 언제나 무기가 있는 곳에서 일어나는 건 아닐 거요. 우연히 무기고 옆에서 지진이 발생해 빛응축 무기가 터졌지만 대부분은 무관해요. 너무 예민하게 반응하고 있는 것 같군요. 안 그렇소?"

"맞아요. 러시아 나라신의 말이 맞습니다. 우연히 무기고 옆에서 지진이 발생해서 우리가 큰 피해를 입었지만, 앞으로는 안 일어나겠지요. 일어나도 다른 곳일 거요."

자연왕이 러시아 나라신을 두둔하고 나섰다.

동지 신장이 기가 막혀서 한심하다는 표정으로 쳐다봤다.

"허, 지금까지 한 소리를 뭐로 들은 걸까? 천만을 잃고도 저런 소리가 나오다니, 제정신인가?"

"천만 명이 소멸하면 빛이 저렇게 없어지는군. 일반 신과 구별이 안 될 정도여."

추분 신장이 혼잣말처럼 중얼거렸다.

자연왕의 눈꼬리가 가늘어지며 추분 신장을 흘겨봤다.

"이번엔 천만이었지만 다음엔 어떨까? 몇억? 아예 영역이 없어질 수도 있겠지?"

추분 신장이 도발하자 자연왕이 더 이상 참지 못했다.

"신장 따위가 왕신에게 뭐라고 까부는 거냐? 신장이면 성소나 지키고 있을 일이지 왜 여기까지 와서 왕신에게 모욕을 주는 거냐? 지진이 무기 있는 곳에 골라서 발생하란 법 있는가? 지금까지 무수히 지진이 일어났지만 딱 두 번뿐이었다, 딱 두 번."

동지 신장이 코웃음을 치며 한국 나라신을 보았다.

"추분 신장이 사실 그대로를 얘기했으니, 모욕은 아닌 것 같다. 빛이 그 정도면 자연왕이 이미 바뀌어야 했는데 참 이상하군."

자연왕이 분해서 두 주먹을 쥐고 부르르 떨었지만, 이번에는 러시아 나라신도 두둔해 주지 않았다.

"왕신이 이토록 모욕을 당하는데, 천왕은 보고만 있소? 천왕의 빛도 예전 같지 않소이다."

천왕은 자연왕의 말을 무시하고 말머리를 돌렸다.

"아까 내가 말한 대로요, 동지 신장! 들으신 대로 빛응축폭탄을 제거하는 데는 각 영역의 이해가 걸려 있어 쉽게 내려놓을 수 있는 문제가 아니요. 신장들 입장에서야 성소가 더 다치면 재앙이 닥칠까 봐 걱정하는 마음은 알겠지만 현실은 보시다시피 쉬운 일이 아니요."

동지 신장이 어두운 얼굴로 질문했다.

"그럼 다른 해결책이라도 내놓아라. 이대로 성소를 위험에 노출시킬 수는 없다."

천왕이 나라신들을 향해 말했다.

"들으셨지요? 좋은 의견이 있으면 말씀해 주시기 바랍니다."

잠시 아무도 말하지 않아서 조용했다.

천왕이 느닷없이 한 명을 딱 집어서 질문했다.

"한국 나라신! 혹시 좋은 생각이 있으면 말씀해 주시오."

모두의 시선이 한국 나라신에게 쏠렸다.

"없습니다."

한마디로 딱 잘라서 대답하자 천왕은 맥이 빠진 듯 다시 동지 신장에게 시선을 돌렸다.

"들으셨지요? 빛응축폭탄 제거는 매우 어려운 문제요. 그 무기 개발에 영역의 사활을 걸 만큼 매우 난이도가 높은 무기란 말이요."

"그러니 생명을 많이 죽이겠지. 엄청 많이 죽이기 위해서 그만큼 연구를 했겠지. 두 군데서 폭탄이 터졌는데 거의 이천만 명이 죽었다. 만약에 앞으로 더 큰 재앙이 닥쳤을 때 얼마나 많은 희생이 따를지 생각해 본 적 있나?"

동지 신장의 묵직한 목소리가 모두에게 무겁게 들리고 있었다.

조용한 가운데 나라신 하나가 손을 들었다.

"나는 모로코 나라신입니다. 우리 영역은 빛응축폭탄은 없지만 성소가 무사하길 바랍니다. 성소가 무사해야 우리가 이승도 다녀오고 이렇게 이야기도 할 수 있으니까요. 성소가 없으면 말 그대로 끝입니다. 나는 신장님들 말씀에 동의합니다."

그러자 여기저기서 툭툭 튀어나와 발언했다.

"나는 멕시코 나라신이요. 성소는 지켜져야 합니다. 신장님의 걱정이 우리의 걱정입니다. 빛응축폭탄을 없애는 게 좋겠어요."

"인도네시아 나라신입니다. 성소가 더 다치지 않도록 천왕과 자연왕, 러시아는 화해하고 이 문제를 적극적으로 해결해 주세요."

"필리핀 나라신이요. 동지 신장님이 제안하신 방법에 러시아 나라신이 찬성했으니 천왕도 찬성하면, 천왕의 주도하에 그 방법으로 빛응축폭탄을 제거하는 것이 어떻겠습니까?"

"나는 스페인 나라신이요. 모든 나라신은 성소를 우선으로 생각해야 합니다. 신계의 안녕을 위해서 자국의 이익만을 내세우지 마세요."

"우크라이나 나라신이요. 빛응축폭탄이 없어도 그에 못지않은 폭탄이 무수히 많습니다. 우리 영역에 러시아가 퍼부었던 폭탄을 보면 알 수 있지요. 빛응축폭탄만 빼고 다 퍼부었으니까요. 빛응축폭탄이 아님에도 불구하고 많은 우리 신들이 소멸했고 영역은 초토화되었습니다."

너 나 할 것 없이 와자지껄해지자 천왕이 자제하라고 손짓했다.

이때 러시아 나라신이 소리쳤다.

"만약 러시아가 빛응축폭탄을 썼더라면 우크라이나는 이미 우리 영역이 되어 있었을 거요. 러시아는 신계의 안녕을 위해 빛응축폭탄을 쓰지 않았다는 것을 알아 두시오."

러시아 나라신이 빈정거렸다.

"그 무기는 우리에게서 빼앗아 간 거잖소. 우리에게 퍼부었던 많은 무기 중에 우리에게서 가져간 무기도 있었소."

우크라이나 나라신의 말에 러시아 나라신이 슬쩍 입꼬리를 올렸다.

"우리에게 오면 다 우리 거지."

천왕이 끼어들었다.

"여기는 회의장이요. 잘 보시오. 여기 여러분의 왕신님들이 계십니다. 왕신님이 보는 앞에서 추태를 보이고 싶소?"

나라신들은 입을 다물고 조용히 자신들이 믿는 왕신들을 바라보았다. 종교 왕신들은 자신들의 빛 속에서 눈만 반짝이며 지켜보고 있었다.

천왕이 말을 이어갔다.

"나부터, 미국부터 어떤 이유든 빛응축폭탄을 쓰지 않을 것이요. 빛응축폭탄을 썼다간 이 세상은 멸망할 거요. 그러니 이제 논쟁을 끝낼 타협점을 찾읍시다."

영국 나라신이 나섰다.

"빛응축폭탄을 쓰지 말아야 한다는 생각에 공감합니다. 자연재해였지만 너무 많은 신들이 빛 속에서 소멸했어요. 그러니 천왕의 말씀대로 어떤 이유로든 빛응축폭탄은 쓰면 안 됩니다. 성소가 망가지면 말 그대로 세상의 파멸입니다."

이집트 나라신이 말했다.

"그럼, 전쟁이 나면 재래식 무기로 싸우자는 거요?"

천왕이 대답했다.

"이렇게 많은 신이 소멸했는데 더 소멸해야겠소? 재래식 무기든 뭐든 전쟁하지 맙시다."

천왕의 말이 끝나자마자 여기저기서 미국을 성토하는 말들이 쏟아졌다.

"전쟁에 제일 많이 관여하고 있는 천왕이 하실 말씀은 아닌 것 같소."

"옳소. 미국이 전쟁은 제일 많이 하지요."

"미국부터 반성하시오."

"미국만 나서지 않는다면 신계는 조용할 거요."

나라신들이 웅성거리자 천왕이 손으로 제지하며 인상을 찌푸렸다.

"말귀를 못 알아듣는군요, 나라신들! 성소가 위급하다고 했소. 자존심을 내세울 상황이 아니란 거요. 미국부터 모든 걸 다 내려놓겠다고 하고 있잖소."

러시아 나라신이 냉소적인 표정으로 말을 받아쳤다.

"그걸 어떻게 믿소? 언제나 전쟁이 일어나면 어떤 명분을 만들어서라도 미국이 끼어들던데요. 그렇지 않습니까?"

"맞아요."

"옳소!"

"미국이 문제요."

분위기가 이상하게 돌아가자 천왕은 신장들을 보았다. 도와달라는 무언의 암시였다. 동지 신장이 헛기침을 하며 목소리를 가다듬었다.

"흠, 흠, 이제 천왕의 말을 이해하게 되었구나. 신들의 욕심은 비록 자신들을 죽이는 무기라 하더라도 포기하지 않는구나. 오로지 러시아 나라신만이 한 번 무기를 포기할 의향을 비쳤는데 그마저도 다른 영역이 받아주지 않아서 거절됐다. 신명보다, 영역만큼이나 소중한 무기란 말이지? 그렇다면 여러분은 앞으로 어떠한 경우가 닥치더라도 그 귀중한 빛응축폭탄을 고이 간직해 주기 바란다. 단, 사용은 안 된다. 빛응축폭탄과 유사한 성능을 가진 무기 사용도 안 된다. 만약 또다시 빛응축폭탄이 터져서 성소에 영향을 미치면 이 세상은 멸망한다. 만약 전쟁을 빙자하여 빛응축폭탄을 사용한 영역이 있다면, 내가 빛폭탄이 터진 영역의 나라신을 용서치 않을 것이다."

"알았소!"

천왕이 먼저 대답하자 나라신들도 따라서 대답했다.

"알았습니다."

미르왕 신도의 영역에서 누군가 손을 들었다.

"만약 전쟁을 하게 되면 뭐로 싸워야 합니까? 주먹으로 싸우나요?"

동지 신장이 신경질적으로 대답했다.

"죽고 싶어서 안달이 난 거냐? 이 상황에 또 전쟁을 입에 담는가?"

미르왕 신도의 또 다른 나라신이 이의를 제기했다.

"좀 전에 나온 말대로 전쟁은 미국이 제일 많이 하고 있어요. 천왕이 성소를 고쳐야 하는 책임이 있다고 들었으니 우리 모두에게 책임을 추궁할 것이 아니라 천왕에게 책임을 지라고 하시오. 신계의 우수한 무기는 천왕, 미국 측에 가장 많이 있으니까요. 우리는 무기가 있다고 해도 허접한 무기밖에 없어서 성소 근처에도 못 갑니다."

"옳소!"

미르왕 신도의 나라신들이 모여 있는 곳에서 동조의 함성이 쏟아져 나왔다.

천왕이 난감한 표정으로 팔을 들어 조용히 하라며 흔들었다.

함성이 잦아들자 천왕이 말했다.

"우리 미국이 우수한 무기가 많은 건 사실이요. 하지만 전쟁은 우리가 일으킨 게 아니고 대부분 이미 일어난 전쟁을 빨리 끝내기 위해서 미국의 우방국을 도왔을 뿐이요. 그리고 성소의 치료는 천왕의 책임이 맞기는 하오만 내게는 치료의 능력이 없소이다. 그래서 이 자리에 종교의 세 왕신이 와 계신 것이요."

미르왕 신도의 나라신 하나가 나섰다.

"전쟁을 빨리 끝내기 위해 우방국을 도왔다고요? 그게 아니지요. 우방국이 아니어도 미국의 이익에 부합하면 전쟁에 참여했다고 사실대로 말하세요. 천왕은 말장난하지 마시오."

또 다른 나라신이 소리쳤다.

"천왕의 욕심으로 전쟁을 한 건 신계가 다 아는 일이요. 천왕의 위선 또한 잘 알려져 있습니다. 누구 탓으로 돌리지 말고 본인 스스로 되돌아볼 줄 아셔야 하오."

"맞소!"

또다시 미르왕 신도 나라신들이 웅성거렸다.

천왕이 신경질적으로 손을 들어 조용히 할 것을 요구했으나 모두 자신들의 의견을 이야기하느라 들은 척도 안 했다.

"시끄럽다!"

동지 신장이 큰 소리를 지르자 순식간에 조용해졌다.

"여기가 시장통인가? 개인적으로 할 말이 있으면 이 회의가 끝나고 하라. 심각하고 엄중한 이야기를 하는데 주의를 딴 데로 돌리지 말란 말이다."

미르왕 신도의 나라신 한 명이 나섰다.

"천왕의 말에 반박도 못 합니까? 위선적인 말로 우리를 기만하는데 왜 우리에게만 그럽니까? 천왕에게 책임을 묻고 책임을 지게 해야지요. 그리고 빛응축폭탄은 우리 미르왕 신도 영역들이 가장 적게 가지고 있습니다. 무기도 가장 구식이라고요. 러시아와 미국, 중국만 그 무시무시한 무기를 제거해도 신계의 위험은 대폭 사라질 겁니다."

"옳소!"

이번에는 몇 명만 소리치며 발언에 찬성했다.

동지 신장이 천왕을 보며 대답했다.

"나도 저 나라신 말에 매우 동감이다. 천왕! 미국, 러시아, 중국에 있는 빛응축폭탄만 제거해도 위험이 대폭 사라진다. 천왕은 이 말에 대해 명확한 답변을 하라."

굳은 표정의 천왕이 자연왕과 러시아 나라신을 차례로 쳐다봤다.

자연왕이 먼저 입을 열었다.

"천왕 군이 중국을 위협하지 않는다면 중국은 반대하지 않소."

"러시아도 마찬가지요."

러시아 나라신의 말에 우크라이나 나라신이 나섰다.

"러시아는 그런 말을 할 자격이 없소. 남의 영역을 침략해 신계를 혼란에 빠트리는 러시아가 어디를 위협한다 안 한다 운운하시오? 지

금 유럽을 전쟁의 공포로 몰아넣고 있는 가장 위험한 영역은 러시아
요. 안 그렇습니까?"

이번에는 유럽의 나라신들 쪽에서 찬성하는 목소리가 일제히 터져
나왔다.

"옳소. 러시아가 신계의 질서를 무너트리고 있소."

"러시아 때문에 경제가 엉망이요."

"우리의 안보에 엄청난 부담을 느끼는 중이요."

또 와자지껄 소란이 일자 천왕이 손으로 자제를 요청하자 조금씩
잦아들었다. 천왕이 동지 신장에게 말했다.

"이것이 성소 밖의 모습이요. 성소 안에서만 일했던 신장들이 이해
못 하는 부분이지요. 그래서 내가 저들을 설득하는 데 시간이 필요하
다고 말했던 거요."

"성소의 모습을 보고도 시간을 따지는가? 그렇게 시간이 많아 보이
는가? 이번에는 자연재해였지만 여전히 신계 곳곳에 전쟁이 일어나고
있고 전쟁으로 빛응축폭탄이 터지면 상대 진영에서도 쏠 거고 그러면
걷잡을 수 없을 것이다. 천왕의 할 일은 저들을 설득해서 당장 전쟁을
멈추고 빛응축폭탄을 제거하는 일이다. 내 앞에서 시간을 말하지 마
라. 그건 천왕이 할 일이니."

동지 신장의 말은 단호했다.

천왕의 얼굴이 일그러지며 모여 있는 나라신들을 가리켰다.

"제장, 힘을 실어 줘야 할 신장이 내 책임이나 추궁하고…… 이 모
습을 보고도 나한테 그런 말이 나오시오?"

동지 신장의 얼굴이 굳어지며 쩌렁쩌렁한 목소리로 소리쳤다.

"난 나라신들의 패싸움에는 관심 없다. 만 년 넘게 성소의 일만 했던 신장이다. 신계의 왕신들은 왕신의 이름에 맞는 책임이 있는데 지금의 사태는 왕신들이 책임과 의무를 다하지 못해서 일어난 일이다. 그러니 대책을 마련하고 신계를 구할 방법을 내놓으란 말이다."

모두가 숨죽인 가운데 천왕이 한숨을 내쉬었다.

"휴우~! 빛응축폭탄의 제거가 문제군요. 빛응축폭탄을 가진 영역의 나라신들은 이 문제에 대해서 심각하게 생각하고 좋은 방법이 있으면 말씀해 보시오."

선뜻 나서는 신들이 없자 지금까지 듣고만 있던 하지 신장이 입을 열었다.

"정말 한심하군. 자신들을 죽일 수 있는 무기들을 잔뜩 끌어안고서 눈치만 보고 있구나."

하지 신장이 두 팔을 벌리고 홀로그램을 크게 띄웠다. 홀로그램 안에는 성소의 외벽이 나왔는데 그을리고 벌겋게 데인 모습이 고스란히 보였다. 왕신들과 나라신들은 입을 벌린 채 그 모습을 보았다.

"자! 봐라. 여기서 단 한 발만 더 터져서 성소에 영향을 미친다면 어떤 일이 일어날지 장담할 수 없다. 이런 상황에서 서로의 탓만 하다니. 그대들은 영역의 신들을 보호하고 영역을 지켜야 하는 나라신들이다. 신들이 없으면 영역도 없고 나라신도 없다. 천왕도 자연왕도 여기 종교의 세 왕신도 없을 것이다. 더 이상 바보처럼 굴지 말고 현명한 선택을 하여 이 세상을 지켜주길 바란다."

하지 신장이 말을 마치며 홀로그램을 지웠다.

잠시 정적이 흐른 뒤 천왕이 말했다.

"보셨다시피 매우 심각한 사안이요. 누구의 이익이나 목적을 내세우기 전에 이 세상의 존립을 먼저 생각해 주기 바랍니다."

러시아 나라신이 질문했다.

"천왕부터 빛응축폭탄을 어떻게 할 것인지 말하시오. 그에 따라 러시아도 대답을 하지요."

"미국이 어떻게 하면 러시아가 빛응축폭탄을 제거할까요?"

천왕이 역으로 질문하자 러시아 나라신이 실소를 터트렸다.

"차아~하! 천왕이 이렇게 나올 줄 몰랐소. 매우 심각하긴 하군요. 내 의견은 아까와 똑같소."

"똑같다는 건 미국이 하나 제거하면 러시아도 하나 제거하는 식 말이요?"

"그렇소!"

"그럼 결과적으로 마지막엔 러시아만 빛응축폭탄이 남겠군요. 미국보다 러시아가 많으니까요."

"그런가요? 어쨌든 난 그 방법이 좋다고 생각해요."

천왕이 잠시 생각하는 듯하더니 고개를 끄덕였다.

"좋소. 그렇게 하겠소. 이것은 빛응축폭탄을 가지고 있는 영역 모두에게 해당되는 사항이요. 미국이 빛응축폭탄을 하나 제거할 때마다 모두 하나씩 제거하는 거요. 지금은 이 방법밖에 없으니 이 방법대로 합시다. 아셨습니까?"

"예!"

대답한 것은 러시아 나라신뿐이었다.

"왜 대답들을 안 하시는 거요?"

천왕의 질문에 우크라이나 나라신이 질문했다.

"천왕! 지금도 러시아가 우리 영역을 침략하고 있는데 나중에 러시아만 빛응축폭탄이 있으면 더 심각한 일이 일어나지 않겠습니까? 이 방법은 재고되어야 합니다."

"그럼 더 좋은 방법이 있소? 있으면 말씀해 주시오. 단 러시아가 받아들여야 하는 방법이어야 하오."

우크라이나 나라신은 대답을 못 했다.

"다시 한 번 묻지요. 빛응축폭탄을 소유하고 있는 나라신들은 러시아 나라신의 의견에 동의하십니까?"

영국 나라신이 고개를 흔들며 말했다.

"아니요. 최종적으로 러시아가 빛응축폭탄이 남는다는 건 유럽에 재앙이 될 수 있어요. 이 방법은 가장 많은 폭탄을 소유한 러시아만 유리한 방법이므로 반대합니다. 유럽의 안전장치가 없잖아요."

천왕이 대답했다.

"빛응축폭탄이 아니더라도 우수한 무기가 많습니다. 너무 걱정하지 마세요."

"아무리 우수한 무기라도 빛응축폭탄을 대신할 수 없습니다. 다른 방법을 생각해 봐요, 천왕."

"다른, 어떤 방법이요? 거의 모든 빛응축폭탄을 제거할 수 있는 방법이 이 방법 말고 있으면 말씀해 주세요?"

영국 나라신이 말없이 한숨을 내쉬었다.

"빛응축폭탄이 제거되어야 하는 이유를 지금까지 들으셨습니다. 다 함께 살자고 없애자는 거예요. 나도 살고 싶고 우리 영역의 신들도 살리고 싶습니다. 여러분들도 같은 마음일 거라고 믿어요. 우리가 러시아보다 힘이 없어서 이러자는 게 아니니까 믿고 따라 주세요."

"예."

영국 나라신이 조그마한 소리로 대답했다.

동지 신장이 천왕에게 말했다.

"이제 전쟁 중지와 성소의 치료 문제다."

"동지 신장의 말씀 들으셨지요? 모든 전쟁을 중지하랍니다. 러시아 나라신, 들었지요?"

러시아 나라신이 대답 대신 고개만 끄덕거렸다.

천왕이 씨익 웃으며 러시아 나라신을 향해 엄지를 치켜세웠다.

"좋습니다. 다른 지역도 전쟁은 안 됩니다. 미국도 전쟁 개입을 안 할 거고요. 여러분들도 이유 불문하고 작은 국지적인 전쟁도 안 됩니다. 이 논의는 여기까지요. 이제 성소의 치료 문제에 대한 의논이요."

천왕이 삼대 종교의 왕신에게로 눈길을 돌렸다.

천왕이 정중히 인사를 하고 느릿느릿 말을 꺼냈다.

"저도 자연왕도 치유의 능력이 없습니다. 그래서 세 분 종교의 왕신님께 성소의 치료를 정중히 부탁드립니다."

세 명의 왕신이 서로 눈길을 주고받더니 태양왕이 일렁이는 빛 속에서 모습을 드러냈다. 긴 머리카락을 나풀거리며 하얀 옷을 걸친 우아한 모습이었다. 하얀 피부가 빛 때문에 분홍색으로 보이고 깊은 눈은 날렵하게 선 콧날 사이에서 그림자를 드리우며 한층 강렬한 느낌을 주었다.

태양왕 신도 나라신들 사이에서 탄성이 터져 나왔다.

"우~와~!"

태양왕이 신들 사이에 모습을 드러낸 건 수백 년 만에 처음 있는 일이었다. 그러니까 모두 태양왕의 실물을 처음 보는 것이다. 모두의 시선이 집중된 가운데 태양왕이 부드러운 수염 사이로 입을 열었다.

"나는 나의 신자들에게 평화를 사랑하고, 서로 존중하고, 배려하라는 말을 하고 싶다. 또한 성소는 중요하고도 중요한 곳이다. 나보다 더 중요한 것이 성소이니 무조건 성소를 지켜야 한다."

태양왕의 간단한 말에 모두들 조용히 다음 말을 기다렸으나 태양왕은 더 이상 말하지 않고 미르왕을 보았다.

모두의 시선이 미르왕에게로 쏠렸다.

검은빛이 일렁이는 사이로 미르왕의 모습이 불쑥 나타났다. 하얀 얼굴에 광대뼈가 보이고 코가 오뚝했다. 움푹 팬 커다란 눈에서 광채가 뿜어져 나오고 검은 수염은 얼굴 절반을 가리고 있어서 강렬한 인상을 더욱 두드러지게 했다. 검은 터번, 살랑거리는 토브에 검은 망토를 휘날렸다.

이번엔 미르왕 신도 나라신들이 탄성을 질렀다.

"와~우~!"

천상 회의는 천 년에 한 번 열릴까 말까 하는 회의였고 그것도 종교의 왕신들이 참석하는 경우는 없었다. 그런 만큼 이번 천상 회의에 참석한 나라신들은 자신들이 믿는 종교의 왕신을 볼 수 있어서 행운이라고 생각했다.

"나 역시 태양왕과 마찬가지다. 나의 신도들은 어떤 이유를 막론하고 성소를 지켜라. 나를 따르는 믿음보다 성소는 모든 생명을 숨 쉬게 하는 만큼 두렵고 위대하다. 성소가 없으면 나도 없고, 그대들도 없느니라. 반드시 성소를 지켜라."

미르왕의 낮으면서도 카랑카랑한 목소리가 울려 퍼졌다.

천왕이 잠시 미르왕을 쳐다보다가 말했다.

"모두들 들으신 것처럼 왕신님들께선 우리가 평화롭게 살라고 하십니다. 우리도 소모적인 다툼으로 더 이상 신들을 소멸시키지 않고 각 영역끼리 화합하면서 신계를 지킵시다."

미르왕 신도 영역 중의 사우디아라비아 나라신이 나섰다.

"미르왕이시여! 만약 이웃이 내 것을 탐내어 쳐들어와도 그냥 다 내어주어야 합니까? 그럴 땐 싸워서 내 것을 지켜야 하지 않습니까?"

미르왕이 대답했다.

"너희 것을 지키고 말고는 너희의 마음이다. 내어주고 싶은 마음이 생겼다면 내어주고 지키고 싶다면 지켜야 하지 않겠느냐."

"지키고 싶을 땐 싸워서라도 지키라는 말씀이십니까?"

"지키고 싶다면 방법은 선택하면 된다. 싸우든 다른 방법으로 지키든 선택은 너희가 하는 것이다. 하지만 반드시 성소는 지켜라."

말을 마친 미르왕은 다시 검은빛 속으로 모습을 감췄다.

천왕이 미르왕 신도 나라신들을 향해 말했다.

"미르왕신님도 평화주의시군요. 앞으로의 평화가 기대됩니다."

사우디아라비아 나라신이 고개를 흔들었다.

"평화, 좋은 말이요. 하지만 우리 것을 지키는 것에 최선을 다하라는 말씀으로 들었소."

"하나 마나 한 말이군. 다른 미르왕 나라신들은요?

미르왕 신도들의 나라신들은 말없이 천왕을 노려보았다.

"젠장."

천왕은 분위기를 반전시키기 위해 백호왕을 보았다.

"백호왕신님, 한 말씀 해 주십시오."

모두 백호왕을 주시하고 있는 가운데 목소리가 들려왔다.

"나는 성소를 지키라는 말 외에 할 말이 없다."

천왕이 말했다.

"세 분 왕신님들은 성소의 치료를 맡아 주셔야겠습니다. 성소가 빛
응축폭탄이 터지면서 화상을 많이 입었습니다. 삼대 성소가 광범위하
게 다쳤으니 세 분의 능력으로 고쳐 주시기 바랍니다."

세 명의 종교 왕신들은 서로 눈빛을 교환하며 주저하다가 이내 고
개를 끄덕였다.

러시아 나라신이 손을 들었다.

"지금까지도 그랬지만 빛응축폭탄만 아니면 일반 무기 사용은 된다
는 거요?"

천왕이 못마땅한 얼굴로 대답했다.

"아니요. 모든 전쟁을 중지하라고 하셨잖소. 전쟁을 하면 아무래도
무기를 써야 하고 요즘 무기들이 성능이 좋으니 어떻게든 성소에 위해
가 된다고요. 빛응축폭탄과 유사한 성능을 가지고 있는 폭탄은 당연히
안 됩니다. 러시아는 또 우크라이나에 덤빌 작정이오?"

러시아 나라신은 얼굴을 돌려 버렸다.

"절대 빛응축폭탄 사용은 안 돼요. 전쟁도 안 돼요. 성소가 더 이상
상처를 입어선 안 됩니다. 당신들의 왕신님 앞에서 대답하셨으니 맹세

한 것과 다름없어요. 아셨습니까?"

"예!"

천왕이 한숨을 쉬었다.

"이상으로 천상 회의를 끝내겠소. 다들 돌아가시오."

"천왕은 저 성질 때문에 망할 거요. 욕심 많고, 성질 급하고, 이젠 감정 조절도 안 되는 모양이요, 참."

"천상 회의라는 게 이렇게 허무하게 끝나다니…… 왕신님 더 볼 수 있었는데, 아쉽네요."

저마다 한마디씩 중얼거리며 자신의 종교 왕신에게서 눈을 못 뗀 채 속속 사라지고 있었다.

종교의 왕신을 보지 않는 나라신은 빛이 나는 다른 곳에 시선이 꽂혀 있었다. 러시아 나라신이 한국 나라신을 빤히 쳐다보며 사라졌고 뒤이어 자연왕인 중국 나라신도 한국 나라신을 바라보며 사라졌다.

많은 나라신들이 무리지어 빠르게 사라지고 있었다.

"한국 나라신!"

지금까지 빛 속에서 가만히 있던 백호왕이 한국 나라신을 불렀다. 반쯤 사라지던 한국 나라신이 다시 나타났다.

백호왕이 하얀빛 속에서 모습을 드러내며 손짓했다.

"나랑 얘기 좀 합시다."

사라지는 나라신들을 바라보던 천왕이 왕신들을 향해 돌아섰다.

"이제 왕신님들과 성소로 자리를 옮기겠습니다. 여기 신장들과 함께요."

백호왕이 천왕에게 말했다.

"나는 한국 나라신과 따로 할 말이 있으니 두 분은 먼저 가시요. 나는 따로 가겠소."

백호왕은 천왕을 지나쳐 한국 나라신에게 다가갔다. 백호왕을 보는 한국 나라신의 표정은 싸늘했다.

"기어이 나라신이 되셨군요. 축하합니다."

"고맙소. 그러나 반갑지는 않네요."

"친구분 때문에? 그 일은 미안합니다. 나라신이 위험에 노출되어 있어서 친구분을 통해 경고한 거였어요."

백호왕의 의도는 알았지만 경고는 말만으로도 할 수 있었다. 굳이 소영진을 소멸시키면서 경고할 필요까지는 없었던 것이고 한국 나라신은 그 점이 괘씸했다.

"표현을 신을 소멸시키는 걸로 한다고요. 다른 신도 아니고 종교의 왕신이 자신의 신도를 죽이면서요?"

"그 신과 매우 가까웠나 보군요. 내게 엄청난 반감을 가지는 걸 보니 말이요."

한국 나라신은 말없이 고개를 끄덕였다.

"나도 신을 소멸시키는 걸 좋아하지 않소. 더구나 그 신은 나의 신도였어요. 한국 나라신 못지않게 나 또한 그 일에 대해선 깊이 반성하고 있습니다. 다시 한번 미안합니다."

계속 말없이 화가 나 있는 한국 나라신을 달래기 위해 백호왕은 거듭 사과했다.

"됐습니다. 반성하고 계시다니 그 말씀 믿지요. 하지만 다시는 표현을 그런 식으로 하지 마시오."

백호왕이 미소 지었다.

"그러지요. 그나저나 빛이 더 강해졌군요."

"그럴 리가요."

천왕이 두 신 곁으로 다가왔다.

"저어…… 왕신님, 제가 부탁드릴 말씀이 있는데 같이 들어 주시겠어요?"

"내가 꼭 있어야 하나?"

"왕신님들 하실 일이 있습니다. 신장들의 부탁이기도 하고요."

"성소의 치료라면 두 분께서 하셔도 될 것이다."

이때다 싶어서 한국 나라신이 말했다.

"무슨 말씀을, 성소의 치료가 먼저지요. 그럼 저는 가보겠습니다."

"어, 저 한국 나라신! 아직 난 할 말이…… 아니요, 나중에 다시 봅시다."

백호왕이 한국 나라신을 잡으려다 놓아주었다.


한국 나라신이 사라지자 천왕이 태양왕과 미르왕이 있는 곳으로 백호왕을 이끌었다. 신장들 셋도 다가왔다.

백호왕이 천왕에게 질문했다.

"신장의 부탁이라면 성소의 치료 얘기겠소?"

"그렇습니다. 아까 말씀드린 대로요."

천왕이 대답했다.

미르왕이 탄식했다.

"도대체 성소가 얼마나 다쳤길래 신장과 천왕이 저럴까?"

"동지 신장의 말을 듣고 제가 가봤더니 심각한 상황이었습니다. 아까 홀로그램으로 보셨잖아요. 천왕은 성소를 지킬 의무가 있는데 저는 치료의 능력이 없습니다. 종교의 왕신님은 치료의 능력이 있으시니 신계를 위하여 능력을 베풀어 주십시오."

백호왕이 말했다.

"태양왕이 가보시지요. 천왕에게 도움을 가장 잘 제공할 분이 태양왕 아닙니까?"

백호왕의 말에 빛 속에서 태양왕이 모습을 드러냈다.

"나도 가 보겠소만 왕신들 모두는 성소를 책임져야 하는 의무가 있으니 같이 갑시다. 가서 상태가 어떤지 보고 치료를 할 수 있으면 치료를 해야지요. 신장이 위급하다고 했고 천왕도 가서 보고 성소가 위급하다고 천상 회의까지 열게 한 걸로 봐서 작은 상처 정도가 아닌 것 같소."

왠지 빠지려는 듯한 태도를 보이는 왕신들을 지켜보고 있던 동지 신장이 나섰다.

"그렇소. 광범위하게 손상된 데다 화상의 정도가 심각해서 당장 치료해야만 하오. 왕신들께 성소의 치료를 간곡히 부탁드립니다."

동지 신장이 손을 가슴에 대고 머리를 살짝 숙이자 옆에 있던 추분, 하지 신장도 따라서 고개를 살짝 숙였다.

천왕도 종교의 왕신들에게 말했다.

"그렇습니다. 성소 치료는 아무나 할 수 있는 게 아니니 여기 계신 세 분의 능력으로 신계의 앞날을 부탁드립니다."

미르왕이 중얼거렸다.

"태양왕이 계시니 나는 가봤자 딱히 할 일도 없을 거요."

천왕이 돌아보면서 물었다.

"그게 무슨 소립니까? 태양왕신님 혼자 하라고요. 세 분 다 같이 하셔야지요. 성소 한 군데당 한 분씩 치료하면 금방 치료가 됩니다."

천왕의 말에 백호왕이 고개를 끄덕였다.

"돕든 구경하든 일단 가서 상태를 봅시다."

"뭐…… 그럽시다."

태양왕의 말에 모두 성소로 순간 이동을 했다.

도착한 곳은 기록관 밖이었다.

얇은 표피로 되어 있는 막 밖에서 왕신들은 재빨리 막 전체를 훑어보았다. 신장들은 그 모습을 지켜보았다.

태양왕이 말했다.

"여기도 저기도 빛에 손상되었군. 이렇게 헐었으니 자칫하면 구멍이 뚫릴 수도 있겠소. 정말 큰일 날 뻔했네."

태양왕이 손짓으로 상처 난 곳을 가리키자 미르왕이 다른 곳도 가리켰다.

"저곳도 많이 그을려 있소."

상처가 난 곳을 일일이 짚으면서 검사하고 있을 때였다.

여신 셋이 나타나더니 다가왔다.

"누구시오?"

천왕이 묻자 가장 빛이 나는 여신이 대답했다.

"나는 소만 신장이다. 이 둘은 신관이고. 당신은 일전에 봤던 천왕이군. 여기 세 분이 종교의 왕신이고. 잘 오셨소."

화려한 미모의 키 크고 날씬한 신장의 등장에 잠시 눈이 휘둥그레진 왕신들이 말없이 여신들을 쳐다보았다.

"어머, 여신들 처음 보시나? 뭘 그렇게 뚫어지게 보실까?"

천왕이 어색하게 웃었다.

"하하하…… 소만 신장은 정말 아름다우세요."

"보는 눈은 있군. 허나 지금 이 앞에서 그 말은 사치다."

"예!"

"신장들이 성소 밖을 나갈 일이 없으니까 볼 수 없을 것이다. 이렇게 안 좋은 일로 만나서 안타깝군. 보시다시피 이곳은 기록관이고 정화의 숲과 천 개의 방도 화상이 심각하오. 이곳이 다 치료된다면 정화의 숲과 천 개의 방도 치료를 해 주셔야 하오."

소만 신장이 검붉게 상처 난 곳을 손으로 가리키며 말했다.

"종교의 왕신들은 치료의 능력이 있지요. 여기 상처 난 곳을 치료해 주세요."

"그러려고 내가 왕신님들을 모시고 온 것이요."

천왕이 소만 신장에게 씨-익 웃어 보이며 말했다.

"세 분 왕신님들, 그럼 부탁드립니다."

소만 신장의 말에 종교의 왕신들은 서로 쳐다만 보다가 태양왕이 쭈뼛거리며 나섰다.

"치료해 본 지가 오래되었는데…… 되려나. 어디 내가 먼저 해봅시다."

태양왕이 두 팔을 뻗어 상처 난 부위에 가까이 대었다.

태양왕의 빛에 막이 꿈틀거렸다.

"잠깐만, 비켜 보세요."

급하게 외치는 소만 신장의 소리에 태양왕이 뒤로 물러섰다.

"저런, 태양왕이 손댄 자리가 더 붉어졌다. 어찌 된 일이지?"

미르왕이 다가와서 들여다보며 걱정했다.

"빛에 상한 상처가 태양왕의 화기로 더 악화되었어요. 힘을 좀 빼
시지. 너무 가까이 가신 거 아닐까요? 좀 떨어져서 약한 기운으로 해
보세요."

소만 신장의 말에 자리를 옆으로 옮겨서 막과 넉넉하게 거리를 두
고 다시 두 팔을 앞으로 뻗었다. 약한 기가 전달되고 있었고 시간이 좀
지났다. 소만 신장이 막 가까이 가서 다시 살펴보았다.

"잠깐만, 막이 아무런 반응이 없어. 치유가 되고 있다면 지금 아무
는 과정이 나타나야 하는데 그대로다. 어찌 된 것이지?"

"그래요? 이상하네."

태양왕이 고개를 갸웃거리며 막을 꼼꼼히 들여다보았다.

"오랫동안 치료하질 않아서 능력이 사라진 건가?"

"오랫동안 치료를 하지 않았어도 종교의 왕신 고유의 능력 아니었
던가? 어떻게 지냈길래 있던 능력이 사라지는가?"

소만 신장의 말이 거칠어지며 태양왕을 비난하자 천왕이 두둔하고
나섰다.

"태양왕의 기가 너무 세서 그런 것이오. 그리고 오랫동안 쓰지 않
아서 능력을 잠시 잊으셨는지도 모르지요."

"말도 안 되는 소리다. 어떻게 능력을 잊어버린단 말인가?"

"아직 두 분이 계시니 태양왕께 너무 그러지 마시오."

"흥!"

소만 신장이 얼굴 가득 실망한 표정으로 백호왕을 쳐다봤다.

지켜보던 동지 신장이 백호왕에게 말했다.

"저기요, 백호왕! 왕신마다 능력이 다르니 백호왕이 치료해 보시지요."

"아! 나도 치료해 본 지 오래되어서 되려나?"

동지 신장의 권유에 백호왕이 자신 없는 표정으로 뭉그적거리다 상처 입은 벽 앞에 섰다.

백호왕이 양손을 들어 막 가까이 대고 가볍게 기운을 불어넣었다. 좀 지나자 막이 살짝 파르르 떠는 것이 보였다. 옆에서 유심히 지켜보던 소만 신장이 급하게 손을 들었다.

"잠깐만! 상태를 봐야 하니 손 좀 치워 보시오."

막의 상태를 자세히 들여다보던 소만 신장이 미간을 찌푸렸다. 막이 동상에 걸린 것처럼 하얗게 굳어 있고 나아지는 변화가 조금도 없었던 것이다.

"아니, 도대체 어떻게 된 거지요? 백호왕의 차가운 기운에 막이 동상에 걸린 것 같아요. 아유, 맙소사! 태양왕은 너무 뜨거워서 데이고, 백호왕은 차가워서 얼어 버리고…… 정말 미치겠네. 좀 살살하지 못해요."

소만 신장이 짜증을 냈다.

동지 신장이 걱정되었는지 수심이 가득한 얼굴로 질문했다.

"신들의 치료는 그동안 어떻게 했소?"

"……."

종교의 왕신들이 대답 없이 팔짱만 끼고 서로 쳐다보기만 하였다.

백호왕이 미르왕에게 질문했다.

"미르왕! 신들을 치료해 본 적 있소?"

팔짱을 낀 미르왕이 고개를 흔들었다.

"몇백 년 동안 신들을 치료한 적 없어요."

"뭐라고?"

신장들과 신관은 물론, 천왕과 태양왕, 백호왕이 놀라서 미르왕을 쳐다봤다.

"그럼, 신들을 치료하는 능력은? 다들 종교의 왕신은 치료의 능력이 있는 걸로 알고 있잖나."

소만 신장의 질문에 미르왕이 대답했다.

"처음에만 몇 번 있었고 그다음부터는 내 옆에 있던 신들이 일반 신들을 치료해 주는 경우가 있었는데 그것까지 내가 치료해 준 걸로 와전된 거요."

소만 신장이 입을 쩍 벌렸다.

"그럴 수가…… 다 속은 거네. 옆에 두 분도 그런 건가?"

소만 신장이 태양왕과 백호왕을 보면서 질문했다.

"미르왕과 비슷한 경우요."

백호왕의 말에 태양왕도 이실직고했다.

"나도 능력을 쓴 게 너무 오래되었네."

태양왕과 미르왕이 차례로 대답하자 그 자리에 있던 모두가 놀랄 수밖에 없었다. 결국 세 명의 종교 왕신들 모두 치유의 능력이 없던 것이다. 신장들의 얼굴에 실망과 함께 걱정하는 표정이 역력하게 나타났다.

이때 여신 한 명과 남신 한 명이 나타났다.

"소만 신장, 종교의 왕신들이 와 있다고 해서 왔어요."

여신의 말에 소만 신장이 대답했다.

"어서 와요. 청명, 춘분 신장. 나 돌아버리겠어요."

"왜요?"

청명 신장의 물음에 소만 신장이 지금까지 있었던 일을 두 신장에게 설명했다. 청명 신장이 발끈 화를 냈다.

"뭐야. 다 사기꾼들 아냐. 아니 그럼 지금까지 정설처럼 떠돌던 그 소문은 뭐야? 종교의 왕신은 모두 치유의 능력이 있다고 굳게 믿었잖아? 그런데 그런 능력이 세 명 다 없다고? 정말이야?"

종교 왕신들이 대답하지 못하자 신장들과 천왕은 좌절했다.

"허, 그래도 사기꾼이라니…… 왕신들에게 너무 심한 말 아뇨?"

미르왕이 투덜거리자 춘분 신장이 굵직한 목소리로 찍어 눌렀다.

"없는 사실을 있는 것처럼 믿게 했으니 틀린 말이 아니다. 막의 상처를 보라. 성소가 얼마나 중요한지는 왕신들이 제일 잘 알 것이다."

왕신들이 말없이 상처 난 막을 바라보았다.

"왕신들이 존재하는 가장 큰 이유가 이 성소를 지키는 것이다. 그런데 당신들은 지키지도 못했고 고치지도 못하고 있다. 아직 구멍 뚫린 곳은 없지만 정말 최악의 경우, 정말 치료하지 못하고 여기저기 구멍이 뚫리고 만다면 세상은 끝이다."

추분 신장의 묵직한 말에 청명 신장이 덧붙였다.

"절대로 그런 일이 일어나선 안 돼요. 어떤 방법이라도 찾아야지요. 종교의 왕신이 다 왔다고 해서 기대하고 나와 봤는데 참, 실망이네."

미르왕이 뜬금없이 질문했다.

"기록관에는 여신장이 많은가 봐요?"

소만 신장이 냉랭하게 대답했다.

"셀 수 없이 수많은 혼줄을 관리하는 일의 특성상 섬세한 손길이 요구되니까 다른 성소보다 여신장이 많다."

청명 신장이 눈꼬리를 올리며 못마땅한 표정으로 미르왕에게 쏘아붙였다.

"흥, 고치라는 성소는 뒷전이고 쓸데없는 곳에 신경 쓰지 마라."

"젠장, 내가 성소를 망가뜨린 것도 아닌데 왜 나를 타박이야?"

미르왕이 청명 신장의 까칠한 반응에 짜증을 냈다.

"성소를 치료해 보시지. 그럼 내가 사과하지. 하지만 치료의 능력이 없으니 내가 사과할 일도 없을 것 같군."

청명 신장의 비아냥에 미르왕이 벌컥 화를 냈다.

"이 신장이 내가 누군지 알고 까부는가?"

"누구긴 누구야? 미르왕이지. 성소 치료도 못 하는 사기꾼 왕신!"

"이 신이 정말……."

미르왕의 얼굴이 일그러지며 손이 올라가자 하지 신장이 미르왕의 올라간 손을 잡았다.

"미르왕! 그리고 청명! 그만하시오. 청명 신장, 이들을 자극하지 말고 방법을 찾게 해야지요."

"침착하시오. 여기서 잘못 힘을 썼다가 막에 상처라도 입히면 성소를 망가뜨렸다는 오명을 우리가 다 뒤집어쓸 거요."

백호왕도 미르왕을 달랬다.

"이런 염병할…… 무슨 신장이 저렇게 막돼먹었어."

미르왕이 투덜거리며 청명 신장을 쏘아 보았다.

청명 신장도 콧방귀를 뀌며 사납게 미르왕을 쏘아보다 고개를 돌려 버렸다.

"어이, 거기 두 신관, 가서 일해요."

"예!"

소만 신장과 같이 온 두 신관이 기록관 안으로 사라졌다.

분위기를 돌리기 위해 천왕이 질문했다.

"왜 그런 소문이 정설처럼 굳어진 거죠? 그래도 치료를 하신 적이 있으니까 그런 말이 나왔을 거 아닙니까?"

태양왕이 대답했다.

"왕신이 된 초기에는 분명 그 능력이 있었고 신들을 치료했었다. 하지만 초기 이후 내가 신들에게 모습을 드러내는 일도 없었고 치료해 준 일도 없었다. 그러니 능력이 사라졌는지도 모르지."

천왕이 다시 질문했다.

"왕신님, 치유의 능력만 사라진 건가요? 다른 능력은요?"

"불을 다루는 내 고유의 능력은 그대로다."

천왕이 다시 백호왕에게 향했다.

"오래전이라도 능력을 썼으면 아직 그 능력을 쓸 수 있을지도 모르오. 어떻게 기억을 떠올려 보시오. 생각 좀 해 보시오."

백호왕이 팔짱을 낀 채 고개를 돌렸다.

"미르왕! 아까 주변의 신 중에 치료하는 신들이 있었다고 했잖소? 그 신들을 부르면 되지 않을까요?"

천왕의 질문에 미르왕은 한숨을 내쉬었다.

"그 신들은 이미 인간계에 여러 번 다녀와서 그 능력이 없어진 지 오래다. 그리고 나도 신들 앞에 나타나는 편이 아니다."

"하…… 어쩌지?"

천왕이 한숨을 내쉬다가 소만 신장을 쳐다봤다.

소만 신장도 실망에 가득 찬 얼굴로 천왕을 쳐다봤다.

"왕신들이 왔다고 해서 신장들이 잔뜩 기대하고 있는데 매우 실망하겠군. 다른 방법이 없을까, 천왕?"

"내가 치유의 능력이 없어서 왕신님들을 모시고 온 거요. 그런데 이런 결과가 나올 줄은 몰랐군요. 아! 아참, 한국 나라신, 한국 나라신이 있어요. 한국 나라신!"

천왕이 갑자기 생각난 듯 한국 나라신을 입에 올렸다.

"한국 나라신?"

"한국 나라신이라고?"

"그래 맞다! 그래요. 한국 나라신이 신들을 치료하는 걸 홀로그램으로 봤소. 한두 번이 아니었소. 한국 나라신이라면 할 수 있을 거요. 빛도 엄청나니……."

천왕의 말에 백호왕이 맞장구를 쳤다.

"맞아요. 한국 나라신이라면 어쩌면 할 수 있을지도 모르오."

"한국 나라신의 홀로그램은 나도 봤소."

"나도 봤어요."

희망을 발견한 신장들이 눈을 반짝이며 관심을 나타냈다.

모두의 관심이 한국 나라신에게 향하고 기대감과 희망에 신장들의 표정이 밝아졌다.

"그럼 당장 한국 나라신을 불러오라."

청명 신장이 천왕에게 말하자 천왕이 홀로그램을 띄웠다.

'급히 성소 기록관으로 와 주기 바람.'

소만 시장이 눈을 반짝이며 중얼거렸다.

"한국 나라신의 기록을 봤는데 천왕의 말대로군. 한국 나라신에게는 지금 왕성한 파괴의 능력과 치유의 능력이 있다. 타의 추종을 불허하는 엄청난 힘을 소유하고 있어 그 힘으로 성소를 지키고, 그 능력으로 성소를 살리고 이 신계를 구해 줄 수 있을 것이다."

모두의 기대를 한 몸에 받으며 한국 나라신이 왕신과 신장들 앞에 나타났다.

"오! 빛이 엄청나다."

소만 신장의 눈이 휘둥그레지며 탄성을 질렀다.

한국 나라신을 처음 본 신장들은 매우 놀라는 표정이었다. 왕신과 다른 신장들은 이미 천상 회의에서 한 번 봤었기 때문에 놀라지 않았다. 신장들은 한국 나라신이 성소를 치료할 수 있으리라는 기대감을 가지고 환영하였고, 왕신들은 왕신도 못 하는 것을 한낱 나라신이 고치면 자신들의 위신이 떨어질 것을 생각하면서 환영하지도 못하고 엉거주춤 맞이하였다.

태양왕이 천왕과 한국 나라신을 번갈아 보며 말했다.

"천왕보다 한국 나라신의 빛이 더 빛나는구나. 천왕이 바뀌는가?"

천왕이 표정을 찡그리며 말했다.

"자연왕은 거의 빛이 없습니다. 중국이 몰락하고 있거든요."

"알고 있다."

"그러니 자연왕이 바뀔 겁니다. 태양왕께서는 미국을 보호하셔야지요."

"나는 믿음으로 마음의 평화를 주는 종교의 왕신이다. 세속의 이익에 관여하지 않는다."

태양왕이 딱 선을 긋는 말을 하자 천왕의 표정이 굳었다.

천왕의 기분이야 어떻든 한국 나라신을 보는 신장들의 눈이 예사롭지 않게 빛났다. 청명 신장이 한국 나라신 옆으로 오더니 빛 속으로 손을 들이밀었다.

"아유~ 어쩜 이렇게 맑고 밝게 빛날까? 신장들의 빛과는 또 다른 느낌이에요."

청명 신장의 말에 소만 신장이 물었다.

"어떤 느낌인데여?"

"빛에 힘이 느껴지면서도 약간 따끔거리기도 하고 또…… 약간 포근하다는 느낌도 들고여."

"어디 어디, 나도요."

소만 신장도 한국 나라신의 빛 속으로 냉큼 손을 집어넣었다.

"어머? 정말 따끔거린다. 정말 힘이 느껴져요. 어머 굉장해여."

두 신장을 바라보던 하지 신장이 눈살을 찌푸렸다.

"그만두시오. 청명, 소만 신장! 신장의 체통을 지키시오."

두 신장이 까르르 웃으며 한국 나라신에게서 떨어져 하지 신장 곁으로 왔다. 청명 신장이 하지 신장에게 말했다.

"하지 신장! 오랜만에 정말 신다운 신을 본 것 같아서 잠시 흥분한 거에여."

"한국 나라신은 여기 놀러 온 게 아니요."

옆에서 무슨 일이 있든 말든 한국 나라신은 이미 눈앞에 있는 성소의 막을 둘러보고 있었다.

삐져서 입을 봉하고 있는 천왕을 대신해서 하지 신장이 말했다.

"한국 나라신! 나는 하지 신장이요. 정말 굉장한 빛을 지녔군요. 여긴 성소 기록관 밖이요. 기록관을 싸고 있는 막이 빛응축폭탄이 터지면서 손상을 입었어요."

"알고 있습니다. 천상 회의에서 들었습니다. 그래서 치료하기 위해 종교의 왕신님들이 와 계신 거 아닙니까?"

종교의 왕신들이 모두 딴청을 피웠다.

"한국 나라신 말씀대로요. 그런데 아무도 고치질 못하는군요. 치유의 능력이 없대요."

"예? 그게 무슨 말씀인가요?"

동지 신장이 고자질하듯이 대답했다.

"들으신 대로요. 신계의 모두가 종교의 왕신들은 신들을 치료할 수 있다고 굳게 믿고 있었는데, 아무도…… 아무도 치료의 능력이 없답니다."

한국 나라신이 세 명의 종교 왕신들을 바라보았다.

"어…… 그런 일이…… 그랬군요."

"한국 나라신이 신들을 여러 번 치료한 것이 기록에 있어요. 치료의 능력이 있지요?"

동지 신장의 질문에 한국 나라신이 대답 대신 고개를 미세하게 끄떡였다.

"보신 것처럼 성소가 빛과 열에 손상되어 치료가 시급한 상황이요. 신들을 치료해 주었던 것처럼 이 성소를 치료해 주세여. 성소가 기능을 못 하게 되면 어떻게 되는지 아시지여? 빨리 치료해야 됩니다."

"제발 부탁드려여."

청명과 소만 신장이 합창하듯이 입을 모아 말했다.

한국 나라신이 종교의 왕신들을 쳐다보며 망설이자 이를 본 백호왕이 다가왔다.

"한국 나라신! 모든 것에 앞서 성소가 우선이요. 우리가 능력이 없어서 못 한 것을 우리 눈치 볼 것 없어요."

"눈치를 본 것이 아니라 어이가 없어서 쳐다본 거예요. 당연히 치유의 능력이 있는 줄 알았거든요."

"어이가 없다고? 허, 그건 우리도 마찬가지요. 오랫동안 신들을 접촉하지 않다 보니 있던 능력도 사라진 거요. 이번 일을 계기로 알게 된 사실이니 우리도 어이가 없기는 마찬가지요. 그러니 성소의 치료는 한국 나라신이 해 주셔야겠소."

백호왕이 변명 아닌 변명을 하며 은근슬쩍 한국 나라신에게 일을 떠넘기려 했다. 한국 나라신이 달갑지 않은 표정으로 대답했다.

"당연히 해보기는 하겠지만 신들의 피부와 성소의 피부 조직이 틀려서 될지 안 될지는 해봐야 알겠습니다."

"반드시 될 거예여. 저는 한국 나라신을 믿어요."

청명 신장이 맑은 목소리로 한국 나라신을 재촉했다.

백호왕이 성소의 막 앞으로 한국 나라신을 인도했다.

"이곳부터 치료해 보시오, 나라신."

청명 신장의 입꼬리가 샐쭉하며 비꼬았다.

"한국 나라신에게 명령하지 말라, 백호왕!"

백호왕이 청명 신장에게 대답했다.

"나는 정중하게 부탁하는 것이오."

"명령하듯이 들리고 별로 정중하지 않게 들려."

"청명 신장이 우리에게 감정이 있는 건 알지만 그것이 우리 잘못만은 아니지 않소. 사사건건 꼬투리 잡지 마시오."

"잘못된 소문이 나 있으면 바로 잡았어야지. 그래야 기대도 하지 않을 것 아닌가?"

앙칼지게 쏘아붙이는 청명 신장의 말에 백호왕이 할 말을 잃고 입을 다물자 미르왕과 태양왕이 나섰다.

"그러면 많은 신도들이 떠날 것이다. 능력의 여부와 상관없이 믿는 것은 신들의 몫이고, 우리는 존재하며 그들의 믿음으로 힘을 갖는 것이니 굳이 밝힐 필요가 없었던 것이다. 누가 바보처럼 나 능력 없으니 믿지 말라고 떠들고 다니겠는가?"

"맞아. 우리는 아무것도 안 했는데 그들이 그렇게 믿었던 것이다."

미르왕도 태양왕의 말에 동조했다.

"흥, 아주 쿵짝이 잘 맞는군. 사기꾼들 같으니라고."

청명 신장이 비꼬자 백호왕이 인상을 찡그렸다.

"너무 막가는군. 청명 신장!"

태양왕이 분노해서 주변 빛이 붉게 변하며 일렁거렸다.

"중간에 없어진 능력을 알아채지 못한 것이다. 몰아세우지 마라.

사기꾼이라니."

미르왕도 한마디 했다.

"신장의 기세가 대단하다만, 감히 나더러 사기꾼이라는 거냐?"

세 명의 종교 왕신이 일제히 청명 신장에게 공격적인 자세를 보이자 하지 신장이 나섰다.

"청명 신장! 입 다무시오. 왕신들과 이곳에서 싸움이라도 하겠다는 건가?"

소만 신장도 청명 신장을 말렸다.

"그래요. 지금 급한 것은 성소를 치료하는 일이지 왕신들을 탓하는 게 문제가 아니에여."

하지 신장이 종교 왕신들에게 말했다.

"잘 들으라. 우리도 오랫동안 종교의 왕신들이 치료 능력이 있다고 믿었던 만큼 그 믿음이 박살 났을 때의 충격이 컸다. 한국 나라신 이야기를 듣기 전까지 참담한 심정이었고 절망했었으니 왕신들에게 속은 느낌을 갖는 것은 당연하다. 능력이 없어졌으면 중간에라도 그것을 바로 잡았어야 했다. 그러니 당신들도 그 문제에서 떳떳하지 못한 것은 분명한 사실이다. 왕신들의 신도들이 왕신의 치유 능력을 믿고 있었는데 없어졌다고 하면 어떤 반응을 보일까? 더 이상 왈가왈부하지 말고 왕신들은 할 일이 없으니 돌아가라."

하지 신장의 말은 모두 옳았다.

왕신들이 각자 자신들의 빛의 크기를 키우며 언짢은 기색을 드러냈다.

"신장 따위에게 이런 모욕을 당하다니…… 기분이 더럽다."

미르왕이 검은빛을 뿌리며 사라졌다.

"성소 앞이라 많이 참았다만 왕신의 권위에 도전한 것은 신장의 불찰이다. 오늘은 성소를 치료하지 못한 이유로 그냥 물러가지만 다음에 다시 이런 말을 듣는다면 참지 않겠다."

태양왕도 불꽃을 일으키며 사라졌다.

신장들이 그나마 화를 내지 않고 남아 있는 백호왕을 보았다.

"백호왕은 왜 가지 않는가?"

추분 신장이 차가운 목소리로 백호왕도 떠나줄 것을 요구하였다.

하지만 백호왕은 한국 나라신 주변에서 계속 자리를 지키며 한국 나라신의 움직임을 주시하고 있었다.

"나는 한국 나라신이 어떻게 성소를 치료하는지 보고 가겠소."

신장들이 못마땅한 표정으로 눈을 흘기며 분위기를 추슬렀다.

"자자! 신경 쓰지 마시고, 한국 나라신! 시작해 보실까여?"

한국 나라신이 백호왕을 한 번 보고는 성소의 막을 손바닥으로 살살 문질렀다.

"이건 동물의 피부 같은데요? 어떤 동물로 만들었을까요?"

소만 신장이 대답했다.

"동물의 가죽이 맞을 거예요. 아마 커다란 짐승의 가죽이겠지여."

"죽은 동물의 가죽에 생기를 불어넣어, 이렇게 탄력 있게 만들었어요. 아주 얇게 무두질해서…… 이건 감히 여느 신들이 흉내조차 낼 수 없는 조물주의 작품이에요. 미세하게 숨 쉬는 느낌이 전달되어 오는데 감탄할 수밖에 없네요."

"삼대 성소가 언제 어떻게 만들어졌는지는 모르겠지만 이 성소가 존재하니까 인간계와 신계가 존재하는 거예여. 어떤 것과도 비교할 수 없고 모든 생명체에게 중요한 곳이지요. 그러니까 반드시 고쳐야 합니다. 나라신!"

청명 신장의 맑은 목소리가 낭랑하게 울려 퍼졌다.

강한 빛으로 인해 화상을 입은 성소의 막은 붉게 데이고, 그을리고 부분적으로 쭈글쭈글했다.

"신들만 치료해 봤는데 성소도 정말 잘 치료가 되었으면 좋겠습니다. 그런데 여기도 엄청나게 화상 범위가 넓은데 다른 성소도 그런가요?"

소만 신장이 대답했다.

"네, 모두 비슷해요. 기록관이 생명줄을 담당하는 곳이라 당장 구멍이 뚫리면 생명의 기록이 손상되어 인과 관계를 계산하기 어려워지거든요. 그래서 먼저 이쪽에 모인 겁니다."

한국 나라신이 신중하게 두 팔을 벌렸다.

투명한 빛이 성소의 막에 닿자 밝은 빛에 막이 투명하게 보였다. 건강한 막은 투명하게 보였지만 상처 입은 곳은 붉게 헐어 있거나 검게 그을려 쭈글쭈글했다.

소만 신장이 가까이 와서 들여다보며 세심하게 관찰하고 있었다.

"조금씩 변화가 있는데요. 계속하세요."

소만 신장의 말대로 막은 느리지만 천천히 재생되고 있었다.

백호왕도 성소의 옆에 다가와 고개를 빼고 들여다보았다.

"오호…… 역시!"

한국 나라신이 말했다.

"신들을 치료할 때보다 재생되는 속도가 많이 느리네요. 신들을 치료할 때는 금방 되곤 했거든요. 이렇게 해서 언제 다 치료를 하죠?"

추분 신장이 얼굴에 미소를 띤 채 다가왔다.

"한국 나라신의 빛에 치료가 된다는 사실이 중요한 거예요. 시간이 걸리더라도 치료가 될 수 있다는 희망이 생긴 거잖아여. 잘 부탁드립니다."

추분 신장의 말이 끝나기도 전에 청명 신장이 손뼉을 치며 좋아했다.

"그러니까요. 제가 한국 나라신을 믿는댔잖아요. 정말 다행이에여."

동지 신장과 하지 신장도 가까이 와서 들여다보았다.

"오! 정말, 정말 치료가 되고 있어요. 정말 다행이에요."

"어, 조금씩 미세하게 움직이네. 치료가 되는 것 같아여."

동지 신장과 하지 신장이 놀라면서 표정이 밝아졌다.

"아주 느리지만 재생되는 게 보이니까 희망이 생겨요. 정말 고마워여, 나라신!"

"한국 나라신이 이 세계의 구세주예여, 정말!"

두 신장이 기쁜 나머지 한국 나라신을 칭찬하느라 바빴다.

"그런데 천왕은 언제까지 거기 서 있을 건가? 이제 여기 있어도 할 일이 없으니 돌아가라. 가서 빛응축폭탄을 하나씩 제거하여 더 이상의 위험이 없도록 조치하라."

성소의 막과 조금 떨어진 뒤에서 신장들과 한국 나라신을 지켜보고 있던 천왕을 발견하고 청명 신장이 한 말이었다.

"천왕은 장승처럼 서 있지 말고 돌아가라."

추분 신장의 말에 천왕은 군말 없이 사라졌다.

청명 신장이 백호왕을 못마땅한 눈으로 한 번 흘겨보고 한국 나라신의 성소 치료하는 모습에 집중했다.

소만 신장이 말했다.

"정말 더디긴 해도 치료되고 있어요. 아! 정말 다행이에여. 치료할 수 있는 분이 계셔서요. 아까 종교의 왕신들이 치료를 못 한다고 했을 때 정말 눈앞이 캄캄했거든여. 다들 그러셨죠?"

소만 신장이 옆에 있던 신장들의 동의를 구하자 신장들도 화답했다.

"아, 그럼요. 정말 가슴이 철렁 했다구여."

"식겁했지여. 이대로 세상이 끝날까 봐."

"맞아. 종교의 왕신들은 다 사기꾼이었어요. 처음에 있었던 능력이 왜 없어져요. 말도 안 되는 소릴 해여."

"능력이 없으니 얼른 꺼져 버리잖아여. 여기 백호왕만 빼고요."

신장들에게 이런 소리를 듣고 있는 백호왕의 미간이 잔뜩 주름 잡혀 있었다.

동지 신장이 백호왕을 보면서 질문했다.

"백호왕은 왜 돌아가지 않는가? 이제 여기 있을 이유가 없다. 성소는 한국 나라신이 잘 치료해 주실 테니 백호왕도 돌아가라."

백호왕이 치료되고 있는 막에 눈을 고정한 채 대답했다.

"한국 나라신의 빛에 대해 생각하고 연구하는 중이요. 파괴하는 힘과 치료하는 힘에 대해서 말이요."

치료에 몰두하던 한국 나라신이 백호왕을 쳐다봤다.

"파괴하는 힘과 치료하는 힘……이요?"

"나라신이 군대와 대적했을 때는 거침없이 뻗는 팔에 모든 걸 날려 버리는 힘이 있었어요. 굉장히 강력한 힘이었죠. 그런데 지금은 한없이 포근한 힘으로 세포를 재생시키고 있잖아요. 지금 신장들이 계속 갈구고 있어서 기분이 매우 좋지 않소만, 좋지 않은 소리를 들어가면서 이렇게 보고 있는 건 한국 나라신의 신비한 힘을 보고 감탄하는 게 더 큰 감정으로 다가오기 때문이요."

동지 신장이 씨-익 웃으며 비꼬았다.

"오! 왕신님께서 한국 나라신의 힘이 신비로워서 감탄하고 계시는 구나. 정말 감성적이네."

하지 신장도 질세라 백호왕을 비꼬았다.

"그러게요. 왕신 중에서 백호왕이 가장 배짱이 두둑하실걸여."

백호왕이 인상을 쓰며 신장들을 보았다.

"배짱이 좋고 감성이 좋은 건 맞는 것 같소. 하지만 신장들에게 그런 말을 들을 입장은 아닌 듯하오. 당신들도 성소 관리를 평상시에 잘 했으면 이런 일이 발생하지 않았을 것이요. 신들을 계몽해서 성소의 중요성을 인지시키고 성소의 주변에 신들이 다가오지 못하게 하거나 이 근처가 아닌 곳에서 무기고를 두게 했어야지. 당신들도 임무를 소홀히 한 책임에서 자유롭지 못하니 이쯤 합시다."

신장들의 표정이 금세 바뀌었다.

청명 신장이 먼저 백호왕에게 따졌다.

"백호왕! 신장들은 성소 안에서 일어나는 일들을 처리하는 데도 항상 바쁘다. 성소 밖으로 나온 적도 없는 신장들에게 신들의 계몽이라니. 신들의 계몽은 왕신들의 몫이지 신장들이 할 일이 아니다."

동지 신장도 한소리 덧붙였다.

"청명 신장의 말이 맞다. 우리는 성소 밖으로 나올 엄두조차 나지 않을 만큼 할 일이 많다. 신들을 계몽하라고 종교의 왕신들이 있는 거 아닌가? 세속의 왕신들이야 이권 다툼에 눈이 멀었다 해도 종교의 왕신들이 존재하는 확실한 이유는 신들의 계몽이다. 설마 그걸 모를 리 없을 텐데…… 책임을 피하고자 별소리를 다 하는구나?"

백호왕이 고개를 옆으로 돌리면서 한숨을 내쉬었다.

"하~아, 이거 참. 신장 여러분이 나를 아주 비참하게 만들려고 작정을 하셨구먼."

청명 신장이 나섰다.

"흥, 그러니까 되는 말을 해야지. 신계의 모든 신들이 종교의 왕신들은 치료 능력이 있다고 한 치의 의심 없이 믿었는데 완전 거짓말 사기꾼이었잖아. 사기꾼 소리는 듣기 싫어서 주제에 발끈하며 다른 왕신들은 돌아갔다. 대신 한국 나라신이 이렇게 수고해 주고 있으니까, 여기 남아서 할 일 없는 백호왕은 돌아가도 된다는 말이다."

백호왕이 다시 고개를 돌려 한국 나라신에 의해 치료되고 있는 막을 보았다.

"신장님들 바쁘시다면서 여기 다 나와 계시면 되겠소? 어서 들어가서 일들 하세요. 나는 그리 바쁘지 않으니 여기 있다 가도 상관없는 신이요."

하지 신장이 헛웃음을 지었다.

"허, 하긴 종교의 왕신은 할 일이 없겠구나. 그러니 있던 능력도 없어지겠지. 쯔쯔…… 하지만 한국 나라신 치료하는데 방해 하지 마라. 잘 관찰해서 예전의 능력이 돌아오도록 해 보든가. 혹시 아나? 기억이 떠올라서 성소를 치료하게 될지."

한국 나라신이 옆에서 떠드는 것에 개의치 않고 치료 부위를 조금 옆으로 옮겼다. 아주 작은 부위지만 말끔하게 재생되어 치료된 것을 보고 신장들이 환호성을 질렀다.

"와-우~! 소문을 듣기는 했지만 정말 대단하세요. 왕신들도 없는 치유의 능력까지 있다니……. 한국 나라신 아니었으면 어쩔 뻔했어여."

동지 신장이 감탄하자 추분 신장도 거들었다.

"어후! 정말 너무 기뻐여. 어둠 속에 한 줄기 빛이오. 이 빛으로 이 신계를 환하게 밝혀 주시오. 나라신!"

한국 나라신이 계속 두 팔을 벌려 빛으로 치료하며 대답했다.

"치료하고는 있는데 성소의 막이 재생되는 속도가 너무 느립니다. 신들을 치료할 때와는 너무 달라요."

동지 신장이 말했다.

"아마 성소가 만들어진 지 오래되어서 그런 것 같아여. 신들은 인간계와 신계를 들락거리며 계속 몸이 바뀌니까 생생하지만 성소는 바뀌지 않아서…… 성소에 미안한 표현이지만 늙어서 그럴 거요."

소만 신장이 손으로 가리키며 동지 신장에게 설명했다.

"아까부터 지금까지 치료한 부위가 이만큼이에여. 정말 더딘데 시간이 해결해 주겠죠."

"시간이 해결해 주는 것도 더 이상 나빠지지 않는다는 전제하에서지요. 망할 신들이 더 이상 빛응축폭탄이 터지지 않게 해야 하는데여. 자연재해는 어쩔 수 없다 쳐도 남아 있는 그 많은 폭탄은, 왜 제거를 안 하냐고요. 많이 가지고 있으면 그만큼 자신들의 영역들이 더 큰 위험에 처한다는 걸 모르나 봐여."

동지 신장이 툴툴거리자 하지 신장도 맞장구쳤다.

"미련하니까요. 욕심 많고 쓸데없는 자존심과 집착들이, 그것이 자신들의 목숨을 빼앗는 줄도 모른다니까여. 서로 배려하고 욕심 좀 버리면 사소한 싸움도 일어나지 않을 걸 말이죠."

"아니, 성소가 이 지경이 됐다는 데도 계속 빛응축폭탄을 그대로 두겠다는 건 너무 무식한 거 아니요? 난 저들이 도저히 이해가 안 돼여."

동지 신장이 어이없다는 듯한 표정을 지었다.

"우리 신장들은 다 이해를 못 하지만 일반적인 신들의 가치관이 우리와 달리 멍청한 걸 어쩌겠어요. 지진이 앞으로 점점 더 자주 일어날 텐데 걱정이군여."

"지진과 화산은 계속 발생할 거예요. 빛폭탄들을 제거해야 안심이 되고 더 이상 성소가 망가지지 않을 건데여. 저 속도로 회복하다간 언제 다 회복될지 장담 못 하겠는걸요. 이 기록관만 하더라도 꽤 걸릴 거고 어느 세월에 천 개의 방과 정화의 숲을 다 치료하지여?"

한국 나라신이 미소 지으며 말했다.

"그래도 조금씩이나마 치료가 되어 정말 다행입니다. 귀중한 성소에 이렇게라도 힘이 되어 기쁘네요. 문제는 제가 일반신이면 전적으로 치료에만 전념하겠지만 제가 나라신이라는 겁니다. 영역에도 할 일이 산더미처럼 쌓여 있는데 이곳에 많은 시간을 할애해야 하니 그것이 문제군요."

일동이 잠시 조용해졌다.

동지 신장이 입을 열었다.

"한국 나라신의 고충은 이해가 가여. 하지만 성소는 무엇보다 우선되어야 할 중요한 곳이요."

"압니다. 하지만 나의 영역 또한 못지않게 나에게 소중한 곳입니다. 그래서 말씀드린 거예요."

"그럼, 한국과 이곳 성소를 왔다갔다 하시면서 하루를 쪼개서 일하시는 건 어떻겠어여?"

한국 나라신이 웃었다.

"그래서 말씀드렸던 겁니다. 영역을 완전히 비워 둘 순 없으니까요."

청명 신장이 웃으면서 콧소리를 섞어 애교를 부렸다.

"어쩜, 정말 책임감도 강하시고 멋져여. 한국 나라신!"

"청명 신장, 못 듣던 소리를 내고 그래여, 징그럽게."

소만 신장이 청명 신장에게 눈살을 찌푸리며 나무라자 청명 신장이 한쪽 눈을 찡긋거렸다.

"뭐야? 정말 청명 신장 안 하던 짓을 하시네요. 한국 나라신에게 반하신 거 아니여?"

하지 신장이 청명 신장을 보며 입을 삐죽거렸다.

"어머머, 표가 났나요? 나름 많이 자제했는데여."

"자제했다고요? 아까부터 표가 팍팍 났어여. 눈치가 꽝인 신도 다 알겠던걸여."

소만 신장의 말에 청명 신장이 동지, 추분, 하지 신장 세 남신을 쳐다봤다.

"흠흠, 다~표가 났어요."

추분 신장의 말에 신장들은 모두 기분 좋게 웃음을 터트리고 말았다.

"근데 왜 백호왕은 아까부터 사기꾼이라는 소리를 들으면서 계속 있는 걸까여? 자존심도 없나?"

소만 신장의 말에 모두의 시선이 백호왕에게 쏠렸다.

"사기꾼이라는 말이 물론 억울한 부분도 있지만 일부는 맞는 거 같아서요. 그리고 여기에 남아 있는 이유는 한국 나라신의 능력을 확인하려고요. 한국 나라신과 이야기도 하고 싶은데 얘기할 틈을 전혀 주지 않는군요."

백호왕의 말에 청명 신장의 목소리가 까칠하게 울려 퍼졌다.

"사기꾼이라는 말이 억울하다? 흥! 그럼, 한국 나라신처럼 성소를 치료해 보시지. 그럼 우리가 사기꾼이라고 안 했을 것이다."

"그래서 말한 거요. 일부는 맞는 거 같다고 말이요. 없어진 능력을 세상에 말하지 않았을 뿐인데 세상이 그렇게 믿은 거잖소."

백호왕의 말에 하지 신장이 반박했다.

"종교는 믿음으로 가치를 증명하는 것이다. 거짓까지 믿게 함으로써 당신들은 사기꾼이 된 거고, 신도들은 가장 크고 거대하게 사기당한 집단이 된 것이지."

"말 한마디 정정 안 했다고 엄청 까이는군."

백호왕이 혼잣말처럼 중얼거리는 걸 들은 추분 신장이 미간을 찌푸렸다.

"흠, 전혀 반성하지 않는군. 정말 실망이다."

청명 신장이 맞장구를 쳤다.

"예! 능력도 없고 신성도 바닥이고…… 신들이 저런 신을 믿고 따른다는 게 신기할 정도예요."

"신도들 앞에 설 땐 포장을 잘해서 서겠지."

소만 신장이 백호왕에게 가라고 손짓했다.

"백호왕은 한국 나라신의 능력을 확인했으니 이제 돌아가거라. 여기 있어봤자 백호왕에게 좋은 일 전혀 없을 거다."

백호왕이 씁쓸한 표정을 지었다.

"젠장, 그럴 거 같소. 그럼."

백호왕이 한국 나라신에게 말했다.

"한국 나라신, 다음에 봅시다."

이윽고 한국 나라신 옆에서 떨어진 백호왕이 사라지자 한국 나라신과 신장들만 남게 되었다.

"하여튼 왕신이란 작자들 꼬락서니를 보면 구역질이 난다니까."

지금까지 점잖은 태도를 유지하던 동지 신장이 백호왕이 사라지자마자 욕을 내뱉었다.

"흥, 위선의 정상에 있다고 해서 왕신인가 봐여."

청명 신장이 왕신들을 싸잡아 비꼬았다.

"화려하고 향기가 좋아야 벌과 나비가 꼬이지 않겠어여. 말 잘하고 포장이 잘 되어 있어야 신들이 꼬이겠지여?"

소만 신장도 왕신들을 대놓고 비난했다.

동지 신장이 한국 나라신을 보며 말했다.

"정말 유일하게 우리를 도와주는 신이 한국 나라신이군요. 지금까지 이런 재난 상황이 없어서 왕신들과 소통할 필요를 느끼지 않았는데 이번 일로 그들의 치부가 드러나서 다행이에여. 성소도 치료할 수 있어서 정말 다행이고여."

"한국 나라신, 기록관 치료가 끝나면 정화의 숲도 부탁드립니다."

추분 신장이 한국 나라신에게 부탁하자 한국 나라신이 빙그레 웃으며 고개를 끄덕였다.

"그럼요, 당연하지요. 그럼 순서가 기록관 다음에 정화의 숲, 다음에 천 개의 방인가요?"

"그렇게 해주시오. 영역의 급한 일도 조금씩 보시면서여."

"네, 알겠습니다."

"그럼 이곳의 치료는 한국 나라신에게 맡기고 우리도 일터로 복귀해야지요. 우리 신장들끼리도 일터가 달라서 자주 보는 사이가 아닌데 핑곗김에 이렇게 보게 되었네여."

동지 신장의 말에 다들 인사를 하고 헤어져 성소로 돌아가고 한국 나라신과 청명 신장만 남았다.

"청명 신장은 안 가십니까?"

한국 나라신의 말에 청명 신장이 콧소리를 섞으며 말했다.

"한국 나라신! 치료하시다가 무료하실 때 불러 주시면 제가 옆에서 말동무 해 드릴게여. 혼자 계시면 심심하시잖아여."

한국 나라신이 성소의 막에서 눈을 떼지 않고 대답했다.

"배려 고맙습니다만 괜찮습니다. 농땡이 치지도 않을 테니 걱정하지 마세요."

"어머머…… 제가 나라신을 감시하기 위해서 그런 말씀을 드린 게 아니에요. 단지 제가 성소의 치료를 위해 할 수 있는 일이 없으니까 단조로운 일에 나라신이 조금이라도 무료하지 않게 말동무 해드리려는 거지여."

"그러지 않으셔도 돼요. 치료가 정말 더뎌서 답답하긴 한데 괜찮아요. 영역과 이곳을 오가면서 꾸준히 치료하면 언젠가 끝나겠지요."

청명 신장은 한국 나라신을 한참 지켜보고 있다가 기록관 안으로 사라졌다.

# 백호왕과의 만남

기록관에서 돌아온 한국 나라신은 그동안 밀렸던 일들을 처리하느라 분주하게 보내고 있었다. 최대한 빨리 일을 처리하고 다시 기록관으로 돌아가서 다시 치료를 진행해야 했기 때문이다.

한참 일하고 있는데 홀로그램이 떴다. 처음 보는 문양이 찍힌 홀로그램이었지만 누구의 것인지 금방 알 수 있었다.

'한국 나라신과 이야기를 하고 싶소.'

기록관 앞에서도 한국 나라신과 이야기가 하고 싶다며 끝까지 버티다가 신장들에게 갖은 굴욕을 당했던 백호왕이었다.

'무슨 할 말이 있을까? 할 말은 내가 있어야 할 것 같은데.'

성소를 치료하는 데에도 시간이 부족한 상황에서 한가하게 노닥거릴 시간은 없었다. 그리고 백호왕에 대해서 딱히 호감도 있지 않았기 때문에 홀로그램을 무시하고 일에만 전념했다.

얼마 후에 또다시 홀로그램이 떴다.

'답이 없어서 또 보냅니다. 내가 나라신 있는 곳으로 갈까요? 아니면 나라신이 내가 있는 곳으로 오겠어요?'

무조건 봐야겠다는 백호왕의 고집이 무엇인지 궁금해졌지만 할 일이 너무 많았다.

'나라신으로서 바쁘고 성소도 치료해야 해서 시간이 나질 않아요.'

곧장 답장이 왔다.

'나라신이 시간이 날 때까지 기다리지요. 나야 남는 게 시간이니까요.'

급한 일을 어느 정도 처리한 한국 나라신이 망설이다가 백호왕에게 홀로그램을 보냈다. 혹시 모를 싸움에 대비해서 백호왕이 있는 곳으로 가는 것이 나을 것 같았다. 서로 파괴력이 막강하다는 걸 알고 있었기 때문이다.

'잠깐 시간이 돼요, 내가 갈게요.'

'예! 물론이지요. 홀로그램 문양에 손을 대면 내가 있는 곳으로 오게 될 거요.'

한국 나라신이 홀로그램의 백호왕 문양에 손을 대자 순식간에 어디론가 쭉 빨려 들어갔다.

한국 나라신이 온 곳은 나무가 우거지고 공기가 좋았다.

바람이 살랑거리며 기분 좋은 향기가 은은하게 나고 있었다. 아름드리나무들로 우거진 숲 한 가운데 나무와 나무들이 얽히고설켜 지붕을 이루고 벽을 이루고 있었다. 엄청나게 커다란 나무들 주위로 빛이 스며드는 곳으로 색색의 꽃들이 저마다 고운 자태를 자랑하고 있었다. 꽃 사이로 나비와 벌들이 날아다니고 머리 위에서는 새들이 지저귀는 소리가 청아하게 들려왔다. 스며드는 빛줄기마저 신비로운 느낌을 자아내서 한국 나라신은 잠시 그 자리에 서서 주위를 둘러보았다.

"어서 오시오."

나무가 굽어서 의자처럼 된 곳에 백호왕이 앉아 있었다.

"호~ 분위기가 매우 신비로워요."

"마음에 드십니까?"

"이곳이 극락인가요? 백호왕이 있는 곳."

"극락이요? 이승에서 인간들이 말하는 곳 말이군요. 이곳이 그곳 같은가요?"

"그냥, 분위기가 너무 신비로워요. 이 나무들도 저 빛들도, 꽃들도, 새들도……."

"그렇군요. 한국 나라신은 이곳과 내가 신기하겠지요? 그런데 나는 지금 한국 나라신이 신기해요. 지금까지 꽤 오랫동안 신계에 있었지만 왕신도 아니면서 이렇게 강한 빛을 내는 신은 처음 보거든요. 게다가 모든 왕신들이 갖고 있는 능력을 혼자 다 갖추고 있어요. 한국 나라신 을 보면서 이 신계가 어쩌면 한바탕 바뀔 수 있겠구나, 하는 생각이 들 었어요. 나라신도 나에게 듣고 싶은 게 있겠지만 나도 나라신에게 듣 고 싶은 것이 있답니다. 그래서 이야기를 해보고 싶었던 거요."

"뭐가 그렇게 궁금하신가요? 내 친구까지 죽여 놓고."

한국 나라신이 느닷없이 살벌한 주제를 꺼내 들자 백호왕의 표정이 굳어졌다.

"흠, 그 앙금이 깊군요. 일전에 사과했음에도 또 그 얘기요. 난 나 라신이 될 때까지 언제든지 그렇게 될 수 있으니까 조심하라는 경고의 의미였소만."

"신을 죽이면서까지 경고해야 되나요? 내가 말귀를 못 알아들을 만 큼 멍청하게 보였나요?"

"그래서 일전에 사과했잖소."

"그 친구가 내게 어떤 친구였는지 백호왕은 짐작도 못 하겠지요. 신들과의 소통이 없었으니까."

한국 나라신이 백호왕을 노려보면서 말하자 백호왕이 한숨을 내쉬었다.

"결과적으로 일반 신에서 나라신이 되었고, 솔직히 지금의 빛은 모든 왕신의 빛을 집어삼킬 만큼 커졌어요. 처음 한국 영역에서 봤을 때보다 빛이 더 커졌단 말이요. 도대체 어떻게 된 거죠? 신계에서 수도를 했을 리는 없고."

"그게 궁금해서 나를 이곳으로 불렀나요? 또 내 뒤통수를 치기 위해서?"

"허허허…… 나를 못 믿으면서 이곳까지 왔다고? 그럼 나와 한판 붙으려고 온 거요? 친구 원수라도 갚으려고?"

"못 할 것도 없지요."

한국 나라신의 저돌적인 패기에 백호왕이 머리를 흔들었다.

"그만둡시다. 싸우고 싶지도 않고 싸우면 내가 질 것 같소. 그리고 행여나 내가 한국 나라신에게 상처라도 입히면 어떡해요. 성소를 치료할 수 있는 유일한 신인데요."

"그렇게 성소를 생각하는 백호왕이 어째서 한 명의 생명 무게는 가볍게 여겼습니까?"

백호왕이 인상을 찌푸렸다.

"그렇게 따지자면 한국 나라신도 신을 엄청나게 소멸시켰잖소. 중국 변방에서도 그렇고, 한국 내에서도 나라신이 되기 전에 나라신을 해치려는 많은 신을 죽였잖소? 그에 비하면 나는 새 발의 피인데 너무 몰아붙이지 마시오. 내가 죽인 신은 한국 나라신의 친구 단 한 명이었지만, 나라신이 되기 전에 신이 죽인 생명은 나보다 수백 배나 더 돼요. 그들도 누군가의 가족이었고 친구였을 텐데요. 그들의 생명 무게는 가벼웠을까요?"

갑자기 분위기가 냉랭해졌다.

백호왕의 말도 맞지만 그들은 무영이 나라신이 되기 전에 자신을 죽이려고 덤볐고 그에 대한 응징이었다. 그러므로 무영과 같이 다니던 소영진이 백호왕에게 이유 없이 죽임을 당한 것과는 다르다고 생각했다.

"숫자가 중요한 게 아니라, 어디서 어떻게 왜 죽었느냐가 중요하지요. 소영진 신은 나 때문에 이유 없이 죽었소. 당신이, 종교의 왕신이라는 신이 자신의 신도였던 신을 죽인 거요. 이유 없이 말이요."

"그 신과 어떤 연고도 없던데요. 매우 집착하는군요."

"신계에 와서 처음 만난 친구였어요. 그 친구가 죽고 나니까 그 친구에게 의지했던 내 자신을 발견하고 놀랐지요."

"그 정도로 그 신을 좋아하고 있는 줄은 정말 몰랐어요. 다시 한 번 정중히 사과할게요."

한국 나라신은 아무 말도 하지 않았다.

그동안 가슴속에 맺혔던 것을 풀어내는 것은 말 한마디로 결코 해결되지 않는 것이었다. 그래도 앞으로 나아가야 하는 삶에 있어서 과거의 숙제는 해결되어야 했다.

한국 나라신은 갑자기 소영진이 그리워지면서 슬픈 감정에 휩싸였다.

'내가 아니었으면 그렇게 허망하게 죽지 않았을 거야. 강한 모습과 달리 매우 착한 신이었어. 나를 위해 무척이나 애썼는데…… 결과적으로 도움이 된 것은 없었지만 나를 위하는 건 확실히 눈에 보일 정도였으니까. 소영진 신!'

백호왕은 한국 나라신을 가만히 지켜보기만 하였다.

이윽고 한국 나라신이 눈을 질끈 감았다가 뜨고 서서히 입을 열었다.

"나는 시간이 별로 없어요. 할 말이 있으면 어서 하시오. 성소에 치료하러 가야 하니까."

백호왕이 굳은 얼굴로 고개를 끄덕였다.

"천왕과 자연왕, 그리고 종교의 왕신들도 모두 한국의 나라신에게 관심이 많아요. 천상 회의에 참석한 모두가 한국 나라신의 빛에 집중했다는 걸 느끼셨을 거요. 나도 마찬가지고요. 신에게서 나는 빛은 힘으로 나타나요. 왕신들의 고유의 색깔은 나름의 무기라고 할 수 있소. 그런데 한국 나라신의 빛은 투명해요. 투명함에도 불구하고 색깔이 있는 왕신들보다 빛이 강하다고 느껴질 때는 아마도 왕신들의 몇 배의 빛이라는 얘기지요. 그러니까 한국 나라신은 이미 모든 왕신들의 힘을 다 집어삼키고도 남을 만큼 힘을 지니고 있다는 겁니다. 어떻게 했는지 모르겠지만 한국에서 처음 봤을 때보다 훨씬 힘이 강해져 있어요. 도대체 신계에서 어떻게 힘을 키울 수 있지요?"

"그것이 궁금했나요?"

"이승이라면 돈 주고 과외라도 받고 싶소. 다른 왕신들은 홀로그램 상으로 봤으니까 빛의 변화를 체감하지 못하겠지만 나는 나라신을 신계에 갓 들어왔을 때 봤고 이번에도 봤고, 전후로 봤으니 확실하게 알 수 있어요."

"신계에 오자마자 나를 죽이려고 덤벼드는 신들에게 살아남으려고 필사적으로 싸웠어요. 살아남기 위해서 치열하게 싸웠지요. 실전만큼 좋은 수련은 없는 것 같더군요."

"아! 실전…… 맞아요. 왕신들은 그런 게 없었군요. 그저 떠받들어져 대우만 받았으니까 누구한테 아쉬운 소리 한번 없이 세월을 보냈으니 있던 능력도 사라지고 있는 판국이죠. 살기 위해 치열하게 싸웠던 신과 안락함에 취해 태만하게 보낸 신의 차이가 이렇게 나타나는군요."

"궁금증이 풀리셨으면 가볼게요."

"아니, 너무 성급하시군. 아직 할 말이 있소."

"성소를 치료해야 한다고요."

"압니다. 그렇지만 어렵게 시간 냈는데 조금만 더 얘기합시다."

"뭐죠?"

한국 나라신이 딱딱하게 질문했다.

"혹시 나에게 질문하고 싶은 게 있나요?"

백호왕이 자신을 가리키며 질문했다.

"지금은 그 어떤 궁금증보다 성소를 치료하는 게 우선이라 있어도 생략하지요."

"내 힘에 대해 궁금하지 않았소? 태양왕이나 미르왕도요. 천왕, 자연왕은?"

"왕신들의 힘을 다 말해 주겠다고요? 그럼 빨리 말하세요. 듣도록 하지요."

"한국 나라신이 지금 신계에서 제일 바쁜 신일 거요. 그러니 간단하게 말씀드리지요."

"잠깐, 그 능력을 내게 말해 주는 이유가 뭐지요?"

"마지막에 말씀드리지요."

"마지막에? 결국 핵심은 마지막에 있는 말이겠군, 그렇죠?"

"네, 맞아요."

"그럼 빨리 말하세요."

"먼저 세속의 왕신인 천왕과 자연왕에 대해서 말하지요."

"잠깐만요."

한국 나라신이 백호왕의 말에 제동을 걸었다.

"그 두 왕신은 건너뛰지요."

"왜지요? 한국 나라신도 왕신이 되신다면 세속의 왕신이 될 가능성이 높은데요."

"이번 천상 회의 때 두 왕신을 처음 봤지만 빛이 별로 없었어요. 어떤 힘이 있더라도 그 힘이 약할 거고, 그러니 안 들어도 될 것 같아요."

백호왕이 고개를 끄덕였다.

"하긴, 두 왕신의 빛이 가물가물하지요. 그래도 고유의 힘은 알고 가세요. 나라신이 어떤 왕신이 될지 모르니까요. 그리고…… 혹시 24신장 중 신장이 되실 수도 있지 않을까 싶어요. 신장이 바뀌는 건 내가 본 적이 없지만 신장들의 능력도 대단하다고 들었거든요. 나라신의 능력은 5대 왕신의 능력을 다 갖고 있는 것이라서, 그래서 아무래도 신장도 염두에 둬야 하지 않을까 합니다."

한국 나라신이 눈을 동그랗게 뜨고 백호왕을 쳐다봤다.

"신장?"

"신장들은 기본적으로 몇천 년씩 넘게 성소에서만 생활했기 때문에 거의 알려진 바 없지만 굉장한 도력을 지닌 걸로 알고 있어요. 그 능력으로 성소를 지키는 것이지요."

"아! 신장이라……."

"천왕의 황금색 빛은 공격력이 강해요. 빛에 취약한 신계의 특성상 빛을 최대한 잘 활용하는 왕신이 천왕이요. 천왕이 마음만 먹으면 수십 명의 신들을 한 번에 쓸어버릴 수 있는 빛을 내보낼 수 있다고 해요. 예전 전쟁 중에 극도로 분노한 천왕이 한 번에 수십 명의 군신(軍神)을 소멸시킨 적이 있었어요. 그 이후로 천왕 앞에서 까부는 나라신들이 없어졌지요. 그때보다 지금 빛의 세기가 좀 줄어든 것 같지만 여전히 천왕의 강력한 무기는 치명적인 빛이요.

푸른빛을 휘감고 있는 자연왕은 바람을 부려요. 신들이 견딜 수 있는 바람은 이렇게 살랑살랑 부는 바람뿐이에요. 신들은 아무래도 무게가 없다 보니까 좀 심한 바람이나 회오리, 돌풍 같은 바람에는 다 날아가 버리거든요. 이승에서는 바람을 뚫고 순간 이동도 가능하지만 신계에서의 바람은 신들을 힘들게 하지요. 자연왕은 주로 돌풍, 회오리바람을 많이 써요. 공격력을 극대화하기 위해서겠지요."

"아!"

지금까지 무영이 알고 싶어했던 말들이 백호왕의 입에서 줄줄이 쏟아져 나왔다. 일반 신들에게서는 들을 수 없는 얘기였고 누구에게서도 들을 수 없었던 신계 최고 왕신들의 능력이었다.

"공격력을 더 극대화하기 위해서 자연왕은 그 바람 속에 뭔가를 더

넣는다고 들었어요. 아마 신들에게 치명적인 것이겠지요.

　알고 있듯이 나를 포함해서 태양왕과 미르왕은 종교의 왕신이요. 종교의 왕신들은 공통적으로 치유의 능력을 갖고 있었지만 지금은 다 없어졌어요. 그 때문에 신장들에게 매우 곤란한 언어 폭행을 당했죠. 한국 나라신에게 성소의 치료를 맡길 수밖에 없었고요.

　태양왕의 붉은 빛은 보이는 그대로 불이고 빛이에요. 불을 만들어 내기도 하고 무기로도 쓰지요. 신들은 빛에 취약하기 때문에 불덩어리를 앞세우면 그 앞을 가로막는 신은 없어요. 태양왕도 신들 앞에서 불을 만들어 내는 일은 거의 없지만 화가 나면 참 대책 안 서는 신이지요. 지금까지 딱 한 번 화를 낸 적이 있었는데 주위의 신들이 다 소멸하거나 도망갔었대요."

　"그럴 수밖에 없겠네요. 나라도 도망가겠어요."

　"그렇죠. 나라도 도망갔을 거요. 후후후."

　계속 잔잔한 미소만 짓던 백호왕이 처음으로 소리 내어 웃었다.

　한국 나라신의 질문했다.

　"한 가지 질문할게요. 태양왕은 불의 능력이 있잖아요. 신들은 불과 빛에 약한데 태양왕은 불을 만들어 내면서 그걸 어떻게 견딜까요?"

　"글쎄요? 불을 만들어 내고 불에 특화되어 있으니까 그게 능력인 거지요."

　"강력한 불이나 빛이라는 건데요. 만약 나에게 쏟아졌던 빛의 무기들이 태양왕에게 쏟아져서 터졌다면 태양왕도 멀쩡했겠네요?"

　"어……? 그건 나도 모르겠소. 태양왕에게 누가 무기를 쏜 적도 없었으니까. 그러고 보니 그거 궁금해지는군요. 태양왕에게 빛의 무기가 터지면 죽을까? 살까? 하."

"태양왕이 이승에도 돌아다닐까요? 혹시 낮에요?"

"태양왕이라도 새벽이나 저녁 어스름에는 몰라도 해가 뜨면 못 돌아다니지요. 태양왕도 신일 뿐이니까."

"빛과 불이 무기인데 대낮에 돌아다녀도 되지 않을까요? 자신의 무기인 불과 빛으로 태양 빛을 반사하면서요."

백호왕이 고개를 흔들었다.

"왕신이라고 해도 한낱 신일 뿐이라 그런 엄청난 에너지를 막아내지 못하죠. 태양 빛을 받으면 그대로 소멸해 버리고 말 거요."

"태양왕은 태양 빛을 이겨낼 수 있을까 싶었는데…… 아니었나요. 음……."

한국 나라신은 마음속으로 자신의 능력치를 계산하고 있었다. 이미 자신은 수십 번이나 이승의 대낮을 활보하고 다녔다.

"미르왕은 검은빛을 감싸고 있잖아요. 그는 그 검은빛을 크게 부풀리기도 하고 뭉쳐서 사용하기도 해요. 그게 뭐 하는 놀이인지 모르겠는데 전에 한 번 봤을 때 검은 덩어리를 갖고 놀고 있더라고요. 그 안에 신들을 가두기도 하면서요. 그리고 수증기를 순식간에 모아 물방울을 만들기도 하고 그 물방울들을 마음대로 움직여요. 이 신계에서 무게를 만들어 내는 유일한 존재지요. 한국 나라신은 이런 것도 할 수 있어요?"

"아니요. 못합니다. 태양왕의 불도 못 만들고요."

"그런 존재가 많으면 이 신계가 혼란스러울 거요. 그런 능력은 미르왕 하나만으로 충분해요. 그런 면에서 나는 나라신이 그런 능력이 없다는 게 다행스럽게 생각돼요."

"백호왕의 능력은 무엇입니까?"

백호왕이 이렇게 많은 것을 술술 가르쳐 줘서 놀랐고, 말도 느린데 거의 혼자 다 말하는 다변(多辯)이라 또 놀라고 있었다. 이제 5대 왕신 중에서 백호왕 자신만의 능력만 남았고 무영은 백호왕이 궁금했다.

"나요? 음…… 한 번 맞춰 보시오. 이쯤 되면 뻔한 것인데……물, 불, 바람, 빛…… 그다음은 뭘까요?"

한국 나라신이 백호왕의 갑작스러운 질문에 이것저것 생각을 해 보았다. 물, 불, 바람, 빛이면 생명이 살아가는 조건은 그걸로도 충분한 것 같았고 왕신들은 그것들 하나씩을 가지고 있었다. 뭐가 또 필요할까, 흰색의 상징이면…….

"얼음이요?"

"나의 빛은 흰색이에요. 흰색이라고 하지만 거의 투명하지요. 한국의 나라신처럼요. 흰색으로 표현될 수 있는 게 뭐가 있지요?"

"흰색, 투명한 것…… 눈, 얼음이요."

"그래요. 그 능력을 쓰지는 않아요. 여기 분위기와는 아주 딴판이지요. 나를 보고 내가 눈과 얼음을 관장할 거라고 생각하는 이는 거의 없어요. 왕신들조차도 내가 어떤 능력이 있는 것까지는 아는데 본 적이 없으니까요. 그래서인지 가끔 왕신들이 나를 깎아내리는 말도 하고 내가 왕신의 자리에 왜 있는지 비아냥거리기도 하지요. 나라신이 뒤에서 수군거리는 것도 많이 들었어요."

"백호왕 말씀대로 뭐가 잘 안 맞는 것 같네요. 말씀대로라면 차가운 공기가 주변을 감싸고 있어야 하잖아요. 이렇게 온갖 꽃이 피고, 나무가 우거지고, 새소리 맑은 곳에 살면서 눈과 얼음이라니요."

"이해가 안 되지요?"

"네."

백호왕이 난처한 표정을 짓더니 이내 말을 이었다.

"내가요. 추위를 많이 타요."

"예?"

눈과 얼음을 관장하면서 추위를 탄다는 말에 한국 나라신은 귀를 의심했다.

"능력을 쓸 때면 내 몸이 차가운 얼음처럼 되어 버려서 심장까지 얼어 버리는 것 같거든요. 꼭 죽을 것처럼 차가운데 난 그 차가운 느낌이 싫어요. 왕신이 된 직후에 온갖 사악한 것들이 나를 시험하기에 꾹꾹 눌러 참다가 한 번 폭발했어요. 주위가 순식간에 얼어붙고, 눈보라가 치면서 모든 게 얼어붙는 추위가 눈에 보이는 끝까지 이어지는 거예요. 문제는 다른 신들에게 고통을 주는 것보다 내가 제일 괴로웠어요. 그래서 꽤 오래전에 한 번 능력을 쓴 뒤로는 다시 쓰지 않고 있어요. 그리고 눈과 얼음에 붙는 고정 관념 때문에 내가 차갑고 비이성적인 신으로 그 후로도 오랫동안 인식되어서 그걸 지우는 데 엄청 노력했지요. 아무도 모를 거예요. 나라신들에게도, 같은 왕신에게도 비아냥을 들어도 그냥 웃으며 넘겨 버릴 수밖에 없는 이유를요. 내가 능력이 없다고 일반 신도들이 떠나도 할 수 없어요……. 추운 건 정말 싫거든요."

"아……!"

한국 나라신은 백호왕이 인간적인 면모를 가지고 있다고 생각했다.

한편으로는 일개 나라신에 불과한 자신에게 자신의 치부를 드러내 놓는 저의가 궁금했다.

"다른 이들의 눈을 의식하지 않고 그냥 있는 대로 자연스럽게 사시는 게 좋을 것 같은데요. 능력을 써야 하는 데 일부러 안 쓰신 적도 있으신가요?"

백호왕이 조용히 고개를 끄덕였다.

"있지요. 종교의 왕신들은 본인이 원치 않아도 능력을 보여야 할 때가 있어요. 종교 전쟁이 일어날 때가 대표적이지요. 타 종교와 종교 전쟁이 붙을 때는 어쩔 수 없이 왕신들도 자신의 신도들을 돕기 위해 능력을 써요. 난 쓴 적이 없어서 나의 신도들이 많이 떠났어요. 능력 없는 신을 믿다가 죽느니 힘 있는 신을 따르는 거지요. 세 명 중에 내가 빛이 제일 약한 것 같거든요. 난 차라리 이 능력이 없으면 좋겠어요. 내가 한국 나라신에게 이런 말을 하게 될 줄은 몰랐지만, 정말 나는 오랫동안 이 능력을 혐오했어요."

자신의 능력을 혐오한다는 백호왕에게 무슨 말을 해야 할지 한국 나라신은 당황스러웠다.

'뭐 이런 경우가 다 있어. 뛰어난 능력을 혐오하다니.'

"흰색은 자극적이지 않기에 색이 잘 안 보일 뿐이지 빛이 약한 게 아니에요."

"아니요. 확실히 희미해요. 능력도 자주 써야 자꾸 더 힘이 붙을 텐데 너무 오랫동안 쓰질 않으니 쇠퇴했나 봐요. 치료의 능력도 안 쓰니까 없어진 것처럼 그런 과정을 밟고 있는지도 모르죠."

무슨 말을 해야 할지 몰라서 한국 나라신이 백호왕을 쳐다만 보았고 백호왕도 말없이 나뭇잎 사이로 뻗치고 있는 빛줄기를 보고 있었다.

이승에서 불상을 봤을 때는 반쯤 뜬 눈이 해탈한 눈으로 중생을 내려다보고 있는 듯한 눈이었지만 지금은 같은 눈임에도 고뇌에 찬 눈이었다.

"혹시요…… 백호왕이 능력을 안 써서 이 세상이 더워지고 있는 거 아닙니까? 지금 인간계에서는 빙산이 녹고 해마다 기온이 올라가서 난리인데요. 물, 불, 바람, 다 일하는데 얼음만 일을 안 해서 그 영향도 있지 않습니까?"

생뚱맞은 질문이 한국 나라신의 입에서 나오지 백호왕이 피식 웃었다.

"그게 왜 내 탓입니까? 인간들이 자신들의 욕심과 눈앞의 탐욕 때문에 마구잡이로 자연을 훼손한 탓이지요. 그 때문인지 몰라도 신계에도 기온이 많이 올라가서 더워졌어요. 예전 같지가 않아요."

한국 나라신도 왜 이런 바보 같은 질문을 했는지 기가 막혀서 얼른 다시 질문했다.

"제게 왜 이런 말씀을 해 주는지 물어봐도 되나요?"

백호왕이 천천히 한국 나라신에게로 고개를 돌렸다. 그리고 씁쓸한 미소를 지었다.

"그건 아마도 한국의 나라신이 24 신장 중 하나가 되지 않는다면 내 뒤를 이을 종교신이 될 수도 있겠다는 생각이 들었어요. 나의 착각일 수도 있지만요."

뜻밖의 대답에 한국 나라신은 질색했다.

"아이고…… 무슨 그런 말도 안 되는 말씀을 하세요. 신장도 말이 안 되고 저는 불교 신자도 아니기 때문에 백호왕은 더더구나 말도 안 돼요."

한국 나라신이 펄쩍 뛰며 손사래를 쳤다. 있을 수 없는 일이라고 생각한 것이다.

"나도 말이 안 된다는 건 알아요. 혹시 몸에 간혹 찬 기운이 뻗치거나 다른 기운이 감지되는 것을 느낀 적이 있습니까?"

"없어요. 글쎄 저는 그런 쪽과 거리가 멀다니까요."

한국 나라신이 단호하게 부인했다.

"그래요. 그것참 유감이군요."

"예?"

"누가 됐든 이 지긋지긋한 자리에서 벗어나 다른 이들처럼 환생하며 이승을 자유롭게 드나들고 싶었거든요. 그래서 나라신에게 이 모든 것을 말한 것이요. 누구에게도 말하지 못한 것을 말하니 그래도 속은 후련해지는 것 같소. 정말이지 이렇게 말을 많이 한 게 얼마 만인지 모르겠어요. 아니 신계에 있는 동안 오늘처럼 말을 많이 한 날이 없는 것 같아요. 나라신, 내 얘기를 들어줘서 고마워요."

"나야말로 많은 걸 말해 주어서 정말 고맙습니다."

"만약에 말입니다. 한국의 나라신이 백호왕이 된다거나 다른 왕신이 된다거나 신장이 될 수도 있잖아요. 그럼 그때는 일반 신이 된 나를 한 번쯤 돌아봐 주세요. 일반 신이 되면 희로애락이 변화무쌍하게 일어나니까요."

"그 변화무쌍한 것을 겪지 않기 위해 백호왕이 되신 것 아닙니까?"

"아무리 맛있어도 같은 걸 매일 먹는다면 그게 얼마 동안 맛있을 거 같소?”

“네?…… 아!……예!”

“모든 것은 변해요. 모든 것은 흘러가고 머물러 있는 것은 없어요. 생각도 그렇고 물질도 그렇지요. 머물러 있을 거라 생각하는 건 착각이요. 그것 때문에 사람들은 행복하고 괴롭고 갈등이 생기는 거랍니다. 내가 백호왕이 되고 나서 얼마 동안은 그 마음을 유지했었는데 그게 어느 순간 깨지는데 순식간이었어요. 나는 언제부터인가 왕신의 지위에 부담을 느끼고 있어요. 그런데 왕신이 될 때도 내 의사와 상관없었고 지금도 어떻게 그만둬야 하는지 몰라서 이 자리에 있을 뿐이죠. 나라신은 수천 년을 같은 일상으로 지내는 지루함을 견뎌야 하는 걸 상상해 본 적이 있소?”

“아니요. 한 번도 그런 생각해 본 적 없습니다. 그럴 일도 없었고요.”

“그렇지요. 일반 신들은 윤회를 끊기 위해 수도를 하고, 선행을 하고 열심히들 살고 있지요. 윤회를 끊기 위한 목적을 위해서요. 그렇다면 나는 무슨 목적을 가지고 존재해야 하는 걸까요?”

“음…… 그야 많은 신들을 깨달음으로 인도하기 위해서 가르침을 주고 있잖아요. 백호왕 존재의 이유는 그것으로 충분하지 않을까요?”

“그것 또한 착각이요. 나를 믿고 따르는 신들에게 내가 깨달음에 보탬이 될 수는 있겠지만 그것뿐이에요. 나는 나일 뿐이고 그들은 그들일 뿐이니까요. 미르왕도 처음에는 자신을 믿는 신도들을 잘 이끌었지만, 지금은 나와 비슷한 심정이 되어 있는 것 같아요. 신자들을 저렇게 죽도록 지켜만 보고 있고 또 그들이 갈라져서 싸움을 하게 하다니요. 많은 깨달은 신들이 나를 찾아왔었어요. 그들은 한결같이 말했지요. 나 때문에 자신들이 여기까지 왔노라고. 하지만 그건 그들이 이룬 거지 내가 해준 게 아니에요. 약간의 길잡이 노릇만 해준 거지요."

"백호왕은 그 자리가 정말 싫은 거군요. 하지만 제 생각은 그렇지 않습니다. 왜냐면 저기가 목표점이라고 확실하게 이정표가 세워져 있으면 사람들은 어떤 고난도 마다하지 않고 그 목표를 향해 가게 되지요. 하지만 목표가 없고 막연하게 뭔가를 해야 한다면 시행착오를 거치며 긴 시간이 걸릴뿐더러 방황하게 될 거예요. 백호왕은 그들에게 좋은 목표이자 이정표에요. 몇천 년을 같은 일정 속에 살아야 하니 지루한 건 알겠지만 그렇다고 자꾸 그런 말씀을 하시는 건 투정 부리는 어린아이 같아요."

잠시 생각하던 백호왕의 입에서 세속적인 말이 튀어나왔다.

"젠장, 내가 너무 말을 많이 했어. 이보시오, 나라신. 이제 그만합시다. 나라신에게 뭔가 좋은 얘기를 해주려고 했는데 이게 무슨 꼴이람. 내 푸념이나 하고 있고. 정말 투정처럼 들렸겠소."

"충분히 좋은 말씀 많이 해주셨어요. 내가 5대 왕신의 힘에 대해서 알고 싶어 했는데 그걸 다 말해 주었잖아요. 백호왕의 능력까지도요. 솔직히 백호왕의 능력까지 듣게 될 줄은 몰랐는데 거기에다 고민까지 말씀하시니 저는 왠지 조금 가까워진 느낌이네요."

백호왕이 한국 나라신을 빤히 바라다봤다.

"내가 한국의 나라신을 처음 봤을 때부터 꼼꼼히 관찰하고 있었어요. 어쩌면 저 빛이 나를 대체하거나 다른 빛깔로 변하면서 다른 왕신이 될 수도 있겠다고요. 나라신 빛의 세기가 우리 왕신들의 빛의 세기를 훨씬 넘어서고 있거든요. 그래서 얘기 좀 해봐야겠다고 생각했고 좀 친해지면 좋겠다는 생각도 했어요. 이렇게 많은 얘기를 할 줄은 몰랐지만…… 내가 바보처럼 보이지 않았소?"

"아니, 아니요."

한국 나라신이 손을 흔들었다.

"나라신에게만큼은 내가 다 드러내놓고 내 속마음을 전했으니 나를 바보로 여기든 왕신으로 여기든 알아서 하시오. 나라신이 나를 친구로 여긴다면 그 또한 내가 바라는 바였으니 그리 생각하시고요. 대신 만약에 나중에 내가 이 자리에서 물러난다면 나 좀 보살펴 줘야 합니다, 나라신? 하하하."

"별말씀을. 저…… 일반 신들에게 이 빛이 안 보이게 할 수 없나요? 어디 나가려면 쳐다보는 눈들이 많아서 신경 쓰여서요."

한국 나라신이 가장 현실적인 질문을 했다.

"빛이 안 보이게 할 수는 없어요. 하지만 그 빛 속에 모습을 숨길 수는 있지요. 모든 왕신들은 그게 가능한데 아마 한국 나라신도 가능할 거요."

한국 나라신의 머리에 뭔가 퍼뜩 떠오르는 것이 있었다.

"잠깐, 전에 내 친구 소영진을 소멸시킬 때 그 하얀 가루는 뭐였지요? 하얀 가루로 부서져 흩날렸었는데."

"아유! 그 신 이야기가 또 나오는군."

백호왕이 두 손으로 머리를 잡았다.

"내 소중한 친구를 백호왕이 가루로 만들었잖아요. 난 아직도 그 기억이 선명해요."

"그건…… 순간적으로 얼려서 언 채로 부서진 거요. 꽁꽁 언 얼음

조각이라서 하얗게 보였던 거고요."

"소영진 신을 얼렸어. 그래서 차가웠던 거군. 염병할⋯⋯."

한국 나라신의 표정이 일그러지고 두 주먹에 힘이 들어가며 빛의 강도가 세졌다.

백호왕이 놀라서 다급하게 한국 나라신에게서 훌쩍 멀어졌다.

"나라신, 화가 나는 거 이해합니다. 하지만 싸우지는 맙시다. 이곳에 나라신을 오시라 한 것은 이야기가 하고 싶어서였어요."

"지금까지 얘기는 많이 했소."

한국 나라신의 목소리가 차가워졌다.

"그렇게 화를 내서 어떻게 내가 아쉬운 소릴 한답니까?"

"날 이곳에 부른 이유, 마지막에 한다고 했소. 당장 말하시오. 아니면 바로 가겠소."

"가까이 갈 테니 화내지 마시오."

백호왕이 천천히 한국 나라신에게 다가왔다.

"지금 성소를 치료시느라 매우 바쁜데 이렇게 시간을 내주어서 매우 감사하게 생각하고 있어요. 난 나라신의 능력이 다섯 명의 왕신 능력을 넘어선다고 판단했고 성소의 치유 능력을 보고 다시 한 번 느낀 건데요. 나라신은 아무래도 일반 왕신의 능력은 아닌 것 같습니다. 그래서 보자고 한 거예요."

"난 종교의 왕신이 되지 않아요. 내가 이승에서 만든 종파도 없고요. 너무 어린 나이에 신계로 와서요."

"예! 그래서 처음에는 세속의 왕신이 될까 봐 두려워한 두 왕신들에게 수많은 어려움을 겪으셨고요. 모진 어려움을 겪고 드디어 나라신이 되셨어요. 내가 이해할 수 없는 것은 한국 영역에서 처음 봤을 때가 일반 신이었잖아요. 그때보다 나라신이 된 지금 빛이 더 강해져 있어요. 물론 신표가 몸에 있어서 그럴 수도 있겠지만 그것만은 아닌 것 같거든요. 신표는 능력이 필요할 때 능력을 조금 올려 주는 정도는 되지만 빛이 더 강해지지는 않아요. 아까 죽지 않으려고 싸우다 보니 이렇게 됐다고 하셨는데요. 정말 그럴 수도 있겠지만 그렇지 않을 수도 있겠다는 생각이 들었어요. 나라신이 싸우는 홀로그램을 다 봤거든요. 말씀대로라면 싸움이 계속될수록 빛이 강해져야 하는데 처음에 싸웠을 때와 한국 영역의 서울 한복판에서 싸웠을 때와 별 차이가 없었어요. 오히려 싸움이 없고 잠깐 쉰 사이 무슨 일이 있었는지 그 사이에 빛이 더 강해졌어요. 나라신이 되기 바로 전에 어떤 일이 있었는지 난 그것이 알고 싶어요."

"그걸 묻기 위해서 날 이곳으로 오라고 한 거요?"

"네."

백호왕은 정확하게 빛의 차이가 나는 시기를 짚어내고 질문하고 있었다.

한국 나라신은 나라신이 되기 전 인간계의 대낮에 나가 먹고 힘쓰는 실험을 계속했던 것을 떠올렸다. 일반 신이라면 절대 불가능한 일을 거의 매일 하고 돌아다녔었다. 그것이 힘을 키우는 원인이 된 것을 나중에 알았지만 사실 할 일이 따로 없어서 한 일이었다.

"그럼, 나처럼 군대와 싸워 보세요. 여러 차례 전투를 치르다 보면 어느 순간 이렇게 될 수 있을 거요."

한국 나라신이 딱 잡아떼고 이미 말했던 것을 또다시 말했다.

"그건 아닌 것 같다고 말씀드렸잖소."

"싸우면 긴장감이 온몸을 지배하게 되지요. 살기 위해 고도의 집중력을 발휘하다 보면 나도 모르게 원래 가진 능력 이상을 발휘하고 있더군요. 그러면서 능력치가 조금씩 올라가는 거지요."

백호왕이 고개를 끄덕였다.

"그럴 수도 있겠군요. 그런데 홀로그램 상으로는 빛의 변화가 거의 느껴지지 않았거든요. 어떻게 된 걸까요?"

"홀로그램은 실제로 보는 것이 아니니 착시 현상이 있겠지요. 현장감이라는 게 있잖아요."

"착시 현상?"

"내가 왜 이런 것까지 말해 줘야 하지요, 백호왕?"

"난 긴 시간 아무런 변화 없이 이곳에 있었어요. 그러니 있던 능력도 사라지는 것 같아요. 심심하기도 해서 무언가 해보려고 해도 마땅한 게 없었어요. 수도라도 해서 능력을 향상하는 거라면 더할 나위 없겠지만 몸집이 없는 신들이 수도를 하는 건 사실상 불가능한 일이라 나라신의 변화가 매우 놀라웠어요. 하긴 나라신처럼 싸움을 개인 대 군대로 맞선 신은 없었으니 나라신 말이 맞을 수 있겠어요. 극도의 긴장감이 능력치를 끌어 올린단 말이죠?"

"내 경험으로 봐선 그래요."

"그럼 나라신 정도의 도력을 신계에서 끌어 올리려면 혼자서 대규모의 전쟁을 해야겠어요. 나라신처럼 혼자요."

"그래야겠지요."

"불가능할 거 같군요. 개인이 군대를 상대하다니요. 소소하게 싸우는 건 할 수 있겠지만 대규모로 싸우면 얼음의 특성상 열의 무기에 노출돼 녹아버리니까요."

"아, 그렇군요! 그렇지만 백호왕은 죽이려고 덤비는 신들이 없으니까 굳이 싸우지 않아도 됐었잖아요. 나야 죽이려고 덤비는 놈들이 많아서 숨어 다니고, 숨어 있고, 죽지 않기 위해 싸운 거예요."

백호왕이 가만히 한국 나라신을 쳐다보다가 한숨을 쉬었다.

"만약 다른 신이 한국 나라신처럼 공격을 당했다면 첫 번째 공격에서 소멸되었을 거요. 한국 나라신이니까 군대를 상대로 다 묵사발 만들면서 여기까지 온 거죠."

"이제 나한테 들을 얘기는 다 들었지요? 가봐야겠어요."

한국 나라신이 말을 자르고 돌아가려고 했다.

"좀 더 있다 가면 안 될까요?"

한국 나라신이 짜증난 표정을 지었다.

"무엇보다, 누구보다 성소가 중요합니다."

이 말을 남기고 한국 나라신은 사라졌다.

# 한국 나라신의 성소 치료

한국 나라신은 지켜보는 이 하나 없는 기록관 밖에서 열심히 막을 치료하고 있었다. 신들의 치료와는 다르게 기록관의 막은 치료가 더디었다.

'정말 너무 더디다. 이래서야 언제 치료가 끝날까. 기록관 치료에도 꽤 시일이 걸릴 텐데 정화의 숲과 천 개의 방은 언제 치료하나?'

한국 나라신이 한숨을 내쉬며 손을 뻗은 채 치료에 전념하고 있었다.

"어머, 한국 나라신! 와 계셨군요."

낭랑한 목소리로 인사를 하며 나타난 신은 청명 신장이었다. 활짝 웃는 얼굴로 한국 나라신의 옆으로 와서 치료가 얼마나 되었는지 세심하게 살펴보았다.

"봐 봤자 치료가 워낙 더뎌서 요만큼밖에 안 돼요. 좀 시간이 지나서 보시오."

한국 나라신이 두 팔로 치료된 부분을 가리켰다.

"네, 그럴게요. 그래도 치료할 수 있다는 희망을 주셔서 정말 고마워요. 제가 도울 일이 있을까여, 나라신?"

"없습니다."

"심심하시지 않게 말동무라도 되어 드릴게요."

청명 신장은 한국 나라신 옆에 편하게 자리 잡았다.

"신장이 되신 지 오래되셨어요?"

"네, 좀 됐지요. 한 오백 년 정도 됐어요."

"신계의 오백 년인가요?"

"그렇죠. 신계의 오백 년, 인간계에서는 만 년 정도는 될 걸여."

청명 신장이 까르르 웃으며 말했다.

"어휴! 오래되셨구나. 신장 일이 재미있나요?"

"재미로 하나여? 주어진 일이니까 하는 거죠."

"신장이 자리를 오래 비우면 일에 차질이 생기지 않습니까?"

"괜찮습니다. 다른 신장들에게 다 말해 뒀고요. 신관들이 있으니까 다 커버해 줄 거예요."

"그렇게 오래 계셨으면 일반 신처럼 윤회는 없었겠네요?"

"신장이 되기 전에 몇 번 있었어요. 그 당시는 원시인 시절이었지요. 발가벗고 다녔던 원시인 시절이요."

"그 시절과 지금의 세상을 보면 매우 격세지감이 들겠어요."

"그렇죠. 그래도 그때는 공기도 맑고 동물들과 싸우는 게 큰일이었고 하루하루 먹고사는 게 전부였거든여. 지금은 신들끼리 욕심 때문에 싸우고 죽이느라 무기가 발전한 거잖아요. 신들의 탐욕이 신들을 죽이고 있는 거예여."

"맞아요. 다른 신장들도 그렇게 오래됐나요?"

"나보다 더 긴 분도 계시고 짧은 분도 계시는데 그래도 최소한 삼백 년 이상은 됐죠."

"신계의 삼백 년이면 인간계에선 엄청난 시간이겠군요."

청명 신장이 또 까르르 웃었다.

"호호호…… 나라신은 계속 윤회를 해서인지 계속 이승과 비교되나 봐여."

한국 나라신이 멋쩍게 웃으며 고개를 끄덕였다.

"아무래도 그렇죠."

"이제 나라신도 윤회가 멈출 거예요. 이 빛에 의해서 어떤 반열에 오를 왕신이 되실지 또는 절대신이 되실지 조금 더 지나면 알게 되겠지여."

"절대신이요?"

한국 나라신이 조금 놀란 눈으로 청명 신장을 바라봤다.

"우리 신장들 사이에서 한국 나라신에 대한 의논이 활발하게 진행됐었어요. 이미 오대 왕신들의 빛을 넘어선 한국 나라신의 힘을 여러 각도로 평가했었지요. 어머, 기분 나쁘게 생각하지 마세여."

한국 나라신의 표정이 심각해지는 것을 보고 청명 신장이 재빨리 수습에 나섰다,

"기분 나쁜 게 아니라 여러 곳에서 나를 평가한다는 게 좀 어색해서 그래요."

"유명한 신이 되면 받게 되는 시선의 값이죠. 한국 나라신은 지금 모든 왕신을 제치고 신계에서 가장 주목받는 신이거든여."

한국 나라신이 씁쓸한 표정으로 웃었다.

"유명하신데, 즐겁지 않으신가여?"

"별로······요. 신들의 눈에 띄면 계속 공격받고 목숨의 위협을 받던 시절이 있어서요."

"어머, 그건 나라신 이전의 일이에여. 지금은 나라신을 노골적으로 공격하지 못해요. 그러면 한국에 전쟁을 선포하는 거나 다름없는데 막강한 한국에 전쟁을 걸 미친 영역은 없어요. 별 걱정을 다 하시네여."

"그럴까요? 그······ 절대신이란 건 뭐죠?"

말로만 대충 들었지 절대신에 대한 실체를 모르기에 한 질문이었다.

"아! 절대신, 그건요. 시중에 떠도는 전설의 신이라고 들어보셨을 거에여, 그죠?"

"네."

"우리 신장들도 그 전설의 신이 아닐까 하는 의견에 접근했어요. 모든 정황이 그렇게 흘러가고 있으니까여."

"그럴 리가요."

"성소를 나라신이 치료하고는 있지만 시간이 걸릴 거구여. 그사이 혹시라도 어떤 돌발 상황이 생겨서 성소 중 하나라도 기능을 못 하게 된다면 전설과 딱 맞아떨어지는 거예여."

"전설의 신이 절대신이란 건가요?"

"네. 오대 왕신의 힘을 한 명이 갖고 절대적인 힘을 쓸 수 있는 겁니다. 모든 것이 절대신 한 명으로 압축이 되는 거지여."

한국 나라신이 미소를 지었다.

"그럼 한국이 신계의 중심이 되겠군요."

"아유~ 당연하지여. 종교도 하나로 통합되고, 경제 · 문화가 모두 한국 중심이 될 거예요."

"그건 기쁜 일이네요."

"나라신 기쁘라고 말씀드린 건 아니구요. 진짜 그렇게 의논이 됐었어여."

"성소는 시간이 걸리더라도 내가 고칠 거예요. 그러니 신계가 망하는 일은 없을 겁니다."

"그래야죠. 그래야 우리 신장들도 살 수 있으니까여."

한국 나라신이 청명 신장에게 고개를 돌렸다.

"만약, 성소가 기능을 못 하면 신장들은 어떻게 되지요?"

"그 점에 대해서도 의논을 했었는데 결론은 일반 신과 같아진다는 거였어요."

"신장으로서의 능력은 어쩌고요?"

"일하는 터전이 없어져서 일반 신으로 돌아가는데 능력이 있을까여? 능력은 고사하고 다 소멸되어 사라질 거예요."

"아! 심각하구나. 그래도 신장 전체가 다 일반 신이 되는 건 아니겠지요?"

"그거야 모르죠. 하지만 어느 한 성소라도 기능을 못 하면 다른 성소도 영향을 받을 수밖에 없으니까 신계도 인간계도 망하는 거죠. 그래서 한국 나라신이 이렇게 고맙고 반가운 거랍니다."

"신계가 망하는 것도 안 되지만 한국이 신계의 중심이 되는 건 보고 싶군요. 신계도 살리고 한국이 신계의 중심이 될 수 있는 방법이 있을 거예요."

"아유, 이미 한국은 신계의 중심이 되고 있어. 한국의 위상은 지금 신계 최고예요. 국방력, 경제력, 무엇보다 문화력은 신계 전체 신들이 한국화가 되려고 노력하는 걸로 나타나요."

한국 나라신이 웃었다.

"하하하. 신계 전체의 한국화요?"

"적어도 제가 보기엔 그래여. 어디서나 한국 노래를 들을 수 있고, 그에 따라 춤도 추고요. 드라마, 영화, 패션, 한글 등 어느 것이나 한국 거라면 배우려고 하고 따라 하려고 하죠. 나도 한국 노래를 좋아하는걸여."

"청명 신장도 한국 노래를 알아요?"

"그럼요. 우리라고 문화를 등지고 사는 줄 아세요? 신들이 하는 건 다 감지하고 있으니까 대세라고 생각되는 건 거의 아는 수준이지여."

한국 나라신이 웃었다.

"바쁘실 텐데 대단하십니다, 신장님들. 하하하."

갑자기 청명 신장이 한숨을 내쉬었다.

"미련한 신들이 아직도 빛응축폭탄을 포기하지 않아요. 천왕도 마찬가지구여. 그래서 신장들이 걱정하고 있습니다. 신들의 전쟁도 일어나지 않아야 하고 자연재해도 없어야 더 이상의 성소 피해가 없을 텐데여."

청명 신장의 걱정에 한국 나라신도 덩달아 걱정했다.

"지금도 버거운데 성소가 더 다치면 안 돼요."

"빛응축무기는 안 쓴다고 했어요. 그래도 무기들이 워낙 성능들이 좋아서 마음 놓을 수가 없는 상황이죠. 한국도 무기들을 많이 생산하고 있던데요."

"분단되어 있던 기간이 있어서 방어용으로 많이 개발을 했지요. 혹시 언제 전쟁이 날지 알 수 없었으니까요."

"이제 통일도 됐으니 무기 생산은 좀 줄여도 되지 않아여?"

한국 나라신이 씨-익 웃었다.

"우리 영역에서 쓰이는 것보다 수출용으로 많이 생산하고 있어요. 가볍게 자유롭게 다룰 수 있는 소형 무기들이 대부분인데 성능은 좋아요."

"그 무기가 지금 다른 영역에서 쓰이고 있단 말이지여?"

"네. 분쟁 중에는 무기가 필요하니까요."

"아이, 무기가 없으면 분쟁도 전쟁도 없지 않을까여?"

"무기는 곳곳에서 만들고 있어요. 우리 영역에서만 만드는 게 아니고요."

"난 그런 게 없었으면 좋겠어요. 그래야 더 이상 성소 걱정을 안 하니까여."

"없었으면 좋겠지만 세상일이라는 게 단순하지 않아요. 그래도 천왕이 심각성을 인지하고 갔으니, 뭔가 좀 변화가 있지 않을까요?"

"전쟁도 제일 많이 하고, 무기도 제일 많이 생산하는 데가 미국 천왕이에요. 신장들 사이에서 제일 인기 없는 왕신이 천왕이고여."

"아, 그래요? 인기 없는 이유가 뭐죠?"

"성소가 이렇게 된 책임이 천왕에게 있다고 보는 거죠. 천왕은 성소를 지켜야 하는 의무가 있는데 책임과 의무를 다하지 않았으니까요."

"천왕의 책임인데 고생은 나만 하는군요. 영역 일도 바쁜데……."

"그러게요. 호호호."

청명 신장의 맑은 웃음소리가 퍼져 나갔다. 웃음소리에 신관 둘이 기록관 밖으로 얼굴을 내밀었다. 청명 신장의 눈꼬리가 올라가며 소리쳤다.

"들어가서 일이나 해!"

청명 신장의 호통에 두 명의 신관 머리가 쏙 들어갔다.

"지금 성소에서 가장 인기 많은 신은 한국 나라신이에여."

청명 신장이 신관들이 사라진 곳을 가리키며 말했다.

"젊고 아름답고, 무엇보다 능력이 있으니까여."

한국 나라신이 못 들은 척하며 치료 중이던 곳을 들여다보았다.

"이 부위는 됐고 옆에 헌 곳을 치료해야겠어요."

"예! 이쪽이여."

# 유럽 연합군 회의

지진으로 인해 빛응축폭탄이 터져서 수많은 신들이 소멸된 파키스탄 나라신이 각 영역의 나라신들이 홀로그램으로 보내온 위로문을 보고 있었다. 하나씩 넘기며 답글을 달던 나라신이 사우디아라비아 나라신의 위로문에 색다른 답글을 썼다. '위로 감사드리며 은밀히 만나 의논드릴 말씀이 있다'는 내용이었다.

두 나라신은 기단 지하의 깊은 곳에서 홀로그램으로 회담을 했다. 그리고 얼마 후 파키스탄에서 이스라엘의 주변 영역으로 은밀하게 빛응축폭탄이 이동했다. 한 영역에 한 개씩 폭탄의 배치가 끝난 후에야 미국과 이스라엘이 알아차릴 정도로 은밀하게 진행된 계획이었다.

화들짝 놀란 천왕이 파키스탄 나라신에게 홀로그램으로 나타났다.

"이 무슨 경우 없는 짓이요? 빛응축폭탄을 이렇게 마구 뿌려대도 되는 거요?"

"빛응축폭탄이 우리 영역에서 터지는 걸 더 이상 원치 않기 때문입니다. 또한 천상 회의에서 빛응축폭탄을 제거하라고 하셨는데 우리는 경제가 워낙 취약해서 돈이 필요하거든요. 그래서 필요하다고 하는 영역에 좀 줬습니다. 이건 우리 영역에서 폭탄이 일부 제거되고 신들을 먹여 살리는 이중 효과가 있어서요."

"빛응축폭탄을 팔았다고 아주 자랑스럽게 얘기하고 있군요. 그게 얼마나 위험한 짓인지 알고나 있소?"

"천왕은 무기를 팔아도 되고 다른 영역은 무기를 팔지 말란 법이 있소?"

"그 무기랑 빛응축폭탄과는 차원이 다르잖소! 어떻게 자잘한 무기와 빛응축폭탄을 비교하시오? 빛응축폭탄은 작은 영역 하나를 날려 버릴 수 있는 엄청난 무기요. 그건 이번에 귀 영역에서 터진 걸로 신들이 천만이나 소멸된 것만 봐도 알 수 있잖소?"

"그래서 돈 받고 내다 버린 겁니다. 무서워서요."

"내다 버린 영역이 왜 하필이면 이스라엘 주변국이요?"

"이스라엘 주변국들이 가장 돈을 많이 주겠다고 했어요. 그러니 마다할 이유가 없지요."

"빛응축폭탄의 이동은 금지되어 있소. 그래서 은밀하게 추진한 것 같은데 위반하면 어떤 제재가 따르는지 모르진 않을 거요."

파키스탄 나라신이 천왕을 쏘아봤다.

"이래도 저래도 힘들긴 마찬가지요. 난 당장 우리 신민들이 좀 숨 쉬고 살 수 있게 하려는 것뿐이요. 또한 빛응축폭탄의 위험으로부터 우리 영역을 지키고자 함이요. 천왕의 제재는 두렵지 않소."

"그래요. 어디 두고 봅시다."

천왕은 홀로그램에서 사라졌다.

천왕은 유럽 연합군과 우방국 나라신들에게 홀로그램을 보냈다. 홀로그램으로 유럽 연합군 나라신들과 천왕이 만났다. 회의에 참석한 나라신들을 돌아본 영국 나라신이 천왕에게 물었다.

"한국 나라신이 보이지 않는군요. 천왕의 동맹국이니 당연히 와야 하지 않습니까?"

천왕이 대답했다.

"한국 나라신은 영역 문제도 있고 또 성소 치료하는 일로 매우 바빠요."

"음, 성소 치료요? 종교의 왕신들이 치료 중이지 않나요?"

영국 나라신이 천왕에게 질문했다.

"태양왕신님은 바쁘시기도 하고 오랫동안 치료의 능력을 쓰지 않아 지금 기억이 나지 않는다고 하십니다."

홀로그램 속의 나라신들이 눈을 껌벅이며 의아한 표정들이었다.

"그게 무슨 말이요, 천왕! 오랫동안 치료의 능력을 쓰지 않아 기억이 나지 않다니요? 치료의 능력이 없다고 말씀하시는 겁니까?"

천왕이 대답 대신 고개를 끄덕였다.

"말도 안 돼. 그럴 리가요."

프랑스 나라신이 믿을 수 없다는 반응을 보였다.

영국 나라신이 주먹을 쥐고 천왕에게 질문했다.

"이해를 할 수 없어요. 태양왕이 치유의 능력이 없다니요? 언제부터였을까요?"

천왕이 말없이 고개를 흔들었다.

"성소를 치료하고 있는 신이 한국 나라신이라고 했죠? 아! 그럼 다른 왕신님들은 어떻게 되신 걸까요? 미르왕은요? 백호왕은요?"

천왕이 두 손으로 X자를 만들며 고개를 저었다. 모든 나라신들의 놀라서 입을 벌어졌다.

"맙소사! 종교의 왕신들이 치유의 능력이 없다고? 지금까지 우리는 종교의 왕신들은 치유의 능력이 있다고 굳게 믿고 있었는데 어떻게 된 거죠?"

프랑스 나라신이 곤혹스러운 표정으로 천왕에게 질문했다.

"모두 그렇게 알고 있었고 나도 그렇게 알고 있었어요. 하지만 상처가 난 성소 앞에서 모두 치료를 시도했지만 아무도 성공하지 못했어요. 그 자리엔 신장들도 있었는데 말이죠. 그래서 한국 나라신을 불러서 시도해 봤는데 한국 나라신은 치료를 할 수 있더라고요. 아주 천천히 되어서 시간이 많이 걸리겠지만 치료는 될 겁니다."

이탈리아 나라신이 탄식하듯이 말했다.

"그럼 지금까지 우리가 믿고 알고 있던 왕신은 허상이었나? 우리가 알고 있는 다른 능력들은 있기나 한 걸까요?"

천왕이 대답했다.

"다른 능력들은 다 있다고 하십니다. 단지 치유 능력은 왕신 초반에 쓰고 거의 쓰지를 않아서 능력이 사라졌다고들 하시더군요."

캐나다 나라신이 한숨을 쉬며 김빠진 목소리로 말했다.

"뭔가 속은 듯한 느낌이 드는 건 나만 그런가? 왜 왕신들에게 배신 당한 느낌이 들까요?"

"나도 그렇소. 마음속에서 믿음이 와장창 깨지는 소리가 들려요."

"왕신이 우리를 속인 것인가? 우리가 왕신을 너무 믿은 것인가?"

스페인 나라신과 핀란드 나라신이 한쪽에서 허탈한 목소리로 중얼거렸다.

"우리가 그렇게 믿고 있으면 왕신이 그런 능력 없다고 말해 줬어야하는 거 아닌가요?"

"이 시기에 왕신이 우리에게 해줄 수 있는 게 아무것도 없다는 거요?"

"왕신보다 한국 나라신이 낫다는 건가?"

나라신들마다 한마디씩 하느라 회의장은 떠들썩해졌다.

"다들 조용! 조용히 하시오. 지금 회의하는 중이요."

천왕이 큰 소리로 말하자 장내는 조용해졌다.

"이렇게 제각기 말씀하시면 회의가 진행이 안 됩니다. 한 분씩 발언하도록 합시다."

영국 나라신이 질문했다.

"천왕! 지금 종교의 왕신 중에 가장 강한 왕신은 태양왕이요. 혹시그럴 리는 없겠지만 한국 나라신의 능력이 태양왕보다 나은 것은 아니겠지요?"

천왕이 대답을 머뭇거리자 프랑스 나라신도 질문했다.

"한국의 위상이 대단히 높아요. 우리가 모르는 사이에 모든 영역들의 위에 올라서 있더라고요. 군사, 경제도 그렇지만 문화면에서 월등히 신계를 지배하고 있어요. 천상 회의 때 본 한국 나라신의 빛은 엄청났어요. 이 점에 대해 천왕은 어떻게 생각하시오?"

천왕의 굳은 표정이 기분이 별로 좋지 않음을 말해 주고 있었다.

"한국 나라신에 대해서는 여러분들도 그간 소식을 들으셨을 거요.

힘이 막강한 데다 다친 신들까지 치료해 왔었어요. 이번에 종교의 왕신들이 치료 능력이 없다고 하자 신장들이 깊은 절망에 빠져 있을 때 한국 나라신이 치료의 능력을 발휘했어요. 그래서 한국 나라신이 왕신들을 대신해서 성소를 치료하고 있소."

"한국 나라신이 왕신들보다 능력이 뛰어나다는 거요? 그럼 지금까지 우리가 알고 있던 왕신들은 뭐지?"

프랑스 나라신이 어깨를 들썩이며 의문을 표시하자 다른 나라신들도 줄줄이 의문을 나타냈다.

"요즘 자연왕 빛이 일반 나라신과 별반 차이가 없더라고요. 푸르딩딩하니 중국의 붕괴와 관련이 있을 거예요."

"그러게요. 빛도 모든 왕신들보다 훨씬 빛나는 것 같고 능력도 왕신들 위에 한국 나라신이 있는 것 같아요."

"그럼 우리는 왕신을 섬겨야 할까요? 어떻게 해야 할까요?"

"우리가 왕신들의 능력을 한 번도 본 적이 없으니 능력이 있다는 것도 검증된 바 없어서 그것도 믿을 수가 없겠어요."

"맞아요. 태양왕을 본 것도 이번에 천상 회의 때 처음 본 건데 빛이 한국 나라신과 자꾸 비교해서 보게 되더군요. 태양왕이 붉은색으로 빛나서 그렇지 한국 나라신보다 빛난다고 할 수 없었어요."

또다시 한꺼번에 와글와글 떠들어대자 천왕이 소리쳤다.

"조용! 조용히 하시오. 태양왕신님의 능력은 그대로요. 단지 치유 능력만 없으신 거요. 이 자리는 이스라엘 주변에 배치된 빛응축폭탄에 대해서 의논하기 위한 자리요. 이스라엘과 주변 영역들이 항상 분쟁이 일어나는데 이번에 은밀하게 배치된 빛응축폭탄을 어떻게 풀어 나갈 것인지를 의논하기 위해 모인 자리요. 왕신들 평가하는 자리가 아니란 말이오."

카랑카랑한 천왕의 언성에, 일순간에 조용해졌다.

"태양왕의 빛은 여전하고 능력도 여전하시오. 그건 내가 확인했으니 의심하지 않아도 됩니다. 여기 모인 것은 미르왕 연합군에게 넘어간 빛응축폭탄을 어떻게 해야 할 것인가를 의논하자고 모인 거요. 아셨소? 논제에서 벗어나지 말아 주시오."

영국 나라신이 조심스럽게 입을 열었다.

"전쟁에 이기는 것도 물론 중요하지만, 우리에게 아니 살아 있는 모든 생명체에게 성소는 생명줄 이상이요. 그러니 성소가 상처를 입었고 상처를 회복하는 데 신경을 안 쓸 수가 없지요. 그것을 우리들이 믿고 있던 종교의 왕신이 아닌 한국 나라신이 하고 있다는 것에 모두 놀라는 중이요. 그 중요하고도 중요한 성소의 치료를 우리 모두가 믿고 의지했던 태양왕이 아니라 한국 나라신이 하고 있다는 것은 정말 놀라운 소식이요."

독일 나라신이 공감했다.

"정말, 한국 나라신에게 경의라도 표하고 싶군요. 왕신들도 하지 못한 성소의 치료를 한국 나라신이 하다니요. 정말 놀랍고 대단합니다."

스페인 나라신이 맞장구쳤다.

"정말 천상 회의 때 본 한국 나라신은 굉장했어요. 젊고 아름다운 한국 나라신이 찬란한 빛을 내면서 오히려 모든 왕신들을 압도하고 있었지요. 어떠한 색도 없는 빛이었는데도요."

천왕이 손을 들어 흔들었다.

"제발 오지 않은 한국 나라신 말씀은 하지 마시오. 아까도 말했지만, 한국 나라신은 당분간 신계에서 제일 바쁜 신일 거요."

프랑스 나라신이 동조했다.

"그렇겠네. 그렇겠어."

천왕이 다시 입을 열었다.

"파키스탄에는 내가 일차적으로 경고를 했습니다. 아시는 바와 같이 파키스탄의 빛응축폭탄이 이스라엘의 주변국에 한 개씩 배치되어 있어요. 성소가 더 이상 화상을 입으면 돌이킬 수 없는 사태가 발생할 수 있기 때문에 그 폭탄들이 터지면 안 돼요. 천상 회의에서는 러시아가 빛응축폭탄을 우리와 보조를 맞춰 제거하겠다고 했지만, 러시아는 빛응축폭탄을 판매해서 전쟁 자금으로 쓰려고 하고 있어요. 파키스탄이 이스라엘 주변 영역에 몰래 빛응축폭탄을 판매한 것처럼 말이죠. 그리고 이스라엘과 주변 영역들이 또 심각하게 싸우고 있어서, 그래서 여기 모인 거요."

영국 나라신이 투덜거렸다.

"자연재해는 어쩔 수 없어도 전쟁은 막아야지요."

이탈리아 나라신이 말했다.

"그러니까 재래식 무기로 전쟁을 해야 된다는 건데 그러면 러시아가 유리하겠는걸요. 천왕의 무기는 대부분 발전된 무기라 매우 성능이 뛰어나잖아요?"

천왕이 곤혹스러운 표정으로 긍정의 고개를 끄덕였다.

"그렇소. 빛응축폭탄이 아니더라도 우리의 우수한 무기가 잘못 사용되면 성소에 상처를 입힐까 봐 무기를 고르는 중이요."

프랑스 나라신이 나라신들을 둘러보며 질문했다.

"나라신의 수가 현저히 줄어든 것 같소이다. 유럽 연합군과 천왕의 동맹국이 이렇게 적었나요?"

천왕이 대답했다. "

"얼마 전에 지진이 일본과 동남아시아 일대에서 있었고 그로 인해 많은 피해가 있었죠. 그쪽 나라신들이 참석을 못 했어요. 그래서 전보다 나라신의 숫자가 적은 거요. 오늘 모인 목적은 우리가 미르왕 연합군을 어떻게 굴복시킬지에 대한 논의입니다. 집중하셔서 의견을 내주세요."

그러나 나라신들끼리 삼삼오오 모여서 수군거리는 통에 천왕의 집중해 달라는 소리가 묻히고 말았다. 천왕이 짜증을 내며 손뼉을 치자 조용해졌다.

"대화는 옆의 분과 하지 마시고 전체와 해야지요. 그러기 위해 여기 오신 거니까요."

영국 나라신이 화제를 확 바꿨다.

"지금 중국이 계속 러시아 쪽으로 무기를 보내고 있어요. 그걸 어떻게든 막아야 합니다. 러시아가 또 움직이면 골치 아파져요."

천왕이 대답했다.

"중국이 기후의 영향으로 식량 사정이 안 좋다 보니까 러시아의 식량이 필요해서 무기를 넘기는 거요. 만약 우리가 식량이 넉넉해서 중국에다 준다면 러시아에 무기를 주는 것을 중단시킬 수 있는데요. 식량이 넉넉한 영역이 있소?"

나라신들끼리 서로 눈치를 보더니 하나둘씩 고개를 흔들었다.

"중국은 영역도 넓고 신의 수가 가장 많아요. 러시아에서 식량을 제공받고 있지만 그것도 턱없이 부족해서 허덕이고 있소. 중국은 식량을 위해서라면 어떤 일이라도 해야 할 판이요."

천왕의 말에 독일 나라신이 대답했다.

"줄 식량도 없지만, 만약 식량이 남아서 우리가 제공한다고 해도 중국은 러시아에 몰래 무기를 제공할 거요. 그들은 정치적 가치를 공유하고 있고 그게 의리라고 생각하는 영역들이니까요."

프랑스 나라신이 피식 웃었다.

"맞아요. 그들에겐 그게 의리지요. 그래도 중국이 전쟁에 직접 참여하지 않은 것만도 다행이지요."

천왕이 대답했다.

"용병을 보내고 있으니 그렇지도 않아요. 중국은 신의 수가 워낙 많아서 신명을 소중히 여기지 않는 영역이요. 아주 고약한 일이지요. 중국이 러시아에 식량을 제공받는 이상 중국의 무기가 러시아로 넘어가는 건 막을 수 없을 것 같군요. 다행히 중국의 무기는 성능이 좋지 않으니 크게 걱정하지는 않지만 무기가 많다는 게 문제요."

이탈리아 나라신이 탄식하듯이 말했다.

"성능이 안 좋아도 무기는 무기지요. 신들이 한꺼번에 죽느냐 여러 차례에 나뉘어 죽느냐 차이일 것이요."

독일 나라신이 말했다.

"어차피 성능 좋은 무기는 쓸 수 없으니 저쪽이 유리할지도 모르겠소."

천왕이 반론을 제기했다.

"아니요. 그래도 어느 정도 성능의 무기는 쓸 수 있어요. 빛응축폭탄에 영향을 가지 않는 범위 내에서 사용 가능한 무기는 우리 쪽에 많소. 그러니 여러분들은 미국이 이스라엘을 도우면 그에 대한 지지 성명을 내주시오. 미국이 이스라엘을 돕는 명분이 설 수 있도록 말이요."

영국 나라신이 말했다.

"천왕이 전쟁 전면에 나서는 것은 미르왕 신도 영역들을 자극하는 것이 될 거요. 무기를 지원하는 것도 달가워하지 않을 텐데…… 일부러 명분을 만들지 않는 것이 좋겠어요."

프랑스 나라신도 영국의 의견에 찬성하는 입장을 밝혔다.

"맞아요. 미르왕 신도의 영역들이 단합하는 빌미를 줄 수도 있으니 이스라엘이 싸우도록 하고 미국은 뒤만 봐주도록 하시오. 잘못 하다간 큰 전쟁으로 번지면 여기저기 흩어져 있는 빛응축폭탄을 건드릴 수도 있어요. 그러면 큰일 나지요. 저들의 노림수가 바로 그거일 수도 있습니다."

천왕이 긍정의 뜻으로 고개를 끄덕였다.

"그것도 좋군요. 직접 참여하지 않고 뒤만 봐주라고요. 그런데 군대가 모자라지 않을까요? 용병이라도 쓰라고 할까요?"

독일 나라신이 제지했다.

"아니요. 이스라엘은 지금까지도 미국의 군대 없이 주변국들을 잘 물리쳤어요. 이미 전 신민들이 군대화되어 있어서 군대가 모자라지는 않을 겁니다. 그냥 이스라엘이 요청하는 무기나 물품을 대주세요."

"그래요. 자칫하다간 전쟁이 확산되어 빛응축폭탄이라도 터지면 어쩝니까? 이스라엘 주변국들이 빛응축폭탄을 믿고 나댈 수 있는데요."

영국 나라신의 말에 천왕이 곤혹스러운 표정을 지었다.

"하나씩 가지고 있는 걸 믿고 저렇게 나대다니, 참 가소롭소. 그래 봤자 자기네 영역에서 터질 가능성이 더 높은데 말이요. 상대방에게 쏠 수 있는 기술이나 있나 모르겠소."

"그렇지. 자신감을 위해서 장식용으로 갖다 놓은 것일 수도 있겠어요."

독일 나라신의 말에 여기저기서 웃음소리가 들렸다.

영국 나라신이 손을 들어 웃음소리를 멈추게 했다.

"그들의 실력을 비웃지 마시오. 우리가 운이 좋아서 무기를 좀 더 빨리 개발할 수 있었을 뿐이요."

이번엔 천왕이 영국 나라신을 보면서 손을 흔들었다.

"아니요. 나라신! 태양왕께서 미르왕 신도의 영역이 태양왕 신도의 영역보다 뒤떨어진 이유에 대해서 설명해 주셨어요."

다들 놀란 표정으로 천왕의 다음 말을 주목했다.

"미르왕 영역은 대부분 여신들의 사회활동이 제한적이거나 아예 못 하게 막아 놨어요. 그런데 태양왕께서는 여신들이 남신들보다 능력 면에서 우월하답니다. 체구가 작아서 남신의 보호를 받지만 그 외의 능력에서 여신들의 능력이 뛰어나다는 말씀을 하셨습니다. 태양왕 신도들의 영역이 발전한 것은, 남신과 여신의 능력이 조화를 이루어 시너지 효과를 내서 훨씬 발전 속도가 빠른 것이라고 하셨어요. 여신들의 능력을 제대로 활용할 줄 아는 태양왕 신도들의 영역을 미르왕 신도들의 영역은 절대로 이기지 못할 것이니 걱정 말라고 하셨습니다."

영국 나라신이 질문했다.

"태양왕신님이 그렇게 말씀하셨다고요?"

"그렇소. 모든 면에서 미르왕 영역의 신도들이 태양왕 신도들의 영역을 넘어서는 일은 없을 것이요."

"그것 듣던 중 반가운 소리요. 하지만 방심은 금물이요, 천왕. 그들의 미르왕에 대한 충성심은 우리의 상상을 초월하거든요."

"맞아요. 거의 맹신에 가깝지요. 사회 분위기도 그렇게 조성이 되어 있어서 설렁설렁 믿는 분위기도 아니고요."

영국과 프랑스 나라신이 말에 천왕이 대답했다.

"괜찮아요, 괜찮아. 어쨌든 이스라엘을 돕든 나를 돕든 좀 도와주시오."

"이스라엘 전쟁은 이스라엘 신들이 하게 놔두시고 우린 물자를 제공하지요."

영국 나라신이 말하자 천왕이 고개를 끄덕였다.

"아무래도 직접 참여보다는 그게 낫겠어요. 그럼 효과적으로 싸우기 위해 각 영역에서 도울 수 있는 것을 말씀해 주시오. 이스라엘에 전달해서 좀 더 효율적으로 싸울 수 있도록 해야지요."

영국 나라신이 먼저 말했다.

"영국은 지금까지처럼 재래식 무기와 물자를 보내겠어요."

"우리도 무기와 군수 물자를 보낼 겁니다."

"재래식 무기는 우리가 많으니 보내지요."

프랑스 나라신 말에 질세라 독일 나라신도 목에 힘을 주어 말했다.

다른 영역의 나라신들도 줄줄이 지원하는 물품과 무기들을 나열했다.

"우리는 군수 물자를 대겠어요."

"우리 영역은 식량이 좀 넉넉하니 식량을 대지요."

천왕이 흐뭇한 미소를 지었다.

"좋습니다. 이스라엘은 반드시 이길 것이요. 미국의 무기도 이스라엘을 지원할 것이고 여러분들도 단합하여 이번 전쟁이 확전되지 않게 잘 막아 주시오. 지금부터 러시아는 미국이 상대하겠소."

"와아!"

나라신들이 환호성을 질렀다.

"천왕! 러시아와 중국을 함께 상대하는 겁니다. 괜찮겠어요?"

영국 나라신이 약간의 걱정을 담아서 말하자 천왕이 미소 지었다.

"괜찮소."

"러시아만 확실히 눌러 주신다면 미르왕 연합군도 힘을 쓰지 못할 겁니다."

영국 나라신의 말에 독일 나라신이 부정의 손사래를 쳤다.

"아니, 아니요. 러시아의 독한 신성을 몰라서 그러십니까? 그들은 다 죽어도 절대로 항복이란 걸 모르는 신족입니다. 무기가 앞서 있다고 이기는 건 아니니 절대 방심해서는 안 돼요. 게다가 중국이 내분으로 힘이 약화되어 있다고 하지만 신의 수가 정말 압도적으로 많지 않습니까? 죽어도 죽어도 밀려오면 그것도 매우 난감한 일이요."

천왕이 잠시 생각에 잠겼다가 고개를 끄덕였다.

"좋은 지적이요. 나라신! 우리 사령관에게 말해 놓지요. 그러한 경우도 대비하라고요."

독일 나라신이 계속 말했다.

"만약 러시아가 천왕군에게 밀린다고 생각되면 빛응축폭탄을 쓸 수
도 있습니다. 너무 막다른 골목으로 밀어붙이지 마세요. 죽기를 각오
하고 빛응축폭탄을 쏘면 끝장이에요. 미르왕 신도들의 영역도 무시하
지 마시오. 그들에게는 이 전쟁을 기필코 이겨서 미르왕에게 충성심을
보이겠다는 우리 측으로서는 말도 안 되는 명분이 있고 무기의 수급도
자체적으로 하고 있어요. 완전히 옛날식 무기지만요."

천왕이 중얼거렸다.

"옛날식 무기가 더 마음 놓고 사용할 수 있을 수 있어요. 성소를 위
해서 빛응축폭탄뿐만 아니라 첨단 무기는 사용 금지니까요."

영국 나라신이 걱정스러운 표정으로 질문했다.

"미국에는 첨단 무기가 대부분일 텐데 어떻게 싸우려고 그래요?"

"최근에 개발된 건 아니더라도 어느 정도 파괴력 있는 무기들은 있
으니 걱정 마시오. 그리고 최강의 우리 군대를 나는 믿어요."


회의가 끝나고 프랑스 나라신과 독일 나라신이 따로 만나서 대화를
나눴다.

"미르왕 연합군을 천왕이 얕잡아보는 건 아니겠지요? 그들이 악귀
같은 모습으로 신들을 죽이는 걸 못 봐서 그럴까요?"

독일 나라신의 말에 프랑스 나라신이 검지 손가락을 치켜들고 흔들
었다.

"그건 아닐 거예요. 천왕의 빛이 약해진 거 보셨죠?"

"아, 예! 봤지요. 확실히 줄어들었어요."

"아마 일전에 재난으로 신들이 많이 소멸되고 영역이 많이 훼손되

어 그럴 거예요. 그러고 나서 빛이 줄어든 것 같아요."

"아, 그렇군요. 지금 중국이 소수 신족들이 독립해 나가면서 자연왕의 빛도 거의 소멸되다시피 한 것처럼 말이죠."

프랑스 나라신이 두 팔을 차례로 들어 올렸다.

"그건 신계가 다 알죠. 중국의 자연왕이 바뀔까요? 아니면 천왕이 바뀔까요?"

"한국의 나라신으로 바뀌겠지요?"

"당연히 그렇죠."

독일 나라신이 심각한 표정으로 프랑스 나라신을 쳐다봤다.

"지금 상황을 보면 한국 나라신이 될 건 확실한데요. 한 가지 좀 걸리는 게 있어요."

"뭔데요?"

"천왕도 빛이 줄고 자연왕도 빛이 줄었으니 둘 다 바뀌어야 하는데 한국 나라신 말고 또 누가 빛나는 신이 있어요?"

"딱히 없지요."

"천상 회의에서도 봤다시피 종교의 왕신도 한국 나라신보다 빛나지 않았어요. 게다가 우리가 굳게 믿고 있던 종교의 왕신들은 치유의 능력마저 없어졌다구요. 이 모든 게 뭘 의미하는 걸까요?"

프랑스 나라신이 애써 웃으며 역질문을 했다.

"뭘 말씀하고 싶은 거요? 천왕도 바뀌고 종교의 왕신도 바뀐다는 거요?"

"가능성이 있지 않습니까?"

"어떤 가능성을 생각하고 계신 거요?"

"모든 왕신이 바뀌는 거요."

"예? 뭐라고요?"

"전설의 신 들어 보셨잖아요. 만약 한국 나라신이 전설의 신이라면 가능하지요. 지금 상황이 점점 그렇게 바뀌어 가고 있잖아요. 성소의 치료도 한국 나라신이 혼자 하고 있고요."

프랑스 나라신의 표정이 심각하게 변했다.

"아까 천왕 앞이라 아무도 그 얘기를 꺼내지 않았는데 결국 나라신 입에서 그 얘기가 나오고 말았군요."

"거 봐요. 나라신도 생각하고 있었으면서 말씀만 안 하고 계셨던 거예요."

"하지만 상처가 있지만 아직 성소는 무사하고 한국 나라신이 치료하고 있으니 괜찮지 않을까요? 아니 괜찮았으면 좋겠어요."

"우리 바람은 그렇지만 세상일이 우리 바람대로만 되지 않으니 문제지요. 요즘 전쟁이 무서운 게 아니라 무기가 무서워요. 워낙 무기가 발달해서 폭탄 하나에 작은 영역 하나는 그냥 없애 버리는 수준이니까요. 성소의 치료가 더디다고 했지요? 성소가 회복되기 전에 또 어느 쪽에서든 성소에 악영향을 미치는 짓을 하면 그땐 장담 못 하죠. 오죽하면 신장들이 발 벗고 나섰겠소."

"음, 신장들이 갑자기 나타나서 심각하다는 생각은 했는데요. 갑자기 천상 회의라는 것을 열기도 하고 종교의 왕신들도 나타나고…… 어수선하고 뒤숭숭하니까 뭔가 일어날 것 같긴 합니다."

"그렇지 않기를 바라지만 만약 그렇게 된다면 정말 큰 일이요."

"한국 나라신이 성소에 매달려서 치료해야지요. 영역의 일을 제쳐

두고서라도요.”

프랑스 나라신의 말에 독일 나라신이 고개를 갸우뚱거렸다.

“그건 우리 욕심이죠. 그런데…… 만약 성소가 한국 나라신이 손 쓸 정도를 넘어섰다면 어떨까요?”

“그럼 파멸이지요. 신계, 인간계 모두 다…….”

프랑스 나라신의 말이 조금 떨려서 나왔다.

“만약 성소가 기능을 못 할 정도로 심각한 손상을 입었다면 한국 나라신은 그다음을 생각할 겁니다. 우리는 한국 나라신이 그다음을 생 각하는 방향으로 움직여야겠지요.”

“한국에 줄 서야 하는 상황이 되었군요.”

“이미 모든 상황이 한국 나라신에게 유리한 상황으로 바뀌고 있어 요. 천왕의 동맹국 대부분 영역이 이번 회의에 참여했는데 한국은 통 일된 지 얼마 안 됐다는 이유로, 성소를 치료해야 한다는 이유로 참여 하지도 않았어요. 거기다 여기저기에 비싼 무기 팔아서 막대한 이익을 얻고 있잖아요. 천문학적인 돈으로 계속 선진국 위에 선진국으로 우뚝 서고 있어요. 다른 영역들은 재해로 전염병으로 다 나락으로 떨어지고 있는 와중에 말이요.”

“정말 그렇군요. 게다가 한국은 일본이나 중국 사이에 끼어 있으면 서도 기후의 피해도 훨씬 덜하고 이런저런 재난에서 다 비껴가고 있어 요. 이것도 한국 나라신의 영향이나 힘이 아닐까요?”

“우리가 이렇게 생각하고 있다면 다른 영역의 나라신들도 똑같이 생각하고 있을 겁니다. 영역을 위해서 우리가 나아가야 할 방향이 정 해졌군요. 이젠 미국에 줄 서야 할 때가 아닌 겁니다.”

프랑스 나라신이 씁쓸하게 웃었다.

"한국 나라신에게 절대적으로 잘 보여야겠어요. 한국 나라신이 전설의 신이라면 지금의 종교도 하나로 통합되고 경제를 비롯해서 모든 것이 전설의 신의 의지대로 될 것이니까요."

"그렇죠. 이제 우리가 지금껏 믿어왔던 왕신은 없어지는 겁니다. 그 왕신들은 한국 나라신이 전설의 신으로 등극하게 되면 다 끝나는 거죠. 허무하게도……."

독일 나라신의 말에 프랑스 나라신이 한숨을 쉬었다.

"후~ 찬란했던 프랑스 제국의 영광이 갈수록 초라해지는 것 같아 매우 씁쓸합니다, 나라신!"

"그건 나도 마찬가지요. 과거의 영광을 되찾는 꿈이 아득히 멀어지는 느낌이요."

"얼마 전까지만 해도 프랑스는 문화의 중심지로 매우 자긍심이 높았었는데 이제 신계의 모든 이목이 한국에 쏠려 있어요."

"한국의 문화가 모든 신계에 뿌리내리고 있어요. 음악, 영화, 드라마, 패션, 심지어 한글까지도 다 따라 하고 있잖아요. 대세로 기울었고 그걸 꺾을 영역은 지금 없는 것 같아요. 오히려 따라 해야 정상일 정도니까요."

"노을이 아름다워야 하는데, 영광의 자리에서 퇴장하는 우리의 모습이 서글퍼집니다."

"모든 건 다 굴곡이 있으니까요. 올라가면 내리막도 있고, 영광이 영원히 지속되진 않아요. 흐름에 맡겨야지 어찌합니까?"

# 한국 나라신에게 줄서기

성소를 치료하다 영역으로 돌아온 한국 나라신은 자신에게 와 있는 홀로그램이 쌓여 있는 것을 보고 놀랐다. 각 영역의 나라신들에게서 온 수십 장의 홀로그램이 별 내용도 없이 안부 인사와 함께 앞으로 잘 지내자는 말과 성소를 치료해 줘서 고맙다는 식의 내용이었던 것이다.

'천왕의 동맹 영역 나라신들 대부분이 보내온 것 같은데…… 이걸 다 답장을 해줘야 하나? 너무 많은데, 갑자기 왜들 이러는 걸까? 성소 치료를 해줘서 고맙다는 내용이 있는 걸로 봐서 천왕이 성소를 나 혼자 치료한다고 했나 보다. 회의에 참석하지 않아서 껄끄러운 판에 격려 메시지라니. 이번 회의에서 무슨 소리를 했길래…… 천왕만 빼고 다 온 것 같아.'

홀로그램을 넘기며 다 읽어 본 한국 나라신은 잠시 생각하다 홀로그램을 띄웠다. 각 영역의 나라신들이 보내온 홀로그램이라 답장을 안 할 수가 없었다. 되도록 짧게 같은 내용으로 답장을 보냈다.

'성소 치료가 끝나면 다음 회의부터는 참석하지요. 관심 가져 주셔서 감사합니다.'

그러자 곧바로 몇몇 나라신으로부터 답장이 또 왔다.

'나라신들이 이렇게 한가한가? 급하지도 않은 홀로그램이나 보내고.'

한국 나라신은 홀로그램을 열어 보기 전에 내무 대장신에게 먼저 홀로그램을 보냈다. 금세 기가 뭉치면서 형상이 나타났다.

"나라신! 부르셨습니까?"

"어서 오세요."

"몸이 몇 개라도 부족하실 텐데요."

"그러게요. 분신술이라도 썼으면 좋겠어요. 몸 하나는 성소 치료하고 몸 하나는 여기에서 일을 할 수 있도록 말이죠. 이것 보세요."

나라신이 내무 대장신 이서경에게 각국 나라신에게서 온 홀로그램을 하나씩 보여줬다.

'존경하는 나라신! 성소의 치료가 빨리 끝나길 바랍니다. - 영국 나라신'

'한국 나라신은 우리의 희망입니다. 성소를 치료해 주셔서 감사해요. - 이탈리아 나라신'

'전임 나라신과도 협력이 잘됐는데 새로운 나라신과도 잘 지냈으면 좋겠습니다. - 독일 나라신'

'경애하는 한국 나라신! 바쁘신 와중에 답신까지 주셔서 감사합니다. 성소의 치료가 마무리되면 언제든 만나길 희망합니다. - - 스페인 나라신'

그 뒤에도 여러 나라신의 홀로그램이 있었다. 나라신이 이서경을 보면서 질문했다.

"각 영역의 나라신들이 갑자기 왜 이러는 걸까요? 다 천왕 측의 나라신들이에요. 유럽 연합들이지요."

"이번에 천왕과 유럽 연합 측 회의가 있었잖아요. 그 영향이 아닌가 싶은데요. 성소를 유일하게 나라신이 치료하고 있으니 감사한 마음은 당연히 가져야지요. 이유야 어쨌든 빛응축폭탄이 터지면서 성소를 다치게 했는데 치료는 왕신도 아닌 우리 나라신이 하고 있으니까요."

"단지 그것 때문일까요?"

"아마 회의에서 나라신이 거론된 것 같습니다. 성소를 치료할 수 있는 능력이 나라신밖에 없다는 것을 모든 나라신이 알았을 거고 앞으로 어디와 친해야 자신들에게 이득인지 계산이 섰겠지요. 경제, 문화, 국방과 무기, 모든 면에서 우리 영역이 확실하게 다른 영역보다 앞서가고 있으니까 앞날을 생각해서 한국에 줄을 서는 거지요."

나라신이 고개를 끄덕였다.

"그래요. 그래도 그렇지. 이렇게 한결같이 똑같은 생각을 하다니 좀 웃기네요. 그건 그렇고 영역 내의 일에 대해 말씀해 주세요. 자료를 대충 보긴 했는데요, 이거부터요."

"네, 이거요. 중국에서 넘어온 삼백이 넘는 중국 신들과 북쪽 신들 사이의 집단 패싸움 건이요. 규모가 워낙 커서 군대가 출동했는데도 진압하는 데 꽤 시간이 걸렸어요. 진압 과정에서 중국 신들이 과격하게 대들어서 군대도 좀 심하게 대응했나 봅니다. 중국 신들 서넛이 소멸됐고요. 우리 신들도 백여 명이 다쳤습니다."

"부상 정도가 심합니까?"

"시간이 지나면 저절로 나을 정도예요. 걱정하지 마세요."

"규모가 점점 커지네요. 삼백이 넘어와서 우리 신들과 다툰 이유가 뭔가요?"

"국경에 군대가 배치되어 중국 신들이 못 넘어오게 지키고 있잖아요. 그래도 몰래몰래 넘어오는 중국 신들이 있어요. 그럼 우리 신들이 신고를 해요. 그래서 다시 중국으로 추방되는 중국 신들이 많았거든요. 이번에 추방됐던 중국 신들이 한꺼번에 몰려들어 오면서 그동안 신고했던 우리 신들과 패싸움이 일어난 거예요. 워낙 큰 규모라 군대가 출동해서 싸움을 끝내긴 했는데 차후가 걱정입니다. 중국이 자기 신들을 소멸시켰다고 협박성 홀로그램이 왔어요."

"뭐라고 왔는데요?"

"죄 없는 중국 신들을 괴롭히고 소멸시켰다며 보복하겠다고요."

"먼저, 남의 영역을 허락 없이 침범한 죄가 중국 신들에게 있고, 그들이 떼로 몰려와서 우리 신들을 괴롭혔으니 정당방위잖아요."

"그렇죠. 그게 맞는 말씀인데 저들이 상대방을 배려하며 말하는 신족이 아니잖아요. 마구잡이로 억지를 쓰는지라……."

"그래서 홀로그램을 보냈나요?"

"아니요. 나라신이 말씀 내려주시면 그대로 보내겠습니다."

"자연왕이 직접 보냈나요? 아니면 관리가 보냈나요?"

"자연왕이 보내서 제가 보고하는 겁니다."

"하! 자연왕이…… 내가 보내지요."

나라신이 홀로그램을 띄우고 몇 자 적어서 자연왕 앞으로 보냈다.

'중국 신들이 한국 영역으로 넘어오는 걸 막아 주시오. 불법으로 넘어오면 침입으로 간주하겠소. - 한국 나라신'

이서경이 걱정했다.

"나라신! 자연왕이 내분으로 힘이 빠졌다고 하지만 중국을 얕보면 안 됩니다."

"얕보는 거 아닙니다. 영역 수호를 위한 정당한 권리를 주장하는 거예요."

"그러다 정말 자연왕이 화라도 내면 어떡하죠?"

나라신이 이서경을 바라보다 웃음을 터트렸다.

"하하하. 화내라고 하세요. 나는 자연왕이 화내는 것보다 이서경 님이 화내시는 게 더 무서워요. 내 영역의 신들이 다치는 것도 싫고요. 만약 이런 일로 한국에 어떠한 보복이라도 한다면 나 또한 가만히 있지 않을 겁니다. 내가 화내는 걸 자연왕도 보고 싶지 않을 것이니 보복하겠다는 엄포를 액면 그대로 받아들이지 마세요."

"나라신을 믿지만, 정말 그래도 될까요? 그래도 아직 자연왕인데요."

"자연왕의 푸른빛이 거의 사라지고 있어요. 이번 천상 회의에서 봤을 때 일부러 두리번거리며 찾아야 할 정도였으니까요. 중국 내부가 소수 신족들의 독립으로 인해 조각나는 바람에 힘이 일반 나라신 수준이 되었더군요. 그동안 숱한 재해도 한몫을 했을 거고요."

이서경이 고개를 갸웃거렸다.

"이상하다. 그 정도면 진작 왕신이 바뀌어야 하지 않아요? 왜 안 바뀌죠?"

두 신이 마주 보고 잠시 말이 없었다.

이서경이 손으로 나라신을 가리키면서 말했다.

"우리 나라신이 이렇게 빛나는데 천왕이든 자연왕이든 벌써 바뀌었어야 하지 않아요?"

나라신이 웃었다.

"전 왕신이 되지 않을 거예요."

"예? 그럼…… 이렇게 찬란한 빛을 뿜어내면서 왕신이 안 되시면 누가 왕신이 된답니까?"

"뭐, 왕신은 안 돼도 나라신은 되어 있잖아요. 걱정 마세요. 왕신보다 나은 나라신이 될게요."

"그래도 왕신이 되면 신계의 인정을 받는 건데요."

그때 홀로그램이 하나 떴다.

"자연왕이에요."

'손바닥만 한 영역의 한국 나라신! 빛 좀 난다고 대중국에게 나대지 마시오. 신들 단속 잘하셔서 우리 신들과 마찰이 없도록 합시다.'

"정말 예의 없는 개소리네요. 나대다니."

나라신이 홀로그램을 지우며 미간을 찌푸렸다.

이서경도 어이가 없는지 언짢은 표정으로 말했다.

"허! 중국다운 소립니다. 곧 죽어도 큰소리는 쳐야지요."

"속 빈 강정을 무서워할 필요 없습니다. 지금 우리 영역의 힘 정도면 중국이 감히 넘보지 못해요. 우리 영역이 작다고요? 중국이 여기저기 꿀떡꿀떡 삼켜서 덩치가 커진 거지 원래 저렇게 크진 않았어요. 지금 떨어져 나간 소수 신족들의 영역을 제외한다 해도 여전히 크긴 하지만…… 어서 옛날 우리 강역을 되찾아야 할 텐데요. 저런 소리 쏙 들어가게요."

"옛날 우리 강역이요?"

"치우천왕이 말 달리던 중국 위쪽이 우리 강역이었고, 러시아의 한쪽 부분도 우리 강역이었잖아요. 그걸 다 찾으면 우리가 주변 영역들뿐만 아니라 신계 어느 영역보다 큰 영역이 될 거예요."

"그 영역을 되찾을 수 있을까요?"

이서경이 침을 꿀꺽 삼키며 두 손을 모아 쥐었다.

"찾아야겠어요. 지금까지 참고 당하며 살아온 우리 신족들이 신계 곳곳에 흩어져 살고 있어요. 뿌리가 같은 우리 신족이 한자리에 모여 살려면 지금의 영역은 너무 좁아요. 예전의 우리 강역을 때가 되면 내가 모두 찾아야겠어요."

"제발 그렇게 해주십시오, 나라신! 나라신이라면 하실 수 있습니다, 암요."

"그리고 이 문제요."

나라신이 투명 용지에 써 있는 내용을 읽으며 손으로 짚었다.

"러시아 신들도 요즘 한국으로 많이 넘어오는군요. 영역은 좁은데 신들은 자꾸 밀려 들어오니 참 난감하네요."

"일본은 자꾸 지진이 일어나고 화산이 수시로 폭발하는 데다 태풍과 홍수, 폭설까지 아주 가지가지라 그런 재난을 피해 한국으로 들어오는 경우가 있고요. 중국은 내분에다 기후의 영향을 극심하게 받고 있어 신들이 우왕좌왕하다가 한국으로 떼 지어 넘어오고 있어요. 러시아는 전쟁을 피해서 신들이 슬금슬금 내려오더니 요즘은 몇십씩 무더기로 오는 경우가 많아졌습니다."

"돌려보내도 또 온다고요?"

"예! 군대에 잡혀서 추방된 신들이 다시 들어오려다 잡히는 경우가 많습니다."

"전쟁과 재난, 전염병 때문에 다들 사정이 안 좋으니까요."

"여러 가지로 안 좋습니다. 여기저기 국지적인 전쟁이라도 빨리 끝 났으면 좋겠는데……. 끝날 듯하면서도 끝이 안 보여요."

"받아들여도 우리 신들과 마찰이 많으니까 안 들어오게 해야 하는 데요. 이 신들이 다시 오지 못하게 할 좋은 방법이 없을까요? 우리 신 들이 외부에서 들어오는 신들 때문에 불만이 많잖아요."

"크고 작은 사건들이 자꾸 발생하니까 불만이 있을 수밖에 없지요. 우리 신과 마찰이 있으면 바로 추방한다고 해도 소용이 없어요, 나라 신!"

"회의를 통해서 좋은 생각을 도출해 보세요."

"나라신이 가지고 있는 기본적인 생각을 말씀해 주십시오. 그래야 거기에 맞춰서 회의를 하고 방안을 강구하지요. 계속 추방으로 가야 할지, 아니면 받아들이되 법 규정을 엄하게 할지, 아니면 또 다른 생각 이 있으신지 말씀해 주십시오."

나라신이 잠시 생각하다가 말했다.

"현장에서 일하시는 대장신의 의견은 어떠신지요?"

"제 의견은요. 법을 엄하게 하면 차별한다고 나중에 문제가 생길 수 있어요. 지금 여러 가지 특수한 상황이라 외국 신에게만 법을 엄하 게 적용하는 것은 안 좋다고 생각합니다. 지금 러시아가 소강상태지만 언제든 전쟁은 끝나지 않겠어요?"

"그럼, 계속 추방하자는 쪽이군요."

"그래야 후환이 없습니다. 막기도 힘들고, 다 받아들일 수도 없고, 우리 신들에게 안 좋은 영향도 미치고 마찰도 계속 생기고 있고요. 지금 도 불법 체류 신들이 꽤 많습니다. 그들을 걸러내는 것도 큰일이에요."

"군대가 내치에 운용되는데 국방 대장신과는 협조가 잘 되나요?"

"군대의 협력이 없으면 지금 엉망일 겁니다. 절대적으로 필요하고 협조도 잘해 주고 있어요."

나라신이 홀로그램을 띄웠다.

이내 기가 뭉치며 국방 대장신이 나타났다.

"부르셨습니까, 나라신!"

"어서 오세요."

"내무 대장신도 안녕하셨어요? 두 분 모두 엄청 바쁘실 텐데요."

나라신이 싱긋 웃으며 가볍게 고개를 까닥거려 인사를 대신했다.

"바빠도 할 일은 해야 하니까요. 외국 신들이 자꾸 몰려 들어오는 것에 대해 이야기하고 있어요. 계속 추방 쪽으로 가야 할지, 아니면 다른 방향으로 가야 할지에 대해서요. 군대가 국경에 쫙 깔려 있지만 그래도 하늘을 다 막을 수 없어서 많이들 들어온다고요?"

"예! 떼거리로 몰려들 때가 가장 힘듭니다. 한둘씩 오다가 갑자기 수십씩 몰려올 때도 있고요. 이번에 추방됐던 중국 신들 삼백이 한꺼번에 몰려오는 바람에 군대가 동원되어 수습하기도 했었지요."

"국방 대장신, 이 문제를 향후 어떻게 대처하면 좋을까요?"

나라신의 질문에 국방 대장신이 잠시 숙고하더니 이서경을 보며 대답했다.

"내무 대장신께 여러 차례 말씀 전해 들었습니다. 외국 신들이 우리 신들과 마찰이 잦아서 더 이상 외국 신들이 들어오면 통제하기 힘들 것 같다고 하시더군요. 저도 그렇게 생각하고 있고요. 그래서 이미 들어와 있는 신들에게 우리 신들과 마찰이 생기면 즉각 추방하는 법을 시행하고 외부에서 더 들어오는 것은 막아야 한다고 생각합니다."

나라신이 고개를 끄덕였다.

"나도 그렇게 생각해요. 우리 신들에게 피해가 가면 안 되니까요."

이서경이 질문했다.

"나라신, 그럼 법을 좀 고쳐야겠습니다. 외국 신들이 우리 신들과 마찰이 있을 때 추방하는 걸로요."

"수위 조절을 잘하셔야 할 겁니다. 그런데 일본 신들은 괜찮은가요?"

"일본 신들이 많이 들어와 있지만 아직까지는 한국 신들에게 고분고분합니다."

"마찰을 일으키는 신들은 대부분 중국 신들입니다. 나라신, 그들은 우리의 정서와 전혀 맞지 않아요. 예의도 없고 상식을 벗어난 행동과 말로 우리 신들이 진저리를 치고 있거든요."

"러시아 신들은요?"

"러시아 신들은 비교적 온화하고 포기가 빠릅니다. 우리의 법이 이렇다고 설명하면 한두 번 사정하다가 포기합니다. 한국 문화를 좋아하는 신들이 많아서 한국에 맞추려고 노력하는 신들도 있고요."

"문제는 중국 신들이군요."

"그렇습니다."

이서경이 말했다.

"영역별로 따로 법 적용을 하면 또 차별이라고 트집을 잡을 거예요. 그러니 우리 신들과 문제를 일으키는 외국 신들을 가차 없이 추방하는 쪽으로 가닥을 잡겠습니다, 나라신!"

"예, 그렇게 해주세요. 그리고 국방 대장신, 유럽 연합군에게서 무기를 보내달라고 제안서가 왔다면서요?"

"예! 이번에 터진 이스라엘 전쟁에 무기를 보내달라고 자꾸 재촉을 해댑니다. 문제는 미르왕 연합군도 비공식적으로 무기를 요청하고 있습니다. 유럽 연합군은 이미 체결된 협약대로 제공하면 되지만 비공식 루트로 들어오는 미르왕 연합군의 무기 요청은 난감해요. 어떡해야 할까요?"

이서경이 나라신을 보면서 자신의 소견을 밝혔다.

"미르왕 연합군에게 무기를 대주었다간 유럽 연합군과 천왕에게 등을 돌리게 되는 겁니다. 전쟁 전이라면 몰라도 전쟁이 한창인데 미르왕 연합군에게 무기 제공은 안 됩니다. 트집 잡힐 일을 만들어선 안 돼요."

나라신이 이서경에게 질문했다.

"우리 영역과 미르왕 연합의 영역들과 사업 중인 게 얼마나 되지요?"

"그야…… 어마어마하게 많지요."

이서경이 천천히 대답했다.

"유럽 연합과 미르왕 연합 중 어디가 더 사업 총액이 큰가요?"

"미르왕 연합이요. 그들이 돈은 많거든요."

"미르왕 연합이 돈이 많잖아요. 그렇죠?"

"예!"

나라신이 싱긋 웃었다.

"굵직한 사업이 미르왕 연합 영역에서 많이 이루어지고 있는 만큼 우리 이익을 위해서 미르왕 연합을 포기할 수 없어요. 비공식 루트라도 무기를 공급해 주되 그들의 요구대로 다 해줄 순 없고 십 퍼센트 정도만 해주세요. 절대로 비공식이고 민간에서 하는 걸로 하시고 영역 사업으로는 하지 마십시오."

이서경이 걱정 가득한 표정이 되었다.

"천왕과 유럽 연합이 가만히 있을까요?"

"가만히 있지 않을 거예요. 나한테 따지러 오겠지요. 한 번은 민간이 돈 벌기 위해 한 거라고 핑계를 댈 거고 그래도 또 따지러 온다면 그땐 강경하게 대응해야죠. 걱정 마세요. 그들은 나에게 어떤 행동도 취하지 못요. 자연왕처럼 말뿐일 테니까요."

"이놈이든 저놈이든 하도 과거에 당해서요."

이서경이 두 손을 가슴에 올리고 눈을 감으며 말하자 국방 대장신이 말했다.

"그건 저도 동감입니다. 우리 신족이 과거에 워낙 많이 당해서 어디서 큰소리만 나도 벌벌 떨었으니까요."

이서경이 한숨을 쉬자 나라신이 이서경을 보며 말했다.

"두 분께 말씀 안 드린 것이 있는데요. 미르왕 연합군 측에서 나에게 홀로그램이 왔었어요. 그들이 나에게 은밀하게 제안한 내용이 있었는데요. 지금 수시로 발발하고 있는 전쟁이 끝나면 박살 난 미르왕 연합군의 영역들이 건설하는 데 최우선권을 줄 테니 자신들을 도와달라는 거였어요."

국방 대장신이 질문했다.

"영역의 건설이요? 그러면 규모가 엄청날 거 아닙니까?"

"그렇죠. 기단의 에너지까지 걸고 우리의 무기와 기타 군수품을 요구했어요. 물론 주지 않았지만 천왕과 유럽 연합군에게 이 사실은 넌

지시 알렸어요. 우리가 이 핑계 저 핑계 대면서 전쟁에 참여하지 않는 유일한 동맹이에요. 성소를 치료할 수 있는 유일한 신이 나뿐이기도 하고요. 이 또한 천왕과 유럽 연합군이 우리에게 어떠한 것도 강요할 수 없는 유리한 이유로 작용하고 있어요."

그제서야 이서경의 입가에 미소가 떠올랐다.

"역시 강력한 우리 나라신! 얼마 전에 우리 관리와 미국 관리신이 대화하는 걸 들었어요. 미국 관리가 말하길, 만약에 한국이 유럽 연합군으로 참전한다면 미르왕 연합군과 이스라엘 전쟁이 좀 쉽게 끝날 수 있을 거라고 하더군요. 그랬더니 제 옆에 있던 우리 관리가 질문했죠. 그럴 일은 없겠지만, 만약 우리 한국이 미르왕 연합군과 연합하여 천왕과 유럽 연합군과 싸운다면 어떨까요? 그렇게 질문했었거든요. 그랬더니 미국 관리가 뭐라는 줄 아십니까?"

국방 대장신이 몸까지 앞으로 쑥 내밀고 관심을 보였다.

"재미있는 가설이군요. 뭐라고 하던가요?"

"어차피 그런 일은 일어나지도 않을 거라 만약이라는 단서도 말도 안 되지만, 만약 그랬다간 한국은 흔적도 없이 사라질 거라며 엄포를 놓더군요."

이번에는 국방 대장신이 한숨을 쉬었다.

"휘유~ 참, 일개 관리신이 그따위 엄포를 놓았다고요. 정말 짜증 나는군요."

이서경이 나라신의 표정을 살피며 질문했다.

"나라신은 관리신들의 대화 내용을 어떻게 생각하십니까?"

"제 생각도 그 미국 관리신의 생각과 동일합니다. 별로 영양가 없는 질문이었군요. 대답이 기분 나쁘게 들릴 수는 있어도 현실은 바로 봐야지요."

차분하게 대답하는 나라신의 말에 이서경이 풀이 죽은 목소리로 중얼거렸다.

"역시 그런가요?"

나라신이 씨-익 웃었다.

"하지만 그럴 일은 없어요, 절대로. 왜냐하면 내가 죽으면 성소도 치료가 안 되고 그러면 신계도 끝이라는 걸 저들도 잘 알거든요."

국방 대장신도 피식 웃었다.

"관리신들이 심심하니까 별 가설을 다 세우고 있구먼. 그래도 우리 영역이 흔적도 없이 사라진다는 엄포는 기분이 나쁩니다. 안 그렇습니까?"

나라신이 고개를 끄덕이면서 정색을 했다.

"뭐든지 사고 나는 건 한순간입니다. 그리고 그건 우리 영역만의 문제가 아니라 이 신계 어느 영역이라도 마찬가지입니다. 빛응축폭탄 몇 개만 터지면 영역 자체가 소멸되잖아요. 지금 전쟁이 비참한 것도 빛응축폭탄이 터진 영역을 보면 신들이 엄청나게 소멸되어 집계조차 안 되고 있어요. 도망도 못 가고 그저 앉아서 당할 수밖에 없잖아요. 그런 무기 앞에서 어떤 영역이 앞날을 자신할 수 있겠어요. 천상 회의에서 빛응축폭탄을 쓰지 않기로 했지만, 지금까지 한 개도 제거된 게 없습니다. 서로 눈치를 보면서 이 문제를 묵살하고 있어요. 무기들이 워낙 발달해 있어서 빛응축폭탄이 아니더라도 성소에 영향을 미치는 무기는 얼마든지 있거든요. 그러니까 어떠한 전쟁이든 일어나지 않아야 하는데 오히려 이스라엘 쪽에 전쟁이 일어났어요. 빨리 중지되어야만 성소가 무사할 겁니다."

"그렇군요. 미국이나 러시아처럼 영역이 넓어야만 큰소리칠 수 있는 이유가 되겠어요. 영역이 넓으면 빛응축폭탄이 터져도 다 죽진 않을 테니까요."

국방 대장신의 말에 나라신이 대답했다.

"그렇죠. 그래서 우리도 때가 되면 옛 영역을 되찾아야 해요."

이서경이 두 손을 가슴에 얹었다.

"그 생각만 하면 가슴이 웅장해지고 눈물이 날 것 같아요."

"반드시 그날이 올 거예요."

국방 대장신이 이서경을 보고 말했다.

"그 미국 관리신 말이에요. 생각해 보니 좀 싸가지가 없네요. 한국 영역에서 농담이라도 그따위 말을 했단 말이에요? 옆에 계셨으면 혼구멍을 내주시지요?"

이서경이 머리에 손을 얹고 앓는 소리를 냈다.

"에구! 내가 참는 게 습관이 돼서요. 말도 생각해서 하느라 한 박자 늦게 하는 경우가 많아요. 그러다 보니 때를 놓쳐서 화를 내야 할 것도 못 내기도 하죠."

국방 대장신이 씁쓸한 표정으로 이서경을 쳐다봤다.

"완전히 한국 신의 일반적인 심성이에요. 참고 견디고, 배려하고……."

이서경이 쑥스러운 표정이 되어 말했다.

"그게 다 우리 신족이 착해서 그래요. 양보하고 배려하고, 서로 돕고, 신들을 위하는 걸 당연하게 여기는 미풍양속이 있다 보니까 이웃 영역의 살벌한 기세에 제대로 대처하지 못한 것도 있어요. 영역 간의 평화는 힘이 있어야 지켜지는 거라 내부의 미풍양속과는 별개인데 말이지요."

"그래도 엄청난 질곡의 역사를 겪으면서도 끝내 영역을 수호했잖아요."

나라신의 말에 이서경이 힘없이 대답했다.

"그게 우리의 힘만으로 이겨낸 건 아니었죠."

"운이 좋았든, 누구의 도움을 받았든 그것도 실력 안에서 일어날 수 있는 일이지요. 앞으로는 온전히 우리 힘만으로 영역을 지켜낼 겁니다."

이서경과 국방 대장신이 웃었다.

"나라신을 볼 때마다 대단하다는 생각뿐입니다. 우리 영역이 얼마나 대단한지 지켜볼 수 있어서 행운이라고 생각해요."

"지금 자신감을 가질 수 있는 건, 그동안 영역을 위해 음으로 양으로 노력해 주신 모든 분들의 역량이 모인 덕이지요. 누구 혼자의 힘이 아니고요."

이서경이 두 손을 모아 가슴에 올렸다.

"영역의 미래가 나라신 빛처럼 빛날 겁니다."

"급한 거는 다 말씀하셨나요?"

"몇 가지가 더 있긴 하지만 관리들과 회의를 거쳐서 처리하면 됩니다. 성소 치료 때문에 그러시지요?"

이서경의 질문에 나라신이 고개를 끄덕였다.

"네. 성소보다 중요한 일은 없지만 제가 나라신이니 영역 문제도 신경은 써야지요. 제가 잠깐씩 자리를 비워도 여러분들이 각별히 신경 써 주시니 걱정은 되지 않습니다. 잘 부탁드려요."

한국 나라신은 두 대장신들에게 당부하고 성소로 순간 이동을 했다.

아직도 기록관 상처의 반도 치료하지 못했다. 앞으로 치료해야 할 상처 부위를 보면서 숨을 한 번 내쉬고 손을 뻗었다. 은은한 빛에 성소가 반응하며 아주 천천히 손상된 세포가 아물고 있었다.

'성소가 이승에서 방사선 치료를 받는 것 같은 느낌이겠구나.'

대충 계산해 보니 이제 겨우 30% 정도 치료된 것 같았다. 그것도 기록관만 30%이니 앞으로 정화의 숲과 천 개의 방까지 치료하려면 얼마나 시일이 걸릴지 까마득하기만 하였다. 저절로 한숨이 나왔다.

"염병할, 그런 몹쓸 무기는 왜 만들어서 이 난리들이람. 파괴하고 죽고 모든 걸 잃을 수도 있는 행위를 왜 끊임없이 반복하는 걸까? 미련하게도…… 대부분은 평화를 원하지만 어리석은 지도자 한두 명의 이기심에 의해 자행되는 거겠지. 1차도, 2차 신들의 전쟁도, 지금 벌어지고 있는 신들의 전쟁도 그랬으니까. 미련 곰탱이가 지도자가 되면 영역이 망하는 거 한순간이지."

혼자 중얼거리다가 갑자기 손으로 자기 머리를 쳤다.

"아 이런, 내가 나라신이었지! 정말 정신 차려야겠다. 순간의 판단으로 영역이 흥할 수도 망할 수도 있는 그런 위치에 내가 있구나. 자나 깨나 말조심, 행동 조심 해야지."

씁쓸한 마음으로 빛 치료를 하고 있는데 성소에서 불쑥 소만 신장이 튀어나왔다.

"어머, 오셨어요? 아까는 안 계시던데여."

"아, 안녕하세요. 영역에 급한 일이 있어서 다녀왔습니다."

"그러셨어요. 부지런도 하셔라. 기록관이 많이 치료된 것 같아서 우리 모두 기뻐하고 있어요. 아직 반도 안 되지만 그래도 다른 곳보다 우선적으로 치료받고 있으니까여."

"너무 천천히 치료되니 당황스럽네요."

"열심히 치료 중인데 재생이 늦는 건 어쩔 수 없지요. 성소가 오래 되어서 그럴 거예요. 워낙 오래되어 언제 만들어졌는지 아는 이도 없 는걸여."

"신장님들도 모르면 누가 압니까?"

"글쎄요. 동지 신장님은 아시려나?"

"동지 신장님이 제일 오래되셨나요?"

"신장들 중에서 으뜸이 동지 신장님이시죠. 신계의 새해 첫날은 동 짓날이니까여."

"아, 그렇죠. 그럼 동지 신장님이 신장님들의 대표시군요, 그렇죠?"

"예, 그렇지요. 평소에는 주 근무지인 천 개의 방에 머물지만 성소 에 일이 생겼을 땐 대표로 나서서 일을 처리하세여."

"그렇군요. 그럼 성소마다 대표하는 신장님이 계시군요. 천 개의 방은 동지 신장님이고요, 기록관은 누군가요?"

"하지 신장님이여. 절기의 딱 중간이잖아요."

"딱 중간이라서 직책을 맡고 계신 거예요? 능력으로 하시는 게 아 니고요?"

소만 신장이 깔깔대고 웃었다.

"호호호. 당연히 능력이 출중해야 하지여. 능력이 뛰어나야 일 처리도 척척 해낼 거 아니겠여."

"아, 예, 그렇죠. 그럼 각 신장님마다 능력이 다 다르신가요?"

"조금씩 차이는 있겠죠."

"정화의 숲 대표는 어느 신장님이세요?"

"추분 신장님이여. 그분이 정화의 숲에 신들이 몰려왔을 때마다 직접 나와서 신들에게 호통치고 정리하는 거 몇 번 봤어요. 신장들이 큰소리 내는 일이 별로 없는데 정화의 숲은 사정이 좀 다르죠. 신계에서 문제가 터질 때마다 신들이 떼로 몰려와서 정화의 숲에 들어가려고 하거든여. 때도 되지 않았는데도여. 그럼 신장님이나 신관들이 나와서 돌아가서 사신이 데리러 갈 때까지 기다리라고 하는데 그 말씀을 고분고분 들을 신들이 아니죠. 그래서 큰소리가 나곤 해여."

"그렇군요. 전에 들은 바로는 기록관에 신장과 신관들이 제일 많다고 들었거든요. 일이 제일 많은가 봐요."

"그게요, 전에는 성소 세 군데에 신장과 신관이 거의 비슷했어여. 근대 인간계에서 온갖 기술들이 개발되다 보니 신계에서 부작용이 생기기 시작한 거예요. 예전에는 인간들이 내부 기관이 아프면 죽어서 신계로 왔던 사람들도 요즘엔 수술받고 멀쩡하게 살고 있거든여. 물론 기술이 발전한 영역에 한해서 일어나고 있지만 말이에여. 한국 같은 영역은 특히 그렇죠."

"한국이 왜요?"

갑자기 튀어나온 한국 소리에 한국 나라신이 즉각 반응했다. 한국 나라신의 반응이 재미있었는지 소만 신장이 깔깔대며 웃었다.

"호호호. 한국이 특히 모든 면에서 기술이 발전했잖아여. 의료 기술이 발전하면서 죽어야 하는 사람도 수술하고 살아서 신계로 오지 않는 것은 물론이고요. 죽어가는 사람의 장기를 빼내서 다른 사람에게 이식해서 살게 하는 수술도 많이 행해지고 있어여."

"의술이 발전해서 나이를 먹어도 장수하는 사람들이 많긴 하죠. 노령화가 급격히 진행되고 있다고 들었어요."

"그러니까 죽어서 신계로 들어와야 하는 사람도 안 오고요. 장기를 공유해서 사람 간의 성격과 습관까지 섞이기도 해여. 그러다 보니 혼줄을 담당하는 우리로선 여간 난감한 일이 아닌 거죠."

"예? 장기가 옮겨가면 성격도 습관도 따라가요?"

"아유~ 그럼여. 사람의 신체 일부가 옮겨가는 거잖아요. 그럼 평상시에 먹던 식습관이나 성격 등도 일부 따라가는 거지여. 그런 거 조정하고 수술하고 안 오는 사람들 혼줄을 계속 연장시켜 주어야 하니까 일손이 늘어난 거지여. 그렇다고 다른 성소가 일이 줄어든 건 아니죠. 생명의 수는 같으니까여."

"생명의 수가 같아요? 예전보다 인구가 엄청 늘었잖아요?"

"사람의 수는 늘었어도 동물의 수는 많이 줄어들었죠. 멸종된 동물들도 많아요. 사람의 품격을 갖추지 못한 사람들이 그래서 많은 것도 같아여."

"하긴 야생에서 살던 동물들이 인간에게 많이 죽임을 당했죠. 멸종된 동물 종도 많고요. 그래도 사람이 먹고살기 위해 기르는 가축들도 많은데요."

"그래서 천 개의 방이 종종 만 개를 넘을 때가 있다고 들었어요. 그것 때문에 동지 신장님이 항상 바쁘시다고 들었거든여."

"가축을 기르는 것과 천 개의 방과는 무슨 상관이 있는데요?"

"가축을 기르는 게 동물을 학대하고 죽이는 과정의 반복이잖아여. 좀 덜하고 더한 정도의 차이는 있지만여."

"그렇게 따지면 먹고사는 모든 게 죄라는 거예요? 그럼 어떻게 생존하라는 거예요? 야생에서 사는 육식 동물들은 다른 동물을 사냥해서 먹어야 하고 사람들도 마찬가지예요. 내가 죽이지 않아도 누군가가 죽여서 파는 걸 사 먹어야 한다고요."

"생존하는 데 있어서 기본적인 것까지 죄는 아니죠. 생존하는 범위를 넘어서는 것을 따지는 거죠. 놀이를 위해서 괴롭힌다거나 재미로 죽이는 행위여."

"하, 너무 죄가 광범위하네요. 천 개의 방이 만 개가 넘을 때가 있다니."

소만 신장이 활짝 웃었다.

"한국 나라신은 신계에 들어오셨을 때 죄를 지은 종이가 매우 짧던걸여. 역시나 이 빛이 괜히 있는 게 아니었어요."

소만 신장이 손가락으로 한국 나라신의 빛을 살짝살짝 건드려 보았다.

"신장님들이 공통적으로 가지고 있는 능력은 뭐가 있을까요?"

"우리들의 공통된 능력이요? 어…… 그건 사신들이 찾아오지 않는 거겠죠. 환생의 고리에서 벗어난 신분인 거죠. 우리에게도 빛이 있잖아요. 이 빛은 신장들에게 각각의 능력에 따라 싸울 수 있는 무기도 되요. 한국 나라신처럼 말이에여."

한국 나라신이 놀랐다.

"이 빛이 싸울 수 있는 무기가 된다고요? 그럼 소만 신장님의 그 빛도 무기화될 수 있는 거네요?"

"그렇지여."

한국 나라신이 관심을 가지고 적극적으로 질문했다.

"소만 신장님도 싸우시나요?"

"전 싸운 적이 없어요. 싸울 일이 없었거든여."

"그럼, 빛의 능력이 무기화될 수 있는지 여부도 모르시잖아요?"

"나는 안 싸우지만 다른 분들은 싸우는 거 봤어요. 특히나 정화의 숲에 계신 신장분들은 가끔 떼로 몰려오는 신들 때문에 물리적인 충돌이 불가피하죠. 그럴 때 신장분들이 바람을 일으키거나 위협용으로 빛을 키우기도 하더군여. 성소를 지키는 신장의 신분이기 때문에 신들을 소멸시킬 수는 없어요. 신들을 통제하는 정도로만 쓰는 거지여."

"그럼 누굴 소멸시키기 위해 적극적으로 싸운 적은 없다는 말씀이 군요?"

"그럴 일이 없었지요. 우린 신장이니까여. 호호호."

소만 신장이 어깨를 으쓱거리며 웃자 한국 나라신도 따라 웃었다.

"웃는 모습도 매우 매력적이세요."

소만 신장이 한국 나라신을 다정한 눈으로 바라보고 있을 때였다. 갑자기 기록관에서 툭 튀어나온 청명 신장이 그들 곁으로 다가왔다.

"어머, 소만 신장! 어디 갔나 했더니 여기 계셨어요? 한국 나라신이 오신 줄 알았으면 제게도 알려주시죠. 일하다 보니 몰랐잖아여."

186

소만 신장의 얼굴에서 웃음기가 싹 가셨다.

"청명 신장에게 왜 내가 보고해야 하죠?"

"좀 전에 신관 두 명이 소만 신장을 찾더라고여. 담당하시는 구역에서 혼줄에 변화가 생긴 모양이에여."

소만 신장이 난감한 표정을 짓더니 한국 나라신에게 말했다.

"나라신! 혼줄의 변화는 인간의 기술에 의해 수명이 연장되어 변화가 생긴 것을 말하는 것이에요. 그런 것 때문에 일거리가 많아지고 있어여."

"어, 그럼 가보셔야 하는군요."

"예! 대신 청명 신장이 왔으니 심심치는 않으실 거예여. 성소 치료 잘 부탁드려요."

소만 신장이 손을 흔들며 인사를 하더니 기록관 안으로 사라졌다. 청명 신장이 소만 신장이 사라진 곳을 바라보다가 한국 나라신 옆으로 다가왔다.

"아유~ 오늘도 신계를 위해서 나랏일도 미루시고 일하고 계시네요. 멋지세요."

"이것도 내가 할 일이니까요. 이것 봐요, 꽤 많이 치료했지요?"

한국 나라신이 자신이 치료한 부위를 자랑스럽게 가리켰다.

"호호호. 정말요. 좀 더 치료하면 반을 넘는 건 시간 문제겠어요. 훌륭해여. 아까 소만 신장과는 어떤 대화를 했어여?"

"신장님들에 관해서요?"

"어머, 어떤 신장이요? 혹시 저에 대해서 물어본 건 아니죠?"

한국 나라신이 청명 신장에게 고개를 돌리며 고개를 저었다.

"아니요. 전체적인 신장님들 하시는 일에 대해서 물어봤어요. 궁금했거든요."

"저한테 물어보세요. 얼마든지 알려 드릴 수 있어여."

"고마워요, 청명 신장."

"나라신이 신계에 들어왔을 때 우리 신장들 사이에서 말들이 많았어여. 그 얘기 들려드릴게요."

"내 얘기요? 어떤 얘기였죠?"

"왕신보다 더 빛나는 신이 나타났으니까 당연히 소문이 무성하게 돌았죠. 새로운 왕신이 탄생할 거라고여. 그런데 시간이 갈수록 나라신의 능력치가 드러나고 신계 돌아가는 상황을 진단하던 신장들 사이에 새로운 말이 돌기 시작했어여. 이른바 아주 오래전부터 내려오던 전설이었죠. 성소가 망가지면 성소를 고치고 신계를 구할 수 있는 전설의 신이 나타난다고 했었거든요. 지금 여기저기 국지적인 전쟁이 한창이잖아요. 무기가 발달해서 과거의 전쟁과는 비교도 안 될 정도로 간단하게 싸우면서도 결과는 더 처참하구여. 빛응축폭탄이 몇 개가 터졌다고 2천만이나 되는 신들이 정화의 숲에 몰려왔어요. 성소가 빛화상을 입어서 동지 신장까지 나서서 빛응축폭탄 제거를 만류했지만 듣지 않고 있어요. 하여튼 막돼먹은 고집불통들이 다 나라신이 되어 있어서 망할 수밖에 없는 기로에 서 있는 중이죠. 나라신의 능력으로 성소가 무사히 치료된다면 정말 다행이지만, 성소가 치료되기 전에 또 어떤 상처를 입는다면 되돌이킬 수 없는 상황이 발생할 거예요. 그건 상상하기도 끔찍한 재앙이죠."

"그런 일은 절대로 일어나지 말아야죠."

한국 나라신의 말에 청명 신장이 목에 핏대를 세웠다.

"그러니까여. 한국 나라신을 제외한 다른 무식한 나라신들이 그런 사실을 깨닫고 당장 빛응축폭탄을 제거해야 할 텐데요. 지금까지 빛응축폭탄을 스스로 제거한 영역은 단 한 군데도 없어여. 신장들이 매일 걱정하고 한숨 쉬면서 일하고 있다니까요."

"신장님들이 좀 더 적극적으로 나서서 천왕과 양쪽 연합군을 설득해 보시는 건 어떨까요? 아직 타협의 여지는 남아 있다고 보는데요."

"타협의 여지요? 아유~ 그건 상식이 통하는 신들에게나 할 수 있는 말이죠. 지금 천왕이나 양쪽 연합군들 보면 악만 남아서 내가 죽는 한이 있어도 양보는 절대 안 한다는 식이에요. 그러니 무슨 타협이 되겠어여."

"그러면 양쪽 다 공멸할 거예요. 성소를 또 다치게 할지도 모르고요."

"그래서 걱정이죠. 신들이 죽으면 성소를 거쳐서 환생하면 되지만 성소가 훼손되면, 그러면 정말 신계가 멸망하겠지요. 이승도 멸망하고요. 왕신들은 다 소멸되고 한국 나라신은 그 전설의 신이 되시겠지여."

한국 나라신이 피식 웃었다.

"전설의 신이 아무나 될 수 있나 봐요."

"모든 정황이 한국 나라신이 전설의 신이라는 걸 확인해 주고 있어요. 그래서 신장들도 한국 나라신에게 신경을 쓰고 있구여."

"특별히 친절을 베푸시는 이유군요. 아니면 나를 부려 먹으려고?"

청명 신장이 특유의 맑은소리로 까르르 웃었다.

"호호호. 들켰다."

"그렇게 친절을 안 베푸셔도 성소의 중요성을 잘 아니까 알아서 잘 치료할게요. 나도 살고 싶으니까요."

"그게 전부가 아니죠. 전설의 신은 지금의 5대 왕신을 통합한 신이니까 얼마나 힘이 강력하겠어요. 그러니 미리 잘 보여야겠다는 계산도 있는 거예여."

"하! 그러다 내가 그 전설의 신이 아니면 고개 싹 돌리시겠어요?"

청명 신장이 방긋 웃으며 말했다.

"다른 신장들은 그럴지 몰라도 나는 안 그럴 거예요. 왜냐하면……."

청명 신장이 다음 말을 잇지 못하고 뜸을 들이자 한국 나라신이 말했다.

"다른 분들과 같이 고개 돌리셔도 돼요. 괜찮아요."

"아뇨, 난 나라신을 믿어요. 한국 나라신은 그 전설의 신이 분명해요. 그리고 전설의 신이 아니어도 상관없어여."

"뭐가 상관없다는 말씀인지…… 물어봐도 될까요?"

"내 마음은 확고해요. 한국 나라신을 좋아하는 마음이요."

"예?"

한국 나라신이 놀란 표정으로 청명 신장을 빤히 쳐다보자 청명 신장이 발갛게 달아오른 얼굴을 두 손으로 감싸 쥐고 고개를 돌렸다. 잠시 둘 사이에 어색한 적막함이 흘렀다.

먼저 한국 나라신이 미소를 지으며 고개를 흔들었다.

"못 들은 걸로 하지요, 청명 신장!"

청명 신장이 방긋 웃었다.

"그러실 수 없을걸여. 일반 신들은 계속 이승과 저승을 들락거리느라 신계에 머무는 시간에 이성을 사귈 생각을 하지 않아요. 언제 사신이 올지 모르니까요. 하지만 신장들은 윤회에서 벗어난 신들이라 이 안에서 결혼도 하고 사귀기도 하고 헤어지기도 해여. 신장과 신관을 합해서 삼백육십오 명인데 남신이 한 명 더 많아여. 신장, 신관 부부도 있고 신관 부부도 많죠. 아무래도 신관이 삼백 명이 넘으니까여. 한국 나라신도 전설의 신이든 아니든 그 빛이면 사신들이 주변에 못 가요. 그러면 윤회를 못 할 거고 이 신계에 계속 계셔야죠. 엄청난 긴 세월을 혼자 지내실 건가여?"

"신장들끼리 결혼한다고요…… 청명 신장은 누구보다도 예쁜데 혼자예요?"

"헤어졌죠. 같은 기록관에서 근무하던 대서 신장과 결혼했었는데 여신관과 시시덕거리길래 화가 나서 헤어졌지요. 같은 곳에서 일하니까 가끔 보는데 신기하게도 아무런 감정도 없어요. 정말 정나미가 떨어졌었나 봐여."

해맑게 웃으며 얘기하는 청명 신장의 말에 한국 나라신은 고개를 돌리고 말없이 치료에만 몰두하였다. 잠시 한국 나라신을 쳐다보던 청명 신장이 새초롬한 모습으로 다시 말을 붙였다.

"아이~ 그러니까 나라신도 일하시면서 나도 좀 보면서 얘기도 하고 그러세요."

한국 나라신이 쳐다보며 미소 지었다.

"정말 호의는 감사한데요. 보시다시피 일할 게 산더미처럼 쌓여 있어서 지금 마음의 여유가 없습니다. 청명 신장, 고마워요."

"어머, 저 거절 당한 거예요? 호호호. 괜찮아여, 나라신 바쁜 거 알아요. 성소 치료 다 끝나고 나라신 일하시는 중에 잠깐이라도 나를 봐주면 되니까요. 기다릴게여. 성소 치료하려면 아직 시간이 많이 남았잖아여."

"하는 일이 여유가 있어 보여서 부럽군요."

"여유는 만드는 거예요. 내가 여기 나와서 노닥거릴 수 있는 거는요, 신관들에게 할 일을 확실하게 부여해 놓고 왔거든요. 특별한 사항이 아니면 신관들이 다 알아서 할 거예여."

"특별한 일, 아! 의술의 발달로 사람들이 신계로 오지 않는 거, 장기가 바뀌면 성격과 습관도 바뀌는 거 말이군요."

"아까 소만 신장과 그런 얘기 하셨어여?"

"네."

"그럼 그런 일이 제일 많이 일어나는 곳이 한국이라는 말도 하던가여?"

"예?…… 아, 예!"

"한국이 신의 영역에 침범해서 신장들 혹사시키고 있다는 것도요?"

"아니요. 한국 때문에 신장님들 혹사당한다는 말씀은 안 하시던데요. 예전 같으면 죽을병도 수술해서 수명이 연장되고 죽어가는 사람의 장기를 장기가 망가진 사람에게 이식하는 사람도 있어서 일이 많아졌다고는 하셨어요. 신장님들 혹사까지 할 정도는 아닌 것 같은데요. 한국 인구가 그렇게 많진 않잖아요."

"많아여. 또 너무 오래 살고 있어요. 두 번 세 번 죽어서 이미 신계에 와 있어야 하는 사람들이 멀쩡하게 살아서 일하고 있다고요. 게다가 다른 영역까지 소문이 나서 아픈 사람들이 한국으로 살기 위해 몰려들고 있다더군여."

한국 나라신이 웃었다.

"잘살고 있는 우리 영역에 박수를 쳐 줘야 하는데 이거야 원…… 여기선 입장이 다르니 어떡한담."

"나라신 입장과 우리 신장의 입장 차이가 극과 극이네요."

"내가 이렇게 일하는 걸로 신장님들 걱정거리는 통 칩시다. 우리 한국, 신들의 영역에 침범한다고 미워하지 마세요. 한국 사람들은 열심히 산 죄밖에 없어요."

"미워하진 않아여. 나라신이 이렇게 멋진데 한국을 어떻게 미워해요?"

한국 나라신이 멋쩍게 웃자 청명 신장도 깔깔대며 웃었다.

"그렇지만 혼줄 하나하나 찾아서 수명 연장을 하려면 얼마나 조심스러운 작업인데요. 연장하는 줄을 늘이다가 잘못해서 줄이 끊어지기도 하고 옆의 혼줄과 붙기도 해서 여간 신경 쓰이는 게 아니랍니다."

"아, 그래요? 그건 신들도 모르고 사람들은 더욱더 모르는 일이에요. 힘들게 해드려서 죄송해요."

"나라신이 의술을 그만 발전하도록 멈추게 해주시면 안 될까여?"

한국 나라신이 황당하다는 표정을 지었다.

"가족이 아프면 지켜보는 사람도 힘들고 살릴 수 있는데 죽으면 매우 슬프잖아요. 특히 나처럼 젊은 나이에 병으로 죽으면 안타까울 거예요. 내가 아직 학생일 때 심정지로 신계로 왔거든요. 그때 부모님이 매우 슬퍼하셨던 걸 기억해요. 그런 걸 방지하기 위해 노력하다 보니 의술이 발달한 거예요."

청명 신장이 반박했다.

"아니에여. 다른 영역은 총 맞으면 거의 사망해서 신계로 오는데 한국은 총알을 몇 발이나 맞았어도 치명상이 아니면 다 고치더라고요. 사고든 질병이든 한국만 유별나게 연장되는 혼줄이 많아요. 좀 정상적으로 죽어서 신계로 오면 안 되나여?"

한국 나라신이 곤혹스러운 얼굴이 되었다.

"맞아요. 그것 때문에 인간계에도 노령인구가 많아져서 치매 환자가 늘고 있더군요."

"그러니까 올 때 되면 자연스럽게 와야죠, 왜 의술을 발달시켜서 수명 연장을 하냐고요."

"하! 한국을 미워하는 거 맞네. 청명 신장 짜증 내는 거 봐."

한국 나라신의 장난기 섞인 말투에 청명 신장이 급하게 표정을 바꿨다.

"어머, 내가 그랬어요. 아닌데, 아닌데여."

얼굴을 감싸 쥐며 청명 신장이 수줍게 웃자 한국 나라신도 따라 웃었다.

치료가 진행됨에 따라 조금씩 이동하던 중 멀리서 지나가는 시커먼 신들을 보았다. 양쪽에서 둘이 가운데 신을 잡고 가는 것으로 보아 사신이 신을 데리고 가는 것으로 보였다.

한국 나라신이 질문했다.

"저기요. 사신이 신을 기록관 안으로 데리고 들어가는 것 같은데요. 맞나요?"

"맞아여."

"사신이 신을 정화의 숲으로 데리고 가는 게 아니라 기록관으로 데리고 오는군요. 왜죠?"

"기록관의 엄청난 작업량에는 각 신들의 인과 관계를 계산해서 다음 생에 어디에 태어나고 어떻게 살지를 미리 정해주는 작업까지 하거든요."

"아! 그런 계산을 기록관에서 하겠군요."

"그럼여. 기록관에 기록된 과거의 행적을 인연법에 얽힌 관계를 계산해서 어느 부모를 택해서 태어나고 주변 인물들과의 관계까지 쫙- 정리를 해여. 어떻게 인생을 살게 될지 기록관에서 다음 생의 표를 끊어서 정화의 숲으로 가는 거죠."

"아! 기록관에서 그런 것까지 해서 그래서 일이 많았군요. 몰랐어요."

"기록관이 신장과 신관이 가장 많아요. 일이 가장 많으니까여. 아주 섬세하고 매우 다양한 삶을, 셀 수 없는 수억만 개의 방대한 혼줄을 관리하고 있으니까요."

"예. 신장님들 정말 바쁘시겠습니다. 지금의 청명 신장만 빼고요."

청명 신장이 입을 삐죽이 내밀었다.

"나도 바쁜 신이에여."

한국 나라신이 모른 척 고개를 돌리자 청명 신장이 인사도 없이 기록관 안으로 사라졌다.

# 천왕, 한국 나라신 방문

천상 회의 이후 한국의 나라신을 만나겠다며 홀로그램을 보내오는 나라신들이 줄을 섰다. 한국 나라신의 엄청난 빛에 대한 호기심과 부러움, 미래를 대비한 복선을 깔고 다가오는 움직임들이었다. 처음에는 유럽 연합군에 속한 영역의 나라신들이 홀로그램을 보내더니 이젠 미르왕 연합군의 영역에서도 홀로그램이 오고 있었다. 이미 한국 나라신이 성소를 치료한다는 소문이 신계에 다 퍼졌고 그로 인한 반응들이었다. 하지만 내치와 성소 치료를 이유로 대화도 만남도 모두 정중히 거절했다.

천왕도 만나자는 홀로그램을 보내왔다. 한국 나라신은 내부 사정과 성소의 치료를 이유로 정중히 거절했다. 자연왕에게서도 만나자는 홀로그램이 왔지만 역시 같은 이유로 거절했다.

러시아와 우크라이나 전쟁, 이스라엘과 주변 영역의 분쟁에 유럽과 많은 영역들이 관여하고 있었다. 잦은 재난과 전쟁으로 수많은 신들이 소멸되고 신음 소리가 끊이지 않았지만, 한국 영역은 나날이 발전을 거듭해 갔다.

한국 나라신이 다른 나라신들과 회담을 미루는 이유는 정말 시간이 없어서였다. 영역이 통일된 지 얼마 되지 않아 내부의 일이 많다는 이유도 있었고, 신계에서 가장 중요한 성소의 치료를 오로지 한국 나라신만이 할 수 있다는 것이 좋은 핑곗거리가 되어 주고 있었다.

어느 날 성소에서 돌아오자마자 불쑥 천왕의 홀로그램이 떴다.
'한 번 만났으면 좋겠습니다. 한국 나라신!'
'성소 치료로 바쁩니다. 아직도 기록관 치료 중이거든요. 다음에요.'
거절의 답신을 보내자마자 곧바로 다시 홀로그램이 왔다.
'알아요. 잠시면 돼요.'
한국 나라신은 좀 생각하다가 승낙의 답신을 보냈다.
무엇을 요구할 것인지 대충 짐작은 갔지만 마냥 피할 수는 없었다. 자기 일을 대신 해주고 있는 한국 나라신에게 천왕도 딱히 기대하고 오는 것이 아닐 것이다. 나라신이 되고서 일대일로 처음 보는 것인 만큼 부딪쳐서 정면 돌파하여 앞으로 만만하게 대하지 말 것을 확실하게 하고 싶었다.
예전의 한국이 아님을 독하게 보여주겠다고 마음을 다잡고 있는데, 얼마 지나지 않아 한국 나라신 앞에 황금색 빛이 생겨나면서 천왕이 나타났다.
"안녕하시오. 대한민국 나라신!"
"어서 오십시오, 천왕!"
한국 나라신이 천왕에게 의자를 권하며 주위에 있던 관리 신들을 손짓으로 물러나도록 했다. 한국 나라신도 천왕의 맞은편 의자에 앉으며 다시 천왕에게 고개를 숙여 예의를 갖췄다. 백호왕에게 들었던 천왕의 능력을 알고 나서 보니 새삼스럽게 천왕이 다시 보였다.

"예의는 적당히 갖춥시다. 내가 요구한 자리인데요."

"제가 나라 안팎 사정으로 바쁘다 보니 인사도 제대로 못 드렸습니다. 죄송하게 생각하고 있습니다."

"그런 말씀을 듣자고 온 게 아니요. 흠, 나라신이 되기 전부터 나는 만나고 싶어 했어요. 그래서 관리신도 보냈었고요. 분명히 한국 나라신이 될 걸 알고 있었거든요. 이렇게 훌륭한 빛을 찬란하게 빛내고 있으니까 나라신의 빛에 내 빛이 확 죽는 것 같소."

"별말씀을요. 천왕의 빛은 누구보다 찬란합니다."

천왕이 피식 웃었다.

"그 말이 진심이길 바라요. 그리고 매우 바쁜데도 불구하고 오늘 만나 주어서 정말 기뻐요. 정말 만나고 싶었거든요."

"무슨 일로요? 제게 따로 하실 말씀이라도 있으신가요?"

"성소의 치료는 얼마나 되고 있어요?"

"아직 기록관을 치료 중이에요. 워낙 더뎌서 반 정도 치료한 것 같습니다. 정화의 숲과 천 개의 방은 엄두도 못 내고 있어요."

"정말 다행이고 고마워요. 그 감사 인사를 하기 위해서라도 한국 나라신을 만나고 싶었어요. 아시는 것처럼 성소의 안위는 왕신의 의무라서요."

"예. 저라도 치료를 할 수 있어서 다행이라고 생각하고 있습니다."

"예스! 정말 태양왕이나 다른 종교의 왕신들이 치료를 할 수 없다는 얘기를 들었을 때 내가 얼마나 절망했는지 몰라요. 한국 나라신이 치료가 가능하다고 했을 때 구세주가 따로 없더군요. 정말 그때의 일만 생각하면 아찔해요."

한국 나라신이 빙그레 웃으며 고개를 끄덕였다.

"어쨌든 치료가 될 동안 재해도 일어나지 않고 작은 전쟁이라도 좀 멈추면 좋겠어요. 무기들이 성능이 좋아서 성소에 영향을 미칠까 봐 걱정됩니다."

"그래서 빛응축폭탄은 물론이고 빛응축폭탄과 유사한 성능을 가진 무기는 안 쓰기로 했어요. 빛응축폭탄 때문에 성소가 훼손된 것이니까요. 이스라엘 분쟁은…… 나도 그만두고 싶은데 미르왕 연합군이 죽어라고 덤비니 어쩔 도리가 없군요. 그렇다고 이스라엘을 그냥 놔둘 수도 없고요. 그나마 요즘 러시아가 잠잠해서 다행이에요. 도대체 왜들 그러는지 모르겠소?"

천왕이 두 손을 들어 올리며 어깨를 으쓱거렸다.

"중재를 잘해 보세요. 천왕이시잖습니까?"

"그래서 천상 회의를 연 것이요. 동지 신장이 성소가 다쳤다고 하여 동지 신장의 요청으로 연 거요. 전쟁을 해도 고성능 폭탄을 쓰지 않기로 했지만 아무도 천상 회의에서 얘기한 내용을 지키지 않고 있어요. 이스라엘 주변 분쟁을 막는 데도 실패했고요."

"유감입니다. 천왕부터 빛응축폭탄을 제거하기로 했었잖아요?"

천왕이 잠시 한국 나라신을 빤히 쳐다보다 말했다.

"천상 회의를 연 것은 나지만 그 회의의 주인공은 한국 나라신인 것 같더군요. 모든 나라신들과 왕신들이 한국 나라신에게 시선이 고정되어 있었소. 아시죠?"

"백호왕의 시선은 확실히 알고 있습니다."

"아, 백호왕! 그렇죠. 백호왕과 악연이 있지요. 친구를 죽였으니까."

이미 다 알고 있는 사실을 천왕이 또 들춰내고 있었다.

"예, 맞아요. 그래서 백호왕에게 감정이 좋지 않아서 계속 신경이 쓰였지요. 다른 분들이 어땠는지 잘 모르겠습니다."

"대단한 집중력이군요. 백호왕밖에 안 보였단 말이죠?"

"네. 다른 왕신님들도 한 번씩은 봤지만 백호왕에게 거의 신경이 곤두서 있었으니까요. 그래도 회의 내용은 알고 있어요."

천왕이 슬며시 미소 지었다.

"예스! 그렇겠지요. 하지만 나를 비롯하여 자연왕과 종교의 왕신 세 분을 비롯하여 거기에 왔던 모든 나라신들의 관심은 한국 나라신이었어요. 신계에 들어오면서부터 지금까지 듣도 보도 못한 빛을 가진 신이 나타났다고 떠들썩했거든요. 그러니 누군들 보고 싶어 하지 않겠소. 천상 회의보다 한국 나라신을 보기 위해서 온 나라신도 몇 분 계신 것 같더군요. 천상 회의에 관심도 없는 나라신들 말이요."

"오늘 오신 이유는 그런 말씀을 하기 위한 건 아닐 거예요. 그렇죠?"

"네. 그렇긴 하지만 너무 팍팍하게 살지 맙시다."

"천왕이 하셔야 할 일까지 해야 돼서 바쁩니다. 방금 전에 영역으로 돌아왔다고요. 영역의 일도 바빠서요. 저기 대기하고 있는 관리신들 보이시지요?"

한국 나라신이 좀 떨어져 있는 서너 명의 관리신들을 가리켰다.

"저와 상의해서 처리해야 할 일을 기다리는 중입니다. 그러니 시간 끌지 마십시오."

천왕이 살짝 미간을 찌푸렸다. 어느 영역의 나라신도 이렇게 명령조로 몰아붙이는 말을 들어본 적이 없었기 때문에 기분이 상한 것이다. 천왕이 깊이 심호흡을 하고 마음을 가라앉히며 천천히 말을 꺼냈다.

"한국 나라신을 보니 새삼 한국의 위상이 느껴지는군요. 예전의 한국 나라신은 내 앞에서 말 한마디도 조심스럽게 했는데 지금 내 앞에 있는 한국 나라신은 내 기를 누르고 있소."

한국 나라신의 눈에 천왕은 매우 지쳐 보였고 노란빛도 여전히 찬란하게 빛났지만 어쩐지 볼 때마다 빛에서 에너지가 빠지고 있는 느낌을 받았다.

'빛에서 에너지가 빠지면 영역의 힘이 빠진다는 얘기다.'

"전 아무 짓도 안 했는데요."

한국 나라신이 싱긋 웃으며 말하자 천왕이 입을 씰룩거렸다.

"한국 나라신의 빛에 내가 압도당하고 있단 말이오. 지금 신계에서 한국 나라신보다 빛나는 신은 없는 것 같소. 나를 비롯하여 왕신들, 신장들을 둘러봐도 나라신이 압도적이오. 그게 뭘 뜻하겠소."

"천왕도 나에게 왕신 운운하려고 합니까?"

"그렇소. 그것도 기왕이면 자연왕이면 좋겠소. 그렇게만 된다면 동맹국인 한국과 우리 미국이 힘을 합치면 이 신계에서 못 할 일이 없을 것이오."

"자연왕이요."

한국 나라신이 방긋 웃었다.

"좋은 청사진이군요."

"그렇소. 가장 이상적인 가정이지요."

"또 다른 가정도 있나요?"

"나, 천왕이 바뀔 수도 있겠지요. 나라신의 역량으로 봐선 충분히 가능한 일이요. 나와 미국에는 별로지만 말이오."

"그러면 기분 나쁘실 테니 제가 자연왕이 되어야겠어요."

"왕신은 마음대로 되는 게 아니요. 나도 무언가의 힘에 이끌려 천왕이 됐거든요. 내가 말하고 싶은 것은 한국 나라신이……."

"아, 제가 천왕이 될까 봐…… 그래서 우리 집에 초소형 미사일을 쏴서 나를 죽이려 했었나요?"

한국 나라신이 천왕의 말을 끊고 쏘아붙였다. 일순간 천왕의 표정이 굳었다.

"내가 천왕이 될까 봐……."

천왕이 굳었던 표정을 재빨리 바꾸고 변명을 늘어놓았다.

"오해요. 전 나라신에게도 누누이 얘기했지만 그 미사일은 중국 신들이 침입해서 훔쳐 간 거요. 그래서 한국이 오해하도록 해서 미국과 이간질하려고 중국이 꾸민 계략이란 말이오. 중국의 얍삽한 계략에 넘어가다니……. 나라신, 조금 실망이오."

"그래요? 미군이 고가의 무기를 잃을 만큼 경비가 허술한가요? 그거 실망인데요."

"경비가 교대하는 시간에 맞춰서 침입했다고 하더군요. 그래서 한국군에도 미사일 분실 신고를 했었어요. 그 미사일이 그렇게 쓰일 줄은 몰랐죠."

한국 나라신과 천왕 사이에 잠시 정적이 흘렀다.

그동안 전 나라신으로부터 여러 번 전해 들었던 답변이었다. 천왕과 자연왕이 짜고 벌였던 합동 작전을 뻔히 알았지만, 동맹이라는 허울 때문에 깊이 파헤칠 수도 없었다. 하지만 기선을 제압하는 데 이 문제만큼 효과적인 게 없었다. 침묵을 깨뜨리고 한국 나라신이 먼저 말문을 열었다.

"어쨌든 나는 살아남았어요. 나라신도 됐고요. 과거사지만 천왕을 만나면 한 번 짚어야겠다고 생각했어요."

"나라신이 먼저 얘기를 꺼내서 잘 됐어요. 그럼요, 오해는 풀어야지요. 언젠가 한 번은 짚고 가야 할 문제라고 나도 생각했소. 나라신이 어떤 왕신이 되든 난 상관없어요. 두 영역이 굳건한 동맹국으로서 앞으로도 잘 협력해서 같이 잘 살면 되지요. 안 그렇소?"

한국 나라신이 지체 없이 대답했다.

"같이 잘 산다는 건 정말 좋은 말씀입니다."

"빈말이 아니오. 혹시라도 한국 나라신이 천왕이 된다면 내가 없는 미국과 잘 지내달라는 부탁이요. 그래서 한국이 통일되는데 힘을 쓴 거고요."

"있지도 않을 일을 만들어서 걱정하십니까? 미국이 얼마나 큰 영역인데 조그만 한국 나라신에게 그런 말씀을 하십니까?"

천왕이 씁쓸하게 웃었다.

"나라신의 빛은 천왕도 충분히 될 수 있는 빛이오. 겸손도 과하면 상대를 우롱하는 것이 되니 그쯤 하시오."

한국 나라신이 말없이 미소 지었다.

"겸손은 천왕이 하시는 것 같아서 불편해서 그럽니다."

"나도 내가 이럴 줄 몰랐소. 전에는 뭘 하든 자신이 있었는데 한국 나라신이 신계에 나타나면서 내가 부쩍 자신감이 줄어들고 있어요. 동맹국임에도 질투가 나고 경계도 했는데, 어쩌면 나라신이 천왕이 될까 봐 두려워서 그랬나 봐요. 오늘 보니 정말 위축되고 왠지 그 빛에 내가 흡수되고 있는 느낌이 들어요."

한국 나라신이 웃었다.

"느낌은 느낌일 뿐이죠. 천왕의 빛은 여전히 찬란하게 빛나고 있어요. 아무래도 저를 너무 의식하는 거 같네요. 그러지 마세요. 제가 부담스럽잖아요."

천왕은 무언가 말을 하려다가 꿀꺽 삼키는 것 같았다. 한국 나라신은 그것도 알아차렸다.

다섯 왕신의 능력이 합쳐진 절대 능력의 전설의 신이 입가에 맴돌았지만 차마 자존심 때문에 그것까진 입에 올리지 못하고 있었다.

"어쨌든 성소 치료를 해주어서 고맙소."

천왕이 했던 말을 또 하면서 분위기를 전환했다.

"별말씀을요."

"나라신의 빛은 볼 때마다 빛이 강해지는 느낌인데 무슨 비결이라도 있소?"

"느낌일 뿐이죠. 신계에서 수도는 먹히지 않더군요."

"느낌이 아니라 정말 점점 더 빛나고 있소. 어떤 수도를 하고 있는 거요?"

"만약 있다면 살기 위해서 아등바등 싸워서 이 자리까지 온 것이겠죠."

"아등바등 싸워서? 그러면 빛이 더 강해져요?"

"수도를 따로 한 것은 없고 다른 신들과 다른 경로가 있다면 딱 한

가지예요. 제가 여러 번 수십 명의 신들과 목숨을 걸고 싸웠어요. 한 번은 군대와도 싸웠고요. 그런 과정이 다른 신들과 다르니까 아마 그 때문이 아니었을까요?"

"싸우면서 빛이 강해진다고?"

"다른 신들은 그렇게 일방적으로 목숨 걸고 여러 번 싸워 본 적이 있나요?"

"없어요. 한국 나라신이 특이한 경우지요."

"그 과정이 저를 좀 단련시킨 것 같네요."

천왕이 화제를 돌렸다.

"지금 중동의 국지적인 분쟁이 한창이오. 우리 무기 생산에서 부족한 걸 한국이 메워주고 있어서 그것도 매우 만족해하고 고마워하고 있어요."

"그냥 드리는 것도 아닌걸요. 민간업자들이 사업을 잘하고 있어서 저는 박수만 쳐주고 있습니다."

"민간업자들에게 과학자들을 붙여서 지원했다고 하던데요?"

"그렇죠. 미국도 그렇게 하길래 우리도 그렇게 하고 있어요. 그랬더니 확실히 시너지 효과가 나더군요."

"좋은 건 따라 해야죠."

천왕이 으쓱거리며 흐뭇해했다.

"미국의 좋은 점은 신의 능력을 최대한 활용한다는 겁니다. 우리도 그렇게 하고 있는 거고요."

"한국은 참 훌륭한 영역이오. 다른 영역 같으면 개발에 수년이 걸릴 것을 단시간에 만들어 내고 있어요. 정말 믿을 수 없을 정도로 발전을 거듭하고 있어서 경이로울 정도요."

"그것 또한 미국이 그렇게 한 것을 뒤따르고 있는 것입니다."

천왕이 웃었다.

"뭐든지 미국을 따라 한다고 하는 걸 보니 내가 또 무슨 소릴 하면 미국이 천왕을 배출했으니 한국도 천왕을 배출할 거라고 대답하겠소?"

"아마 그럴지도 모르지요."

한국 나라신도 따라 웃었다.

"아까 성소의 문제 때문에 작은 분쟁이라도 끝났으면 좋겠다고 했는데 전쟁이 끝나면 무기 장사가 안될 거요. 무기 장사가 수익이 꽤 짭짤하고 경제에도 매우 도움이 돼요. 그래도 전쟁이 빨리 끝나길 바라겠소?"

"예!"

지체 없이 나온 한국 나라신의 대답이 의외라는 듯 천왕이 쳐다봤다.

"자국에는 피해가 없으면서 시간을 좀 질질 끌며 전쟁이 진행되면 무기를 생산하고 판매하면서 영역의 부흥에 상당히 이바지해요. 무기가 굉장히 고가의 상품이잖소."

한국 나라신이 천왕을 뚫어지게 보다가 대답했다.

"무고한 신들이 한없이 소멸되고 있어요. 무엇보다 성소가 더 이상 훼손되면 돌이킬 수 없는 일이 발생합니다. 천왕이 그걸 모르지는 않을 텐데요. 무슨 의도로 그런 말을 하는 겁니까?"

"다른 영역의 신들이 좀 죽어도 그 반사 이익이 우리 영역의 신들에게 돌아가면 그것이 나라신의 능력인 거요. 한국 나라신은 나라신이 된 지 얼마 되지 않아서 모르시나 본데 지금은 일반 신이 아니라 나라신이라는 것을 명심하시오. 나라신에게는 영역의 신들을 잘살게 하는 책임과 의무가 있다는 것도 말이오."

"잘 알고 있습니다."

"그러면 한국의 신들을 위하여 다른 영역에서 벌어지는 상황을 이용하여 영역 발전을 꾀하는 것도 나라신이 할 일이오. 아시겠소?"

"아니요, 그건 모르겠습니다."

한 수 가르치려던 천왕의 말에 단호하고 망설임 없이 나오는 한국 나라신의 거부반응은 천왕을 당황하게 만들었다.

"뭐요?"

"우리 영역만 잘된다고 우리 영역의 신들이 행복하진 않을 거 같거든요. 우리 영역과 거래하는 영역의 신들도 행복해야 우리 신들도 제대로 행복하지 않을까요?"

"그럼 바로 전쟁을 끝낼까요?"

"가능하면 당장 그래 주십시오."

"전쟁이 끝나면 무기를 찾는 영역이 없어질 것이오. 그리고 전쟁에 필요한 물자의 수요도 줄어들 거요. 그래도 괜찮겠소?"

"괜찮습니다."

"나라신은 괜찮을지 몰라도 업자들은 괜찮지 않을 거요. 우리 영역의 업자들 역시 마찬가지일 거구요."

"천왕은 전쟁을 끝낼 마음이 없으신 거군요. 그렇죠?"

"그렇소. 우리 영역이 파괴되고 우리 신들이 소멸되는 것도 아닌데 뭐 어떻소. 비싼 무기가 다른 영역에서 터지고 파괴되면 무기 팔아서 좋고, 나중에 재건할 때 돈 벌어서 좋고 일석 몇조인지 모를 거요."

천왕이 본심을 내보이자 한국 나라신이 한숨을 내쉬었다.

"나라신은 영역을 지키고 영역의 신들을 잘살게 하려고 존재하는 거요. 그 막중한 책임을 잊어서는 안 돼요, 나라신."

천왕이 굵고 낮은 목소리로 한국 나라신에게 타이르듯이 말했다. 한국 나라신이 머리를 삐딱하게 옆으로 돌렸다.

"아! 이래서 전쟁이 나는구나, 이래서."

탄식처럼 내뱉는 한국 나라신의 말을 듣고 천왕이 어처구니가 없다는 표정을 지었다.

"너무 나라신의 역할에 몰두하다 보니 전쟁을 일으키게 되는 거군요. 신들의 목숨 따윈 안중에도 없고, 내 영역만 아니면 된다…… 정말 너무 하네요."

어이없는 표정으로 한국 나라신을 보던 천왕이 말했다.

"나라신! 아직 나라신의 책임에 대해서 적응이 덜 된 것 같소. 나라신의 역량에 따라 영역이 발전할 수도, 후퇴할 수도 있어요. 전쟁으로 파괴된 곳을 나중에 재건하는 사업권을 가지면 엄청난 이익이 돌아와요. 그건 고스란히 영역의 신들에게 돌아가기 때문에 놓치면 안 되는 큰 사업인 거요. 이런 큰 사업은 민간 업자가 하는 게 아니라 나라신만이 할 수 있는 거니까 마음 단단히 먹어야 합니다. 작은 희생을 치러서라도 큰 이익을 보는 거지요."

"작은 희생이란, 신들의 목숨을 말하는 건가요?"

"뭐 신들의 목숨일 수도 있고 다른 것일 수도 있지요."

"다른 거……는 뭐죠?"

"오우! 어떻게 전 나라신하고 똑같을까! 한국 나라신은 따지는 걸 좋아하는군요. 뭐 하나 그냥 넘어가는 법이 없어요."

"알고 넘어가야 뒤끝이 남지 않으니까요."

"하, 참. 큰 것을 위해 작은 것을 희생시킨다. 이건 어디를 막론하고 통용되는 이론이잖소. 이 신계라도 다르지 않죠. 신들의 목숨도 소중하지만 전쟁을 하다 보면 전쟁에 필요한 물자나 기본적인 것도 일시적으로 모자라기 때문에 경제적인 후폭풍이 오지요. 그런 것들을 말하는 거요. 그럼에도 불구하고 전쟁을 벌이는 것은, 전쟁에 이기면 얻는 것이 막대하니까 이런 작은 희생을 감수하는 거지요."

한국 나라신이 고개를 흔들었다.

"앞말과 뒷말이 맞지가 않네요."

"뭐가……?"

"앞에서 천왕은 영역을 수호하고 영역의 신들을 지켜야 한다고 하셨고요. 뒤에서는 영역의 이익을 위해서 영역의 신들을 희생시키고 후에 경제적인 후폭풍까지 영역의 신들에게 전가시키고 있잖아요. 앞뒤가 완전히 상반되네요."

천왕이 잠시 눈알만 굴리다가 대답했다.

"그건 오해요. 결과를 놓고 보자면 영역의 신들을 위한 거요. 작은 희생보다 큰 이익을 가져오면 영역이 발전하면서 그 혜택이 신들에게 돌아가니까요."

"희생 안 하고 발전하면 되잖아요?"

"대가 없이 얻어지는 것은 없어요. 나라신!"

"예! 그 대신 노력을 좀 더 해야겠지요."

"……."

천왕이 침묵하자 한국 나라신이 말을 이었다.

"우리 영역은 과거 중국과 일본으로부터 끊임없이 침략당했어요. 지금 생각해 보니 아마 나 같은 생각을 가지고 있는 나라신들이 많았기 때문인 것 같아요. 때로는 보기 좋게 물리치기도 했지만 때로는 엄청난 희생을 치르기도 했어요. 제가 말하는 노력이란, 영역의 힘이 강해지고 주변 영역으로부터 스스로 방어할 수 있는 능력을 키우는 것입니다. 그리하여 어떠한 침략의 구실을 만들지 않으면 되겠지요."

"그건 나라신의 생각일 뿐이오. 상대 영역의 나라신이 그렇게 생각하지 않으면 한국은 또 침략당할 거요. 참 순진한 생각이오."

천왕이 빈정대자 한국 나라신이 고개를 끄덕였다.

"그 말씀은 맞아요. 순진한 생각이었어요. 하지만 지금은 내가 이런 생각을 할 수 있는 여건이 만들어지고 있어서 그렇게 말씀드린 겁니다."

"음, 중국이 힘이 떨어지니까 안심이 되는 거요? 밑에 일본도 있는데?"

"맞아요. 일본은 재난이 계속되고 경제도 계속 뒷걸음질 치니까 경제적으로는 이제 별로 신경 쓰이지 않는데, 혹시 모르죠. 위기에 몰리면 옆 나라를 침략하는 게 일본의 과거 행적이었으니까요. 중국은 소수 신족들이 독립하면서 찢어지다 보니까 역시 당장은 위험을 느끼지 않아서 그래요. 그렇다고 전혀 대비를 안 하거나 견제를 안 하는 것은 아닙니다. 오해하지 마세요."

"하긴, 지금 상황이 예전과 많이 변했지요. 음…… 역시 나라신이오."

천왕이 피식 한 번 웃더니 말을 이었다.

"하긴 중국 변방에서 군대를 상대로 혼자 싹쓸이하는 것을 보니 나라신 혼자만 있어도 웬만한 군대는 다 해치우겠더이다."

한국 나라신이 재빨리 말머리를 돌렸다.

"지금은 내치에 신경을 써야 할 것이 많아요. 들으셨겠지만 통일이 된 지 얼마 안 되어 남북 간의 언어, 문화, 경제 등등 뭐 하나 비슷한 것이 없어서 진통을 겪는 중인데 교육을 통해서 조금씩 맞춰가고 있어요. 그 와중에 일본이 계속되는 재해로 살기 어려워지면서 일본 신들이 대거 한국으로 넘어와서 혼란을 가중시키고 있는 데다 중국도 소수신족들과 중앙군과의 전투를 피해 온 신들로 연일 북새통이에요. 군대가 이들을 통제하고 있는데 역부족일 정도입니다."

"미리 선수 치지 마시오. 전쟁이 일어나도 군대 보내라는 말 안 꺼낼 테니."

한국 나라신이 슬쩍 미소 지었다.

"보낼 군대도 없어요. 일본, 중국, 러시아 신들 통제하는 데에도 군대가 모자란다고요."

"알았어요. 한국 나라신이 강심장인 건 인정하지요. 그런데 말이오. 참 이상한 게 신계 거의 전체가 자연 재난에 휩쓸리고 있는데 한국만 이상하게 비껴가고 있어요. 혹시 이것도 나라신의 능력이요?"

한국 나라신이 웃었다.

"하하하…… 저를 너무 과대평가하시네요. 저 그런 능력 없어요."

천왕이 고개를 갸웃거렸다.

"아니요. 일본만 해도 홍수에다 태풍에다 폭염에 폭설에 한파에 아주 생난리요. 중국도 마찬가지고요. 그런데 모든 재난이 가운데 끼어 있는 한국만 쏙 빠져서 비껴가고 있단 말이오. 빛나는 나라신을 보니 합리적인 의심이 가오만…….”

“아이고, 아니라고요. 중국이나 일본보다 상대적으로 한국이 작다 보니까 피해가 적은 거지요. 전 그런 능력 없어요.”

“뭐 있어도 나와 상관없어요. 한국과 좀 떨어져 있는 영역이니까. 일본과 중국이 워낙 크게 재난을 당하고 있는데 한국만 비껴간다는 게 신기해서 한 말이요.”

“하! 그런 능력이 있으면 좋겠어요. 일본이나 중국만큼은 아니지만 우리도 가끔 부분적으로 홍수가 나서 어려움을 겪어요.”

“일본이나 중국에 비하면 한국은 새 발의 피요. 그러니 하는 말이요.”

“운이 따라주고 있는 거죠. 매우 다행으로 생각하고 있어요.”

“겸손하군요. 전 나라신도 그랬지만 지금의 나라신도 겸손해서 나도 다행으로 생각하고 있어요. 만약 이상한 성격이면 어쩌나 걱정했거든요.”

“이상한 성격이면 왜요?”

“혹시라도 그동안 서운했던 감정을 담아서 그 무시무시한 힘으로 감정 표현을 할까 봐 슬쩍 걱정이 되었죠.”

“아! 저한테 겁먹었나요?”

“아까도 말했지만 나라신은 특별해요. 나를 이렇게 초라하게 하고 움츠러들게 하고 있잖소.”

한국 나라신이 피식 웃었다.

"무슨 이야기를 하시려고 이렇게 띄우시는지요?"

"띄우는 게 아니라 사실을 말하고 있어요. 나라신은 성소를 치료할 수 있는 단 한 명이잖소."

"이제 본론을 말씀하시죠?"

한국 나라신이 화제를 돌렸다. 천왕이 어깨를 으쓱거렸다.

"글쎄요. 우리의 무기가 월등히 좋아서 금방 마무리될 줄 알았는데 그렇지가 않군요. 미르왕 연합군이 독기를 품고 덤비니 장담할 수가 없어요."

"절대로 성소 근처에서 고성능 무기가 사용되어선 안 됩니다. 더 이상 성소가 열 받으면 구멍이 뚫릴 수도 있어요. 그럼 걷잡을 수 없는 상황이 올 거예요. 천왕! 전쟁을 그만둘 수 없다면 그것만큼은 꼭 지켜 주기 바랍니다."

"그러지요. 천상 회의 후에 자연왕과 회담했어요."

"예! 들어서 알고 있습니다. 제 얘기도 하셨더군요."

"당연히 거론되었지요. 아무리 전쟁 중이라지만 성소를 치료하는 유일한 신이고 또 어쩌면 한국 나라신이 어느 편에 서느냐에 따라서 신계의 판도가 확 달라질 수 있다는 얘기가 오갔어요."

"한국은 천왕 편이에요."

"한국은 미국에 중요한데 미르왕 신도들의 영역과도 교류가 있잖 소? 그것도 엄청난 규모로 말이오."

"미국도 엄청난 규모로 미르왕 영역들과 거래하고 있잖아요? 그들 과 싸우면서 말이죠."

천왕이 고개를 갸웃거렸다.

"어째 전 나라신과 이야기하고 있는 기분이요. 단 한마디도 그냥 넘어가질 않는군요. 정말 깐깐하시오."

"국익을 위해서 나라신이 존재한다면서요. 이게 제 스타일입니다."

천왕이 한국 나라신을 빤히 보면서 한숨을 내쉬었다.

"오늘 방문한 목적은 한국 나라신에게 성소 치료에 대한 감사 인사와 함께 이런저런 이야기를 나누면서 나라신에 대해 알고 싶었어요. 그런데 앞으로 만만치 않을 것 같군요. 깐깐한 나라신!"

"아, 그래요. 저도 같은 마음이에요. 천왕과의 동행이 만만치 않을 것 같습니다. 이것저것 요구가 많으실 것 같아서요."

천왕이 어색하게 미소를 지었다.

"여보세요, 나라신! 난 아무것도 요구한 게 없어요."

"예! 지금은 제가 성소 치료로 바쁘니까 그러실 거예요. 하지만 성소 치료가 끝나면 천왕이 이것저것 한국에 요청하실 게 많아 보입니다."

"오~우, 들켰네. 혹시 나라신의 능력 중에 마음을 읽는 능력도 있소?"

"예?…… 아이고, 아닙니다. 그런 능력 좀 있었으면 좋겠네요. 고민 좀 덜 하게요."

"나라신의 고민은 무엇이오?"

"왜요? 들어주시게요?"

"나라신처럼 능력이 빵빵한 신이 무슨 고민이 있을까요? 내가 나라신만큼 능력이 되면 고민 따위 없을 것 같소만."

"고민 없는 나라신이 어디 있을까요? 나라신이라면 아까 천왕이 말씀하신 영역 수호와 신들의 안전과 잘살게 하려는 고민을 무수히 해야지요."

"허, 신참 나라신이라 아직 나라신의 할 일에 대해 부족한 줄 알았더니 내가 괜한 걱정을 했군요."

"제가 부족해도 훌륭한 관리신들이 많이 도와주고 있어서요."

"맞아요. 나라신 주변에 훌륭한 관리신들이 많다고 우리 관리신들에게 전해 들었어요. 나라신과 관리신들이 훌륭하니 한국은 매우 복받은 영역이요."

한국 나라신이 말없이 고개를 끄덕였다.

"만약에 말이요. 만약에, 러시아가 다시 우크라이나를 재침략한다면 한국은 어떻게 하시겠소? 한국과 러시아는 나쁜 사이는 아니던데요."

주저 없이 한국 나라신이 대답했다.

"지금이라면 한국에게 어떤 것도 요구하지 마시고요. 만약 성소 치료가 다 끝난 후에 그런 일이 터진다면 그때 가서 생각해 보도록 하죠."

천왕이 고개를 절레절레 흔들었다.

"하여튼…… 그런 대답이 나올 줄 알았어요. 그러면서도 뭔가 새로운 대답이 나올 걸 기대하고 질문했는데 내가 어리석었소. 한국은 참전은 생각도 하지 않을 거고, 그저 군수 물자만 우리에게 팔고 있을 거요."

"아, 그래요? 그렇게 하라고 가르쳐 주시는 건가요?"

"나라신! 만약 중동 분쟁 외에 또 다른 전쟁이 일어난다면 한국이 우리 연합군에게 공식적으로 참전 의사를 밝히면 우리 연합군에게 큰 힘이 될 거고, 상대방은 사기가 꺾일 거요."

"그때가 되면 천왕은 나에게 공식적으로 참전하라고 하시겠군요. 천왕군에게 합류하라고?"

"그렇소. 참전 의사도 공식적으로 밝히라고 할 거요."

"어쨌든 지금은 아니죠. 만약이라고 했으니까. 그리고 천상회의에서 신장들이 요구한 세 가지를 명심하세요. 그중에 성소 치료는 제가 하고 있고 두 가지는 천왕의 몫입니다. 전쟁 종료, 빛응축폭탄 제거 말이죠. 성소를 지켜야 하는 의무가 천왕에게 있다는 걸 명심하세요."

"알고 있소. 하지만 러시아의 움직임이 심상치 않소. 러시아 신족이 유별나게 자존심이 강한 신족이라 일전의 패배를 받아들이지 못하고 있소."

천왕이 무릎을 '탁' 치며 좋은 생각이 떠오른 듯했다.

"오우~! 한국 나라신의 골칫덩어리를 해결할 방법이 있어요. 이런 방법은 어떻겠소? 중국이 러시아에 보낸 군대 말이요. 소수 신족들의 힘을 빼기 위해 소수 신족들의 장정들을 차출하여 러시아 군대로 보낸 거였소. 그걸 한국에서도 적용해 봐요. 골치 아픈 일본 신들, 중국 신들을 다 받아들이시오. 그리고 일정 기간 군대 훈련을 시켜서 전쟁이 발생하면 전쟁터로 보내는 거요. 한국 군대의 이름으로 말이오. 그러면 한국은 자국의 군대는 그대로 있으면서 참전하는 효과도 있고 전쟁이 끝나면 참전국의 지위로 승전에 대한 배당을 받게 될 거요."

천왕다운 생각이었다.

"그 배당 안 받을게요. 살겠다고 우리 영역으로 몰려드는 신들에게 그런 가혹한 행동은 할 수 없습니다. 그냥 곱게 돌려보내거나 우리식으로 처리할 테니까 그런 말씀은 하지 마세요."

"허, 매우 좋은 방법을 알려 주는 거요. 한국의 골칫덩어리를 해결하면서 영역의 이익을 극대화하는 거요. 나라신, 지금 이 자리에서 단정 짓지 말고 좀 생각해 보시오. 영역의 이익을 위해서, 영역의 발전을 위해서 나라신의 책임과 의무를 다하시란 말이오."

한국 나라신이 인상을 찌푸리며 짜증을 냈다.

"내가 할 일은 내가 알아서 할 테니 천왕은 천왕의 일이나 하시오. 내 영역의 일에 이래라저래라하지 마시고요. 일본 신도, 중국 신들도 내 영역을 찾아 들어온 신들이니 내가 알아서 하겠습니다."

천왕의 얼굴이 분노로 일그러지기 시작했다.

"감히 나에게……."

"동맹국의 내정에 관여하지 마시오. 천왕의 생각과 내 생각의 일부가 맞지 않는 걸 가지고 화내지도 마시고요. 있을 수 있는 일이니까요."

"나라신! 매우 경솔하게 말하고 있다고 생각지 않으시오?"

"내가 신참 나라신이라고 가르치려는 태도부터 버리시지요."

천왕의 얼굴에 분노가 노골적으로 드러나면서 황금빛이 일렁이기 시작했다. 한국 나라신도 두 팔을 아래로 내리며 빛을 팽창시켰다. 한국 나라신의 빛이 확장되고 천왕의 황금빛이 밀려서 눌리자 천왕이 공격 태세를 취했다.

한국 나라신이 차갑게 말했다.

"예전에 한국 나라신을 대하듯 하지 마세요, 천왕! 나는 새로운 한국의 나라신입니다. 천왕도 내 빛에 눌려 있는데 그런 상태로 공격을 해봤자 먹히지도 않을 거예요. 오히려 천왕만 다칠 수가 있으니 참으시지요."

천왕의 얼굴이 화가 나서 벌겋게 달아올랐다.

"내가 천왕에게 죽지는 않겠지만 내가 죽으면 성소를 치료할 신이 없어져요. 그럼 곤란하겠죠?"

한국 나라신이 미소를 지으며 계속 천왕을 도발하고 있었다.

"오우~ 나라신, 동맹국에 대한 예의가 아니오. 나에게 이런 수모를 주다니."

"다시 말씀드리지만 내 영역의 일은 내가 알아서 합니다. 내 영역의 일에 대해서 간섭하지 마시오. 동맹국의 본분은 지킬 테니 천왕도 동맹국을 속국 다루듯이 하지 말란 말이오."

한국 나라신이 차가운 표정으로 거칠게 말하자 천왕은 두 주먹을 꼭 쥐고 부들부들 떨었다. 입술이 들썩이며 뭔가 말하려다가 입술을 잘근 씹었다.

"중동 분쟁에서 이겨야 천왕의 뜻대로 미르왕 영역의 재건 사업에서 돈을 벌 수 있을 테니 반드시 이기십시오. 무기는 가려서 쓰시고요."

한국 나라신은 확장했던 빛을 거둬들였다. 천왕이 눌렸던 빛으로부터 자유로워지자 몸을 제대로 세우며 오른팔을 올렸다. 천왕이 오른팔을 올리는 것을 본 한국 나라신도 같이 팔을 올리자 천왕이 팔을 슬며시 내렸다.

"동맹국끼리 이렇게 믿지 못하다니…… 이래서야 어떤 대화를 하겠소."

천왕의 말에 한국 나라신이 이의를 제기했다.

"오늘 천왕이 나를 방문해서 내가 나약하게 보이거나 틈이 보였으면 나를 죽이려고 했을지도 모르지요. 나라신이 되기 전부터 그랬으니까. 그러니 어떻게 천왕을 곧이곧대로 믿겠습니까?"

천왕이 좀 생각하다가 대답했다.

"그런 생각도 안 했지만, 만약 그런 생각을 했어도 실행은 하지 못했을 것이오. 왜냐하면 성소를 고칠 수 있는 신이 한국 나라신밖에 없지 않소. 성소가 제대로 움직여야 신계든 인간계든 돌아갈 테니 말이요. 그리고 싸워봤자 내가 질 게 뻔한데 내가 그런 무모한 짓을 왜 하겠소?"

"그래요. 그럼 오늘 무슨 생각으로 보자고 한 겁니까? 단순히 성소를 치료해 줘서 고맙다고 인사치레차 방문한 건가요?"

"어! 그 말은 내가 꼭 나라신을 죽이려고 방문한 것처럼 들리는군요. 정말 그렇게 생각한 거요?"

"한 번 의심이 생기면 쉽게 사라지지 않지요. 내 의사와는 상관없이 천왕이 될 수도 있다고 했잖아요."

"유감이오. 나를 그렇게 생각했다니. 나라신, 그렇게 안 봤는데 뒤끝이 길군요."

천왕의 말에 한국 나라신은 자신을 돌아보았다.

"내가 몇 번 죽을 고비를 넘기다 보니 뒤끝이 생기네요. 나라신이 되기 전까지 자유롭지 못했어요. 신이 신계에서 자유롭지 못했다면 그것보다 더한 상심이 없을걸요?"

"아!"

천왕이 크게 고개를 끄덕였다.

"온통 나를 죽이려고 덤벼드는 통에 온 몸을 검은 천으로 둘둘 말고, 모자 쓰고, 선글라스에다 망토까지 걸쳤는데도 정말 귀신들이 귀신같이 잘 찾아내더군요."

"워낙 강한 빛을 내고 있잖소."

"여러 번 나를 노리는 신들로 인해 별 생각을 다하던 때가 있었어요. 전 나라신이 나를 숨겨주지 않았으면 정말 지금 이 자리에 없을지도 모릅니다. 그렇게 시달렸는데 뒤끝이 없다면 난 성질도 없는 신인 거지요. 근데 보시다시피 나도 한 성질 합니다, 천왕!"

천왕이 고개를 끄덕이며 한국 나라신을 빤히 쳐다보았다.

"날 대하는 걸 보니 성질이 있는 건 잘 알겠소. 하지만 난 천왕이고 나라신은 나라신일 뿐이오. 날 너무 막 대하는 것 같소."

"내가 맺힌 게 있어서 그럽니다. 이렇게 해서라도 풀어야지요. 두고두고 묵혀뒀다가 나중에 폭발하면 어떡합니까?"

"그래서 다 풀리셨소?"

"글쎄요. 하지만 아까보단 확실히 좀 나은 것 같군요."

"그럼 나중에 폭발하지는 않겠소?"

"제 성질 받아주시는 걸 보니 인내심이 굉장하시네요."

"한국 나라신이라 참는 거요. 성소 때문에 내가 화낼 입장도 아니고."

한국 나라신이 큰 소리로 웃자 천왕도 마지못해 따라 웃었다.

"하하하하…… 만약 다른 나라신이었다면 어떻게든 박살을 냈겠군요."

"틀림없이 그랬을 거요. 나도 한 성질 하는 신이요."

"오늘은 천왕이 나한테 져 주셔야 하는 날입니다. 왜냐하면…… 이모저모로 천왕이 내게 빚을 지고 있으니까요."

"일깨워 주지 않아도 알고 있소."

"그러면 오늘 천왕이 나에게 이렇게 져 주면서 무얼 얻어가려고 했나요?"

"얻어가긴 틀린 것 같소. 오늘 내가 나라신에게 져 주어야 하는 날이라면서요? 아! 그래도 난 사업에서만큼은 이기고 싶소."

"뭘까요? 자연왕과의 회담에서 나왔던 내용인가요?"

"자연왕과의 회담에서 나왔던 내용도 있고 아닌 것도 있소."

"어디 전쟁에 참전하라는 말씀만 빼고 하십시오."

"그런 말은 안 할 거요. 하도 나라신에게 한국 내부 사정 얘기를 들어서 말이요."

"현실을 말한 겁니다."

"알고 있소. 자연왕이 그런 말을 하더군요. 한국은 미국과 동맹일지 몰라도 신들과 교류나 교역은 중국이 훨씬 많다고요."

"의외의 내용이네요. 제 빛에 대한 대화가 있었을 거라고 생각했었는데요."

"그건 당연히 있었소. 그래서 내가 자연왕이 바뀔 것 같다고 했더니 자연왕은 천왕이 바뀔 수도 있으니 안심하지 말라더군요. 한국 나라신은 우리 왕신들에게 공통의 경계 대상이오. 누가 바뀔지 모르니까요."

"그래서 제가 이렇게 예민한 겁니다. 혹시 천왕이 저를 죽일까 봐요. 하하하하……."

한국 나라신이 익살스러운 표정으로 웃었지만 천왕은 웃지 않았다.

"나는 자연왕처럼 무모한 신이 아니오. 자존심 상하지만 지금 나라신에게 덤벼봤자 내가 밀리는 거 확인했고요. 성소를 위해서도 그런 걱정은 안 하셔도 돼요. 그러니 자연왕이 중국과 한국과의 교역이 많다는 소릴 듣고 이 문제에 대해서도 나라신과 의논하고 싶어서요. 중국이 이제 이빨 빠진 호랑이가 되고 있지만 앞으로도 중국은 계속 힘이 분산되고 더 힘이 빠져야 돼요. 그래야 한국도 중국으로부터 침략받을 걱정을 하지 않을 거 아니오. 그러니 중국이 계속 분열하고 발전하지 못하도록 드러나지 않게 막아 주시오."

"매우 현실적이고 좋은 지적입니다. 그렇지 않아도 그렇게 할 거예요."

"무슨 계획이라도 있소?"

"천왕의 말씀대로 한국이 앞으로 어느 영역의 침략도 받지 않으려면 가장 견제해야 할 영역이 중국이에요. 중국을 완전히 와해시키고 작은 덩어리로 분해해서 모든 덩어리가 소수 신족들의 자치로 이루어진다면 한국은 안전할 거예요. 그리고 한국은 영역을 좀 늘리고요."

"호오, 가능성이 있는 얘기요? 중국 영역을 한국이 침략이라도 한단 말이오?"

"한국은 다른 영역을 침략하지 않습니다. 원래 중국에는 우리 신들이 많아요. 그 신들이 우리의 북쪽 국경 근처로 와서 살면 자연스럽게 영역이 확장되는 거지요."

"오우, 그럴싸한데…… 그게 쉽게 되겠소?"

"그렇게 되도록 해야지요."

천왕이 한국 나라신을 빤히 쳐다보다가 갑자기 박수를 쳤다.

"좋소. 나라신, 역시 한국 나라신은 다르군요. 만약 러시아가 또 전쟁을 일으키면 중국이 러시아를 도울 거예요. 하지만 중국이 더 힘이 빠지게 되면 러시아를 돕지 못할 거고 그러면 전쟁을 일으키고 싶어도 이미 힘이 빠진 러시아 단독으로 전쟁을 일으킬 수 없을 거요. 중국과 러시아를 견제하는 역할이야말로 한국이 우리 동맹국을 크게 돕는 일이요."

"하지만 당장 표가 나지 않을 겁니다."

"괜찮소. 한국이 러시아나 미르왕 연합군에게 무기만 넘기지 않아도 우리에겐 큰 도움이 되는걸요."

"그렇게 생각해 주셔서 다행이네요. 나도 한 가지 부탁할게요, 천왕."

"뭐죠?"

"아까도 말했지만 중동 분쟁도 중지시켜 주세요. 성소가 더 열 받으면 안 돼요. 전쟁을 중지하거나 중지가 안 되면 성소 주변에 다가오는 것만이라도 막아 주세요. 그건 할 수 있잖아요?"

"그 악에 받친 신들이 내 말을 들어줄까요?"

"천왕의 마음부터 전쟁을 중지시키겠다는 간절한 마음이 없어요. 성소에 구멍이라도 뚫리면 어떡하려고 합니까?"

"그건 안 되지요."

"천왕의 자리를 걸고 전쟁을 중지시켜 보세요."

"나라신이 성소를 잘 치료하고 있는데 꼭 그래야 할까요? 성소 근처에 접근 금지하라는 말은 할 수 있어요. 하지만 양쪽 다 내 말이라면 반대로 행동하는 신들이라서 그게 문제란 말이요."

"재래식 무기라도 많이 터지다 보면 혹시 모릅니다. 전쟁이 끝나는 게 가장 좋으니까 끝내 주세요."

천왕이 고개를 숙이고 아무 말도 하지 않았다.

"만약 성소가 구멍이라도 뚫린다면 신장과 신관들이 가만히 안 있을 겁니다. 저도 힘들고요."

천왕은 동지 신장의 부리부리한 눈과 호통치던 목소리를 떠올렸다.

"동지 신장은 다시 보고 싶지 않소."

"그리고 아까 대답을 안 하시고 말을 돌려서, 다시 묻겠어요. 미국부터 빛응축폭탄을 제거한다고 했습니다. 왜 제거를 안 하지요?"

"……."

"미국이 실행해야 다른 영역들도 따라서 빛응축폭탄을 제거할 거 아닙니까?"

"그게 말처럼 쉬운 문제가 아니오."

"천왕의 결정에 신계의 앞날이 걸려 있어요. 빠른 시일 내에 제거 작업에 들어가지 않으면 동지 신장의 화난 얼굴을 마주하게 될 겁니다."

# 구멍난 성소

미르왕 연합군이 아무리 똘똘 뭉쳐도 미국과 이스라엘 연합군과는 기본적으로 전력의 차이가 있었다. 미국의 우수한 무기가 이스라엘에 제공되고 이스라엘의 군대는 잘 훈련된 군대였다. 미르왕 연합군의 영역에 둘러싸여 거의 포위 당한 것과 다름없는 이스라엘은 영역을 지키기 위해 남녀 모두가 군대에 다녀오는 게 생활화되어 있었다. 거기다 미국에서 수시로 와서 군대 훈련과 무기 사용법을 가르치고 도와주곤 하였다.

반면 미르왕 연합군은 무기 성능 면에서 뒤처져 있었고 군대의 훈련도 이스라엘처럼 전문적이지 않았다. 포위하고 있으면서도 항상 더 많이 피해를 입는 건 미르왕 연합군이었다.

안 되겠다 싶었는지 미르왕 연합군의 나라신들이 다시 홀로그램으로 모였다. 사우디아라비아, 이집트, 이라크, 요르단, 레바논, 시리아, 튀르키예 나라신들이 차례로 나타났다. 침통한 표정으로 나라신들이 인사를 하자 이집트 나라신이 먼저 말을 꺼냈다.

"분명 우리가 포위하고 포를 퍼붓는데 당하는 건 우리가 당하고 있어요. 무기 때문일까요? 전술 문제일까요?"

사우디아라비아 나라신이 고개를 흔들었다.

"우리 군대는 정말 열심히 잘 싸워주고 있습니다. 군대가 잘못하는 건 없어요."

요르단 나라신이 말했다.

"이스라엘의 방어막이 우리가 쏘는 포를 다 막고 있어서 이스라엘에 타격을 주지 않아요. 그러니 우리가 이스라엘 안으로 들어가서 포를 쏴야 합니다. 그러자니 희생이 따르는 거지요."

시리아 나라신도 흥분해서 나섰다.

"그뿐만이 아닙니다. 그들은 정확하게 빛응축폭탄이 있는 곳만 피해서 포를 쏘아 대고 있어요. 그러니 빛응축폭탄 주위가 가장 안전한 구역이 되고 있습니다."

"맞아요, 맞아. 우리도 빛응축폭탄 주변을 제외하고 저들이 공격하더라고요."

요르단 나라신도 시리아 나라신의 말을 거들었다.

"우리는 빛응축폭탄을 영역의 중앙에 배치했는데 여러분들의 빛응축폭탄은 영역 중앙에 있나요? 다들?"

사우디아라비아 나라신이 질문했다.

"아뇨. 우리 영역은 신들이 많이 몰려 사는 수도 앞쪽에 배치했어요."

"우리는 중앙보다 조금 뒤쪽이에요."

"우리는 약간 왼쪽으로 치우쳐 있어요."

이집트, 요르단, 레바논 나라신들이 줄줄이 대답했다.

"우리는 반군들이 확실하게 없다고 확신하는 앞쪽에 배치했어요."

시리아 나라신이 대답하자 지금까지 가만히 있던 이라크 나라신이 질문했다.

"사우디 나라신, 어디에 배치했는지 왜 물으시오?"

사우디아라비아 나라신이 대답했다.

"이스라엘이 빛응축폭탄을 피해서 포를 쏘고 있으니까 묻는 겁니다. 혹시 어떤 좋은 해결책이 나올까 해서요."

튀르키예 나라신이 질문했다.

"중앙에 배치한 영역은 이스라엘의 포가 어디까지 옵니까? 빛응축폭탄을 넘어서까지 포가 날아옵니까?"

요르단 나라신이 대답했다.

"우리는 중앙보다 조금 뒤쪽에 배치했는데 이 폭탄을 넘어서 포가 날아오는 경우가 종종 있어요."

"우리는 왼쪽에 있다 보니까 오른쪽으로 포탄이 주로 날아옵니다. 왼쪽은 아예 날아오질 않아서 신들이 왼쪽에 몰려 있어요."

레바논 나라신도 자신의 영역 사정을 얘기했다. 이에 이집트 나라신이 질문했다.

"포탄이 어디로 날아오는 것을 알면 해결책을 찾아낼 수 있을까요?"

"알면 적어도 우리가 피해를 덜 볼 수 있을 거고요. 피해를 덜 보면서 방공망을 뚫을 수 있는 방법을 찾아보자고요."

사우디아라비아 나라신이 대답하자 이라크 나라신이 말했다.

"피해를 어느 정도 감안하더라도 방공망 안으로 군대가 진입해야 합니다. 밖에서 쏴 봤자 방공망에 막혀 무기만 버리게 돼요. 그러니 한꺼번에 각 영역의 국경선을 넘어 안으로 들어가서 한꺼번에 박살 내야 합니다. 방공망 사정권에서 매일 쏴 봐야 소용없어요."

"그 말에 동감입니다."

"나도 그 작전이 좋다고 생각해요."

시리아 나라신과 이집트 나라신이 공감하는 발언을 하자 튀르키예 나라신이 손을 흔들었다.

"아이구, 그러면 군대의 손실이 클 거예요. 다른 방법이 있을 거예요."

"나도 반대요. 군대를 아껴야 합니다. 금방 끝날 줄 알았던 전쟁이 점점 길어지고 있어요. 언제 끝날지 어떻게 압니까?"

사우디아라비아 나라신도 반대했다.

"우리 연합군의 손해를 줄이면서 이스라엘군을 쳐부술 방법을 생각합시다."

이라크 나라신이 말했다.

"전쟁을 길게 끌면 군대 손실이 더 클 거요. 한 번에 몰아쳐서 일찍 끝내는 것도 경제적인 방법이요."

"그렇습니다. 언제까지 전쟁에만 매달려 있을 수는 없어요. 전쟁이 길어지면 우리 연합군이 불리해져요. 무기나 군수 물자 수급이 원활하지 않을 수가 있어요."

튀르키예 나라신이 또 손을 흔들었다.

"아니요. 전쟁을 하는 것도 신들을 위한 것인데 신들을 희생시키는 전술이 무슨 의미가 있다는 말이요?"

"맞습니다. 내 말이 그 말이요."

사우디아라비아 나라신도 튀르키예 나라신의 말을 찬성했다.

이집트 나라신이 사우디아라비아 나라신에게 질문했다.

"나라신, 이보다 더 좋은 작전이 있으면 말씀해 보시지요?"

"더 좋은 작전이라기보다 신들을 희생시키지 않는 작전을 생각하자는 거요."

시리아 나라신이 냉정하게 쏘아붙였다.

"전쟁이 애들 놀이인 줄 아시오? 희생 없는 전쟁이 어디 있고 잃는 것 없이 무엇을 얻는단 말이요?"

이집트 나라신이 시리아 나라신에게 자제하라는 손짓을 했다.

"소리 낮추시오. 의견은 어떤 의견이라도 존중하고 소중합니다. 내 의견만 옳다고 하면 연합이 깨질 우려가 있으니까 강경한 말투는 삼갑시다."

"아! 내란으로 전쟁통에서 살았더니 마음이 피폐해져서요. 잠시 언성이 높았군요. 미안합니다."

시리아 나라신이 즉시 사과했다.

이집트 나라신이 박수를 크게 쳤다.

"자, 자, 다시 시작합시다. 어쨌든 난 아까 한꺼번에 방어막 안으로 쳐들어가서 한꺼번에 박살 내는 것에 찬성이요."

"나도 찬성이요."

"나도요. 어쩌면 그게 가장 군대의 희생을 줄일 방법일 수도 있어요."

이라크와 시리아 나라신이 재빨리 찬성의 발언을 했다.

튀르키예 나라신이 또다시 제동을 걸었다.

"가장 군대의 희생이 많을 수도 있는 작전이오. 신중해야 합니다."

이집트 나라신이 질문했다.

"더 좋은 생각이 있으면 이 작전을 접을게요. 또 다른 좋은 생각이 있으시오?"

튀르키예 나라신이 난감한 표정을 지으며 도움이라도 청하듯이 사우디아라비아 나라신을 바라봤다.

"음, 그러니까 말이요. 군대의 희생을 줄이고 전쟁을 확실하게 빨리 끝내려면 이스라엘의 행동반경을 줄이는 것도 중요한 것 같아요. 그래서 말인데요. 아까 빛응축폭탄을 배치해 둔 곳 주변으로는 포가 떨어지지 않는다고 했잖아요. 갑자기 떠오른 생각인데, 각 영역이 일제히 이스라엘 영역으로 들어갔을 때 이스라엘이 맞대응할 거예요. 그때 가장 피해를 최소화할 수 있는 방법을 생각해 봤어요."

다들 초집중하는 자세로 사우디아라비아 나라신의 다음 말을 기다렸다.

"빛응축폭탄, 우리가 기를 쓰고 한 개씩 보유하게 된 이 폭탄을 국경에 전진 배치하는 건 어떨까요?"

"뭐요?"

다들 놀라서 입이 떡 벌어졌다.

"그러면 우리 연합군 군대에게 총 이외의 무기를 사용하기 어려울 거예요. 아주 작은 포를 사용할 수도 있겠지만 뒤에 빛응축폭탄이라는 어마어마한 무기가 버티고 있으니까요. 하지만 만약의 경우, 국경에 배치된 폭탄이 터지면 이스라엘도 터지는 영역도 끔찍한 재앙을 맞게 됩니다. 매우 위험한 생각이지요?"

튀르키예 나라신이 황당한 표정을 지으며 사우디아라비아 나라신에게 따졌다.

"여보시오, 나라신! 전쟁을 하자는 거요, 죽자는 거요? 말이 되는 소리를 하시오."

"이스라엘도 살기 위해 하는 전쟁이니 섣불리 우리 군대를 향해 제대로 된 포를 못 쓰게 하기 위한 작전이요."

"그러면 위로 날아다니며 정말 타격하는 방법이나 빛응축폭탄을 넘어서는 장거리 미사일을 사용할 겁니다. 나는 반대에요."

튀르키예 나라신이 반대 의사를 분명히 했다.

시리아 나라신이 갑자기 박수를 쳤다.

"나는 찬성입니다. 좋습니다. 아주 좋은 작전이에요. "

튀르키예 나라신이 손을 흔들었다.

"안 돼요, 안 돼. 이 작전은 너무 위험합니다. 만약 빛응축폭탄이 터진다면 이스라엘도 날아가겠지만 우리 연합군의 한 영역도 날아가는 참상이 발생한다는 겁니다. 여보세요, 시리아 나라신! 나라신의 영역이 날아갈 수도 있다고요. 나는 이 작전은 무조건 반대요."

이라크 나라신이 천천히 입을 열었다.

"전쟁이라는 게 원래 아름답지 않지요. 그리고 승패는 나야 하니까 어느 한 영역이 희생되더라도 이스라엘이 없어진다면 그것도 좋은 선택이 될 수 있겠군요. 질질 끌면서 앞으로 수많은 군대가 희생당하고 수많은 신들이 괴롭힘을 당하는 것보다 낫소. 난 이 작전 찬성이요."

"요르단과 레바논 나라신은 어떻게 생각하시오?"

이집트 나라신이 묻자 두 나라신은 대답을 머뭇거렸다. 이스라엘과 국경을 맞댄 영역이라 만에 하나 빛응축폭탄이 터진다면 자신들의 영역 신들은 거의 소멸되어 사라질 것이기 때문이다.

"이 작전을 찬성하십니까? 아니면 반대하십니까?"

이집트 나라신이 다시 질문했다.

두 영역의 나라신들이 여전히 대답을 망설이자 시리아 나라신이 말했다.

"이스라엘은 원래 미르왕신님 신도의 영역이었어요. 빼앗긴 미르왕신님의 영역을 회복하는 것은 미르왕신님의 영광을 위한 것이니 이 전쟁은 성전이요. 무엇을 망설인단 말입니까?"

'성전'이라는 소리에 한숨과 함께 레바논 나라신이 먼저 대답했다.

"알았소."

뒤이어 요르단 나라신도 마지못해 대답했다.

"예! 성전이니 작전에 따르지요."

사우디아라비아 나라신이 튀르키예 나라신에게 말했다.

"이게 가장 군대의 손실을 줄이고 전쟁을 빨리 끝낼 수 있는 방법이요. 만약의 경우 큰 대가를 치르겠지만 그러지 않기를 기도해야지요."

"아마 그럴 가능성은 희박할 거예요. 이스라엘도 살기 위해 무조건 쏘는 짓은 하지 않을 겁니다. 작은 무기만 가지고 싸우는 것이라면 우리에게 승산이 있습니다."

이집트 나라신도 튀르키예 나라신을 설득하기 위해 말을 보탰다. 이라크 나라신이 나섰다.

"튀르키예는 이스라엘과 좀 떨어져 있어서 상대적으로 좀 안전하지 않소? 여기 연합군의 능력을 믿고 찬성하십시오. 모두 찬성으로 돌아섰는데 나라신만 반대하는 중이요."

튀르키예 나라신이 주변의 나라신들을 돌아보았다.

모두 엄지와 검지 손가락으로 동그라미를 만들어 OK 사인을 보내고 있었다. 튀르키예 나라신은 손으로 머리를 짚으며 말했다.

"후~ 어쩔 수 없군요. 정말 빛응축폭탄이 터지지 않기를 간절히 바라는 수밖에 없군요. 미르왕의 가호가 있기를…….'

튀르키예 나라신의 말에 참석한 나라신들이 박수를 쳤다. 사우디아라비아 나라신이 말했다.

"좋아요. 모두의 의견이 모아졌으니 이제 행동 지침을 정하지요. 먼저 천천히 빛응축폭탄을 이스라엘과 가장 가까운 국경에 설치하십시오. 만약 이스라엘에 이상 행동이 보일 시 아예 이스라엘로 날려 버리세요. 그러면 우리 연합군의 영역은 보존되니까요. 우리는 이스라엘을 향해 쏘니까 포를 마음 놓고 쏘아도 되지만 이스라엘은 우리 연합군에게 마음 놓고 쏘지 못해요. 뒤에 빛응축폭탄이 있으니까요. 그러니까 여러분은 마음 놓고 이 작전에 참여하기 바랍니다. 아시겠지요?"

"예!"

"와—아!"

나라신들이 일제히 환호성을 질렀다.

미르왕 연합국은 이스라엘이 인지하도록 빛응축폭탄을 천천히 국경으로 옮겼다. 마침내 이스라엘을 둘러싸고 있는 모든 영역들이 빛응축폭탄을 국경에 배치하고 설치를 마쳤다.

이스라엘도 놀랐지만 천왕은 더 기겁했다. 이스라엘에서 포를 잘못 쏘아 빛응축폭탄을 건드리게 되면 장담할 수 없는 참사가 벌어지는 것이다. 천왕은 성소부터 떠올렸다.

'성소 때문에 한국 나라신에게 당하는 수모도, 동지 신장이 성소를 책임지라고 쫓아오는 것도 끔찍하다. 어쩌면 성소가 망가져 더 이상 기능을 못 하게 될지도 모른다. 그럼…… 신계는 끝이다. 이승도 끝이다.'

천왕은 이스라엘 나라신에게 홀로그램을 보냈다.

'국경에 접해 있는 영역들이 빛응축폭탄을 국경에 전진 배치했소. 전쟁을 끝내기 위해 협상을 하는 것이 어떻소?'

이스라엘 나라신에게 즉각 답신이 왔다.

'그러고 싶지만 저들이 협상에 응하지 않습니다.'

'절대로 포를 쏘지 마시오. 포가 날아가서 빛응축폭탄을 맞출 수 있소. 모든 군대에 주의를 환기시키시오.'

'이미 그렇게 조치했습니다.'

'내가 저들과 접촉해 보겠소.'

천왕은 사우디아라비아 나라신에게 홀로그램을 보냈다.

'나라신, 이스라엘 일로 이야기 좀 합시다.'

사우디아라비아 나라신에게 답신이 왔다.

'전쟁 중이라 경황이 없으니, 다음에요.'

'전쟁에 관한 이야기이니 지금 해야 하오.'

'이스라엘에 무기나 대지 마시오. 그 무기에 우리 신들이 죽고 있소.'

'협상을 원하오. 전쟁을 멈추면 이스라엘로 무기가 가지 않을 거요.'

'전쟁의 당사자는 이스라엘과 미르왕 연합국이오. 천왕은 무기를 대지 말고 빠지시오.'

'계속 협상을 거부할 경우 경제 제재를 할 것이오. 후회하지 않도록 이쯤에서 협상하도록 합시다.'

'협박하면서 협상을 하자고? 전쟁 끝나고 협상하지요.'

'고집부린 걸 후회할 거요.'

천왕은 요즘 들어 나라신들에게 계속 깨지는 기분이 들었다. 천왕으로서 위신이 말이 아니게 추락하고 있는 걸 몸소 느끼고 있었고 이번에도 마찬가지였다.

'젠장, 나라신들이 천왕 알기를 개털로 알기 시작했어. 전에는 홀로그램만 보내도 알아서 설설 기었는데…… 이게 다 한국 나라신 때문이다.'

천왕이 이스라엘 나라신에게 다른 나라신을 설득해 볼 것을 권유할 생각으로 홀로그램을 띄웠다. 하지만 홀로그램이 이스라엘 나라신에게 닿는 것과 동시에 미르왕 연합군이 사방에서 이스라엘을 향해 쳐들어갔다. 홀로그램을 볼 사이도 없이 이스라엘 나라신은 전쟁 상황을 지휘하기 위해 나섰다.

미르왕 연합군은 마음 놓고 미사일을 쏘면서 큰 무기까지 밀고 들어갔다. 반면 이스라엘은 사거리가 짧거나 아주 긴 미사일밖에 쓸 수 없었다. 국경 가까이에 빛응축폭탄을 배치해 놓아서 자칫 잘못하면 영역이 날아갈 판이었다.

미르왕 연합군은 좋은 무기를 총동원했지만 이스라엘은 가장 성능이 낮은 무기를 써도 무기 면에서는 별 차이가 없었다. 하지만 사방에서 포위하고 들어간 미르왕 연합군이 수적으로 우위에 있었고 지형적으로 유리하게 전개되었다.

이스라엘이 공중에서 정밀타격으로 미르왕 연합군을 타격했지만 방어막이 뚫렸다. 미르왕 연합군은 소멸되는 군신만큼 계속 보충하면서 전진했다. 사방에서 미사일과 포를 쏘며 밑에서 밀고 오는 미르왕 연합군을 이스라엘은 공중에서 휙휙 날아다니며 타격했고 밑에서는 총과 사거리가 짧은 포만 쏘았다. 그래도 이스라엘이 조금씩 밀리자 이스라엘 깊숙한 곳에서 미사일을 쏘기 시작했다. 한참 거리가 떨어진 뒤에서 사거리가 긴 큰 무기를 쓴 것이다. 포탄이 터져도 영역 밖으로 영향이 미치지 않도록 영역 내에서 터지자 자국 영역도 파괴되면서 미르왕 연합군도 같이 피해를 입히는 고육지책이었다.

이스라엘은 사방에서 날아오는 포를 일부 막아내고 일부는 파괴당하면서 지금껏 겪어본 적 없는 이상한 전투를 경험하고 있었다. 빛응축폭탄이 국경에 떡 버티고 있어서 적을 마음대로 공격할 수도 없고 작전도 마음대로 할 수 없는 형편이었다. 공중에서만 유일하게 목표물을 정확하게 타격할 수 있었고 기단 위에서는 총과 간단한 폭탄 외에는 쓸 수 없었다.

이스라엘 나라신은 답답했다. 지금껏 일방적으로 미르왕 신도들의 영역을 마음만 먹으면 원하는 만큼 박살 내 왔었다. 그런데 빛응축폭탄을 국경에 바싹 붙여 배치해 놓고 국경을 넘어와 설쳐대고 있는 미르왕 연합군들에게 자국의 군대도 소멸되고 영역도 파괴되면서 신들이 소멸되는 것을 보자 눈이 뒤집혔다. 이스라엘 나라신은 수시로 장군들을 불러서 회의했다.

미르왕 연합군도 역시 전쟁이 생각처럼 풀리지 않는 것은 마찬가지였다. 밑에서는 생각대로 이스라엘의 뛰어난 성능의 무기를 못 쓰게 하는 데 성공했지만, 공중에서 족집게처럼 목표물을 정해 날아오는 것은 피할 수가 없었다. 예상대로라면 이스라엘의 피해가 많아야 했지만, 상황은 오히려 반대였다. 포탄을 피해서 빛응축폭탄 가까이 있으면 폭탄이 날아오지 않았지만 멀리 떨어진 이스라엘 군대를 공격하기엔 너무 거리가 멀었다. 휴대용 미사일을 날리는 게 미르왕 연합군의 한계였다. 전진하지 못하면 전쟁의 의미가 없었기에 미르왕 연합군도 답답하긴 마찬가지였다. 미르왕 연합군도 나라신과 장군들이 수시로 모여서 회의를 했다.

이스라엘이 공격하는 유형에 따라 미르왕 연합군의 수비가 바뀌었고 미르왕 연합군의 공격에 따라 이스라엘의 대응도 각각 달랐다. 일진일퇴를 거듭했지만, 어느 한쪽이 우세를 점하지 못한 채 공방전이 계속됐다.

이스라엘이 공중으로 포를 퍼붓자 재빨리 미르왕 연합군이 각 영역의 빛응축폭탄의 주변으로 몰려 있었다. 이스라엘은 더 이상 포를 쏘지 않았고 자신들의 영역 안으로 물러갔다. 그러자 물러가는 이스라엘 군의 뒤를 따라 미르왕 연합군의 각 영역에서 이스라엘의 한 지점을 향해 미사일을 쏘며 달려들었다. 그곳은 이스라엘 영역 중에서 가장 신들이 많이 모여 사는 곳이었고 가장 번화한 곳이었다.

깜짝 놀란 이스라엘 군대가 미르왕 연합군을 막으려고 단거리 미사일을 쏘며 막아섰지만 이미 작정하고 대량의 포를 사방에서 쏘며 달려든 미르왕 연합군에게 도시의 한쪽이 왕창 붕괴되어 버렸다. 그곳에는 이스라엘 나라신이 있던 곳과 아주 가까웠고 이스라엘의 주요 시설들이 일부 마비되는 사태까지 발생하였다.

사태가 이쯤 되자 이스라엘 나라신과 군대는 보복 차원에서 지금까지 빛응축폭탄 때문에 자제해 왔던 강력한 무기를 꺼내 들었다. 이미 한차례 포탄을 다 쏟아부은 미르왕 연합군은 썰물처럼 빠져나가고 있었다. 미르왕 연합군들이 빛응축폭탄이 있는 자신들의 영역과 이스라엘 영역의 경계선에 다다랐을 때였다. 이스라엘에서 발사한 강력한 미사일이 그들을 향해 날아왔다.

빛응축폭탄을 믿고 안심하고 있던 미르왕 연합군들은 눈앞에 날아오는 미사일을 보고도 믿을 수 없었다. 이 미사일은 이스라엘과 국경이 맞닿아 있는 네 영역에 동시에 터졌다. 자신들이 있는 곳 바로 옆과 뒤에 있는 빛응축폭탄을 보며 미르왕 연합군의 군대가 터지는 폭탄의 빛에 소멸되고 있었다. 각 영역에서 한꺼번에 수천 명에 달하는 군신들이 빛에 소멸되고 아수라장이 되는 와중에 시리아의 빛응축폭탄이 미사일의 영향을 받았다. 결국 시리아 국경에 있던 빛응축폭탄이 터졌다.

폭발은 시리아와 이스라엘 국경을 넘어 이스라엘 북부를 빛으로 집어삼켰다. 빛은 치명적이고 광범위하게 퍼져 나갔다. 위로 퍼져 나가던 빛은 레바논과 이스라엘 국경 사이에 배치된 빛응축폭탄도 집어삼켰다. 이 빛응축폭탄이 터지면서 레바논도 빛 속에 잠기고 이스라엘도 반 이상이 새까맣게 그을리며 초토화되었다.

두 개의 빛응축폭탄이 터지면서 소멸된 신의 수는 수백만 명에 달했고 레바논은 거의 빛에 노출되어 신의 숨소리가 들리지 않을 정도였다. 이스라엘도 동쪽의 일부만 멀쩡할 뿐 중부와 북부 영역은 생명의 소리가 완벽하게 지워졌다. 시리아도 이스라엘과 접한 동쪽의 광범위한 영역이 빛에 노출되며 많은 신들이 소멸되었다.

빛응축폭탄이 터지면서 직접적인 영향을 받은 영역은 물론이고, 신계의 모든 나라신들도 놀랐는데 그중에서도 천왕이 제일 놀랐다. 빛응축폭탄을 사용하면 안 된다고 동지 신장의 요청으로 천상 회의까지 한 후에 일어난 일이라 성소부터 걱정되었다. 천왕은 홀로그램을 띄우고 이스라엘 영역을 샅샅이 훑어보았다. 왼쪽 끝부분만 멀쩡할 뿐 생각보다 이스라엘의 타격은 심각했다. 천왕은 고개를 절레절레 흔들었다.

'회생 불가능하다.'

홀로그램을 레바논으로 올렸다. 영역이 작은 레바논은 온통 시커멓게 그을린 상태여서 참담한 모습이었다. 천왕은 한숨을 내쉬었다.

"맙소사!"

시리아로 홀로그램을 옮기자 국경이 있던 동쪽이 광범위하게 그을려 있었고 빛에 노출된 곳은 그저 검은색뿐이었다.

'작은 영역들이 붙어 있어서 단 두 개가 터졌을 뿐인데 엄청난 피해를 가져왔구나.'

요르단부터는 피해가 없었다. 하지만 빛응축폭탄의 위력을 본 요르단과 이집트는 빛응축폭탄을 이스라엘 국경에서 이동하여 후방 한적한 곳에 멀찍이 이동시켜 배치했다.

갑자기 천왕의 정신이 번쩍 들었다.

'이래서 동지 신장이 빛응축폭탄을 제거하라는 것이었구나. 재해로도 전쟁으로도 터질 수가 있으니까……. 성소는?'

천왕은 성소로 순간 이동을 했다.

정화의 숲 외벽에 다다르자 그곳에 동지 신장과 추분 신장, 백로 신장, 그의 신관들 여러 명이 나와서 막을 살펴보다가 천왕이 보자마자 천왕 주위로 몰려들었다. 신장과 신관들이 험상궂은 표정으로 모여들자 천왕은 직감적으로 뭔가 잘못되었음을 깨달았다.

다짜고짜 동지 신장이 버럭 소리를 질렀다.

"내 말을 개 짖는 소리로 들었는가, 천왕! 빛응축폭탄이 더 터지면 성소가 위험하다고 했었다. 그런데 전쟁을 막지도 못하고 기어이 빛응축폭탄이 터지도록 방치했다. 그러고도 천왕이냐? 이것을 보아라."

동지 신장이 손으로 가리킨 곳의 막이 너덜너덜해져서 사이사이로 조금씩 안이 들여다보였다.

"오! 맙소사!"

천왕은 자신도 모르게 절망의 탄식을 내뱉었다. 추분 신장이 인상을 쓰며 화를 냈다.

"바보 같으니…… 결국 이 신계를 파멸로 몰고 가는구나. 그렇게 경고했음에도 들어먹질 않다니. 이제 신계도 인간계도 장담할 수 없게 되었다."

백로 신장도 구멍 뚫린 막을 가리키며 분노했다.

"이것을 보아라, 천왕! 신들의 욕심이 모든 걸 파괴시켰다. 한심하게도 욕심에 눈이 멀어 정작 무엇이 중요한지 모르고 자신들을 죽음으로 몰고 가는구나. 이제 돌이킬 수 없다. 모두 사라질 운명을 기다리는 것뿐이다."

신관 한 명이 나섰다.

"신장님! 한국 나라신이 있지 않습니까? 한국 나라신에게 고쳐 달라고 하면 되지 않을까요?"

동지 신장이 단호하게 대답했다.

"늦었다. 이전에 입은 상처를 치료하기도 전에 또다시 화상으로 막이 뚫려버렸으니 한국 나라신 혼자 힘으로 치료가 불가능할 것이다.

240

삼대 성소 모두가 지독한 화상을 입어서 이젠 어떤 치료도 힘든 상황이다."

동지 신장은 천왕을 매섭게 쏘아봤다. 천왕에게 고치라고 추궁할 단계가 아니라서 아예 고치라고 추궁조차 하지 않았다. 그저 원망과 분노를 담아서 쏘아볼 뿐이었다.

추분 신장이 혼잣말처럼 중얼거렸다.

"기록관은 거의 치료가 되었다고 했는데 이번 폭발로 또 피해를 입었다고 하지여."

"그렇다는군여."

백로 신장이 힘없이 대답했다.

머릿속이 하얘진 천왕은 할 말을 찾아 헤매다 겨우 입을 뗐다.

"정말…… 방법이 없을까요? 뭔가 방법이 있지 않을까요?"

추분 신장이 천왕을 쏘아보며 말했다.

"아직도 눈앞의 현실을 받아들이지 못하는가? 지금은 한국 나라신이 세 명이라도 안 된다. 그냥 상처만 났을 때와 구멍이 뚫렸을 때와는 완전히 다르니까. 회복할 수 있는 기회를 한 번 줬는데 그 한 번까지 날려 먹다니 바보 천치들."

천왕이 망연하게 뚫어진 막을 쳐다보자 신장들은 천왕을 뒤로한 채 모여서 회의를 시작하였다. 홀로그램을 띄우고 기록관과 천 개의 방 신장들과 소통하면서 회의를 진행했지만, 성소를 고칠 뾰족한 방법은 나오지 않았다. 답답한 상황 속에서 하지 신장이 질문했다.

"우리 기록관이 기능을 멈추면 이승으로 내려가는 신들의 인과 관계를 계산할 수 없고 신계의 기록과 인간계에서의 기록을 할 수 없어요. 그야말로 대혼란이 일어날 수밖에 없는데요. 만약 천 개의 방이나 정화의 숲이 기능을 멈추면 어떤 일이 발생하나요?"

천 개의 방 대표 신장인 동지 신장이 대답했다.

"천 개의 방은 신들이 죄의 경중에 따라 벌을 받는 곳이지요. 만약 엄청난 죄를 짓고도 아무런 죄를 받지 않는다면 착한 사람들과 약한 신들은 악한 사람들과 힘센 신들의 먹이가 되고 장난감이 될 것이요."

추분 신장도 정화의 숲에 대해서 대답했다.

"정화의 숲은 말 그대로 신계의 기억, 인간계에서의 전생의 기억을 지우는 작업을 해요. 가끔 덜 지워진 상태에서 인간계로 내려가는 경우도 있는데 그런 경우는 극히 드물고요. 만약 전생의 기억을 다 가지고 신계에서의 기억을 다 기억하는 상태로 인간계로 간다면 사람들은 새로 배워야 할 게 별로 없을 거고 머리에 질병이 많이 생길 거예요. 뇌에 질병이 생기면 사람의 몸에 부작용이 오지요. 가장 중요한 건 인간계로 내려가는 통로 역할을 하는 정화의 숲이 기능을 못 하면 인간계로 내려가는 생명도 없다는 겁니다."

동지 신장이 말했다.

"삼대 성소 어느 한 군데 소중하지 않은 곳이 없어요. 그런데 이 모양이 되었으니 어쩌죠? 이 상태는 한국 나라신도 손을 못 댄다고요."

"그래도 일단 한국 나라신에게 어디까지 치료가 가능한지 확인하고 대책을 세워야 하지 않을까요?"

달리 방법이 없는 상황이라 추분 신장의 말에 모두 수긍하는 반응을 보였다. 동지 신장이 한국 나라신에게 홀로그램을 보냈다.

잠시 후 정화의 숲 외벽에 한국 나라신이 나타났다. 신장과 신관들의 눈이 일제히 한국 나라신에게 쏠렸다. 동지 신장이 반갑게 인사를 했다.

"어서 오세요, 나라신!"

백로 신장과 추분 신장도 최대한 공손하게 인사했다.

"반갑습니다, 한국 나라신!"

"어서 오세요. 성소를 치료해 주셔서 감사합니다."

자신을 쌀쌀맞게 대하는 것과는 대조적인 태도로 한국 나라신을 맞이하자 배알이 틀린 천왕이 신장들 뒤에서 퉁명스럽게 말했다.

"나는 필요 없는 것 같으니 가겠소."

동지 신장이 뒤돌아보았다.

"아직 안 가고 있었는가?"

추분 신장과 백로 신장도 차갑게 한마디씩 했다.

"있어 봤자 할 일도 없는데 가버리는 게 낫지."

"능력도 없는데 아직까지 천왕 자리에 있다는 게 신기하네."

신장들의 빈정거림을 들으며 천왕은 사라졌다. 신장들이 다시 한국 나라신에게 고개를 돌렸을 때 한국 나라신은 빛에 훼손된 막을 들여다보며 한숨을 쉬고 있었다.

"아~! 이를 어쩐다. 이제 정말 구멍이 나 버렸네."

"이번 이스라엘 전쟁에서 빛응축폭탄이 두 개나 터지는 바람에 이 모양이 되었어요. 나라신이 애쓴 보람도 없이 성소가 아예 구멍이 나 버렸어요. 그래서 지금 회의를 하고 있던 참이었는데요. 나라신의 능력으로 치료가 가능할까요?"

한국 나라신이 고개를 갸우뚱거렸다.

"상처 치료도 더디게 됐는데 아예 구멍 난 것을 치료할 수가 있을까요? 아무래도 힘들 것 같아요."

한국 나라신의 말에 그 자리에 있던 신장과 신관들, 홀로그램 속의 신장들이 일제히 절망의 탄식을 토해냈다.

"아! 마지막 희망의 불씨마저 꺼져버렸네요."

"어쩜 좋아. 이제 신계는 끝장이야."

"오, 세상이 끝나는구나. 이제 남은 건 영원한 죽음을 기다리는 것뿐이다."

신장들이 웅성거리는 사이에도 한국 나라신은 손을 뻗어 성소의 상처를 치료하고 있었다.

"이런다고 치료가 되진 않겠지만, 안 하는 것보단 나을 거예요."

한국 나라신의 말에 추분 신장이 부탁했다.

"설령 치료가 부질없더라도 한국 나라신을 보면 믿음이 생겨요. 부디 성소를 떠나지 말아 주세여."

"부디 성소를 부탁드려여. 우리가 한 가닥 희망이라도 가지려면 한국 나라신이라도 옆에서 치료하는 걸 봐야 하거든요. 제발 부탁이에여. 지금 가장 많이 훼손된 성소가 이 정화의 숲이에여."

백로 신장이 간절하게 요청하자 한국 나라신이 대답했다.

"신장님의 말씀이 전적으로 옳아요. 문제는 제가 이곳에 있어도 성소를 고칠 수가 없다는 겁니다. 저도 망해가는 이 신계를 여러분들과 같이 지켜봐야 하는 입장이라고요."

동지 신장이 나지막한 소리로 말했다.

"나라신은 특별하니 혹시 모르지여. 이 신계를 구할 수 있을지도요."

"하─아. 이번엔 어렵겠습니다. 동지 신장, 이것 보세요."

한국 나라신이 두 팔을 뻗은 곳으로 신장들의 눈이 쏠렸다.

"상처가 심해서 빛이 닿아도 회복이 되지 않고 있어요. 표피가 거의 반응을 하지 않습니다."

한국 나라신의 말대로 빛에 닿은 부분이 미세하게 움직이고는 있지만 치료가 된다고 볼 수 없을 정도로 효과는 미미했다.

"예, 그렇군여. 그런데 그나마도 치료가 가능한 신이 한국 나라신뿐입니다. 우리는 나라신에게 간절히 부탁할 수밖에…… 방법이 없군요."

"되든 안 되든 끝까지 최선을 다하지요. 어떤 변수가 생길지도 모르니까요."

"감사합니다."

동지 신장을 비롯해서 추분, 백로 신장과 홀로그램 상의 신장들이 합창하듯이 대답했다.

"여기부터 해야 하나요? 아니면 기록관부터 해야 하나요?"

한국 나라신의 질문에 홀로그램 안에서 청명 신장이 대답했다.

"당연히 기록관이 먼저지요. 거의 끝나가던 치료가 이번 빛응축폭탄의 폭발로 다시 상처가 났어요. 완전히 구멍 뚫린 건 아주 적으니까 이쪽부터 치료해 주세요, 나라신이시여!"

한국 나라신이 동지 신장을 바라보자 동지 신장이 다른 신장들을 돌아보고는 고개를 끄덕였다.

"그러시오. 어차피 한 개라도 기능을 못 하면 다 끝나니까 어디를 먼저 하든 늦게 하든 상관없을 것 같군요."

"그래요. 알겠습니다. 최대한 기록관을 치료해 보도록 하지요."

한국 나라신이 기록관으로 이동하고 신장들은 남아서 다시 회의를 했으나 답이 나오지 않자 답답한 마음을 안고 각자의 일터로 복귀했다.

기록관 앞에 선 한국 나라신은 한숨이 나왔다. 꽤 오랜 시간 치료해 온 부분이 다시 화상을 입어 벌겋게 데어 있었고 두세 군데는 녹아서 구멍이 조그맣게 나 있는 상태였다. 먼저 구멍이 나 있는 곳에서 치료를 시작했다. 작은 구멍이라 더 녹는 걸 막고 주위의 상처가 아물면 구멍도 메워질 수 있을 것이란 희망을 가져 보는 것이다.

홀로그램을 띄워서 한국 영역의 관리신들에게 자신이 성소의 치료를 하고 있음을 알렸다. 치료를 하면서 이런저런 생각을 하다가 문득 인간계가 궁금해졌다. 신계가 이 모양이면 인간계도 엉망진창일 건 뻔했다.

치료를 하면서 홀로그램을 띄우고 인간계를 보았다. 먼저 빛응축폭탄이 터진 중동 지역, 이스라엘로 가서 확대시켰다. 이스라엘과 시리아 접경지를 보았으나 움직이는 것이 아무것도 없었다.

"에잇…… 멍청한 인간들."

홀로그램을 지우고 성소 치료에 몰두하였다.

밤이었다. 멀리서 별들이 아스라이 빛나고 있었다. 별은 여전히 밝게 빛나고 있었지만, 웬일인지 미세하게 떨리는 것 같았다. 한국 나라신은 자신의 손과 팔, 몸을 살펴보았다. 그 떨림은 별이나 자신에게서 나타나는 게 아니었다. 아주 미세했지만 분명 기단이 떨리고 있었다. 한국 나라신은 화들짝 놀랐다. 집중해서 소리를 들어 보았다. 성소도 아니었고, 한국의 영역도 아닌 다른 곳에서 떨림이 전해져 오고 있었다.

'얼마나 큰 기단 변동이 있으려고 이렇게까지……..'

기록관 앞 신장과 신관들 사이에 한국 나라신이 있었다.

구멍이 뚫린 기록관 앞에서 한국 나라신의 손끝을 바라보던 신장들이 고개를 흔들었다. 구멍 난 가장자리에 아무리 빛을 대도 전혀 반응이 없었던 것이다. 한국 나라신이 뒤로 물러났다.

"제 능력 밖의 일인 것 같습니다."

춘분 신장을 비롯해서 신장들과 신관들의 얼굴이 절망으로 가득했다. 한국 나라신은 작게 나 있는 구멍을 바라보며 절망했다.

"기록관의 구멍이 제일 작은데도 손을 못 대는데 다른 두 성소는 더 큰일이네요."

"그나마 한국 나라신이 최후의 보루였는데…… 어쩌지."

춘분 신장이 안타까움에 말을 잇지 못했다.

망연자실하게 구멍 난 성소를 바라보며 한국 나라신은 앞으로 닥칠 일에 대해 생각해 보았다. 당장 뚫린 구멍으로 외부의 공기가 들어가면 어떻게 되는지 궁금해졌다.

"외부의 공기가 들어가면 성소에 어떤 변화가 생길까요?"

춘분 신장이 대답했다.

"그런 적이 없어서 어떤 일이 벌어질지 예상할 수가 없어여."

"아직은 정상적으로 돌아가고 있지만 차츰 성소의 하는 일이 멈추지 않을까요?"

소만 신장이 조심스럽게 말을 꺼내자 청명 신장도 한마디 했다.

"기록관의 구멍은 조그맣지만 다른 성소의 구멍은 크더군요. 이 정도면 어떤 재질이라도 갖다 붙이고 시간을 좀 벌면서 해결책을 찾아봐도 되지 않겠어요?"

"해결책이 있을까여? 성소는 신계에 있는 걸로 만들어진 게 아니라 이승의 재질이요."

추분 신장의 말에 모두 낙심했다.

"그렇지, 그래. 그래서 신계의 재질로는 막아지지 않는 거여."

한국 나라신이 고개를 갸우뚱거렸다.

"전부터 궁금했던 건데요. 어떻게 이승의 재질이 신계에 와 있지요?"

"그건 우리도 모르죠. 아주 아득한 옛날부터 있던 거니까여."

"뭐라도 해봐야지여. 아무것도 안 하고 망하는 거 지켜만 보고 있을 건가요?"

청명 신장의 맑은소리가 축 처진 분위기를 조금은 살려주었다.

"그래요. 뭐라도 해야지요. 우리는 신장이여. 성소가 없으면 우리의 존재도 무의미해집니다."

소만 신장의 맞장구에 추분 신장이 고개를 끄덕였다.

"당연히 모든 노력을 기울여야 하겠지만 한국 나라신도 치료를 못하니 매우 암담한 심정이요."

한국 나라신이 다시 질문했다.

"저~ 그래도 신장이시니 성소가 기능을 못 했을 때 어떤 현상이 일어나는지 일반 신들보다 좀 더 아실 겁니다. 일반 신들은 어떻게 대처해야 할까요?"

신장들이 서로 쳐다보며 난처한 표정을 지었다.

"제가 나라신으로서 혹시 성소가 기능을 못 했을 때 영역 내의 신들에게 할 수 있는 일이 있을까 해서 질문한 겁니다. 저도 우리 영역의 신들을 위해서 뭐라도 해야 하니까요."

한국 나라신의 거듭되는 질문에 청명 신장이 대답했다.

"당장은 아니겠지만 서서히 이상 현상이 일어날 거예요. 지금까지 없었던 일이 벌어질 텐데 대처할 수 있는 방법이 있을까요? 우리도 어떤 일이 일어날지 몰라서 두렵고 무서워여."

"그 전에 어떤 해결책이 나오면 좋겠군요."

한국 나라신의 말에 춘분 신장이 대답했다.

"왕신들의 책임감이 한국 나라신만큼만 돼도 덜 속상하겠어여. 왕신이라고 하나같이 무능력하고 위세만 부리려고 하니 꼴사납군요. 한국 나라신의 능력이 좀더 배가되어 뚝딱 고쳐 주었으면 정말 좋겠습니다."

신장들의 바람에 부응할 수 없고, 더 이상 성소에 머무는 의미가 없어지자 한국 나라신은 한국 영역으로 돌아왔다.

지금까지 한 번도 없었던 엄청난 일이 벌어질 것이다.

어려울 때 생각나는 것은 오랜 지기들이었다. 한국 나라신은 이서경과 서금화, 윤검군을 불렀다. 인사도 하는 둥 마는 둥 한국 나라신은 성소의 현재 상태와 앞으로 닥칠 위급 상황에 대해 설명했다.

"이미 성소가 구멍이 나고 상처가 났다는 건 신계 전체가 알고 있지만 아직 아무런 징조도 보이지 않고 있어요. 성소에 어떤 변화가 나타나고 기능을 상실하기 전에 고치거나 아니면 우리 영역이라도 지킬 방법이라도 찾아야 할 것 같아서 여러분들을 불렀어요."

서금화가 나섰다.

"왕신들의 무능력은 이미 밝혀졌고 나라신의 능력으로도 치료가 불가능한 겁니까?"

"네."

윤검군이 안타까운 마음을 드러냈다.

"성소의 치료는 나라신밖에 할 수 없는데 나라신이 못하면 어떡합니까?"

"그러게요. 매우 난감합니다."

이서경이 걱정했다.

"신들의 걱정이 큽니다. 삼대 성소가 기능을 못 하면 인간계나 신계나 다 무너지니까 결국 멸망하는 겁니다. 이 세계가 참담하게 막을 내릴 수도 있겠군요."

"아직 아무 일도 일어나지 않았어요."

나라신의 말에 이서경이 다시 말을 이었다.

"이승과 저승의 고리가 끊기면…… 내가 이승으로 내려갈 수나 있으려나? 어휴~ 태어나는 아기도 없을걸요? 그래선 안 됩니다."

"그래선 안 되는데 어떤 방법이 있을까요?"

"고치는 건 완전히 포기한 건가요?"

윤검군이 나라신에게 질문했다.

"절대로 포기할 순 없죠. 하지만 신계의 재질로는 안 돼요. 성소가 이승의 재질이라서요. 이미 신장들이 신계의 온갖 재질을 갖다 붙여 봤대요. 성소가 다 거부하는 바람에 지금 매우 어려운 상황입니다. 이 대로 둘 순 없는데 방법을 모르겠어요."

"이승의 재질이면 어떤 재질인가요?"

서금화의 질문에 나라신이 대답했다.

"아마 커다란 짐승의 가죽을 얇게 펴서 생명력을 불어넣은 것 같아요. 확실하지는 않지만요. 그래서 천 개의 방이 늘어나기도 하고 줄어들기도 하고 신축성이 좋아요. 성소 자체가 숨 쉬는 생명체거든요. 그래서 제가 치료를 할 수 있었던 거예요."

서금화가 고개를 끄덕였다.

"이승의 물건을 신계로 들여올 수 있나요? 무게가 없는 형체만 들어올 수 있잖아요."

"그러니까 안 돼요. 신계는 자체 막이 있어서 인간계의 물질이 들어오면 막이 찢길 거고, 무거워서 들어올리기도 힘듭니다."

이서경이 낙담하여 말했다.

"아이구~ 결국 성소 치료는 물 건너간 거군요. 그래도 굳이 기대를 한다면 나라신의 능력밖에 없어요."

나라신이 대답했다.

"망가지고 훼손된 것은 치료가 가능한데 아예 없는 것은…… 어! 그러고 보니 없어진 다리도 되살려냈는데 성소는 왜 안 되지?"

윤검군이 재빠르게 나섰다.

"제 얘기가 그 얘기예요. 나라신의 능력이면 구멍 난 성소도 당연히 치료가 되어야지요."

"맞아요. 성소 치료도 더디기는 하지만 치료가 되고 있었잖아요. 그러니 나라신의 능력으로 성소를 되살릴 수 있을 거예요."

서금화도 윤검군의 말에 맞장구를 쳤지만 나라신이 제동을 걸었다.

"그게 말이죠. 신들을 치료하는 것과 성소를 치료하는 것과는 상당히 차이가 있어요. 신들은 윤회를 거듭하면서 항상 새로운 생명체로서 생생하지만, 성소는 알 수 없는 긴 세월을 견뎌왔거든요. 신장의 말로는 늙어서 치료가 더딘 것 같다고 했어요. 상처 난 치료도 그런데 구멍 난 곳은 아예 빛에 반응도 안 해요."

이서경이 절망의 소리를 내뱉었다.

"아-유~ 그럼 어쩐답니까, 나라신? 그나마 지금의 희망은 나라신뿐이잖아요?"

"내 능력이 닿지 않아요. 어떤 혼란이 일어날지 모르니까 그 혼란을 최소화할 수 있게 대책을 세워 주세요. 닥쳐서 우왕좌왕하기 전에요."

서금화와 윤검군이 외마디 비명을 질렀다.

"아이쿠! 성소가 기능을 못 하면 우리가 할 수 있는 게 있을까요?"

"어떤 일이 일어날지 예측조차 못 하겠는데요."

이서경이 말했다.

"구멍이 뚫렸지만 아직 아무 일도 일어나지 않았어요. 나라신 말씀은 뚫린 성소 안에서 어떤 일이 발생하기 전에, 최악의 상황이 닥치면 우리 영역의 피해를 최소화시키라는 거잖습니까?"

"네, 바로 그거예요. 아직 성소의 뚫린 구멍에 반응이 없지만 신장들 말로는 외부 공기가 성소 안으로 들어가면 내부의 변화를 막을 수 없다더군요. 그 변화는 누구도 막을 수 없을 거라면서 절망하고 있어요. 변화가 일어날 때까지 조금의 시간은 있으니까 그 시간에 최선의 대책을 세워서 대비해 달란 말씀입니다."

이서경이 대답했다.

"알겠습니다. 하지만 어떤 일이 발생할지 모르는 상황에서 막연히 대비책을 마련한다는 건 너무 경우의 수가 많군요.”

“막막하다는 거 압니다. 하지만 속수무책으로 당할 순 없어요. 영역을 지키고 우리 신민들을 지키는 데 최선을 다해야지요.”

서금화가 말했다.

“성소의 특성을 파악하고 경우의 수를 도출해야겠어요. 미국은요? 천왕도 대책을 세울 텐데 그쪽은 어떤 식으로 준비를 하는지 아십니까?”

나라신이 고개를 흔들었다.

“왕신들이 성소를 책임지지 않으니 이 지경이에요. 우리와 마찬가지로 무대책인 걸로 알고 있어요. 아무래도 전대미문의 일이라 예측 자체가 힘드니까요.”

이서경이 나라신에게 부탁했다.

“미국을 비롯해서 우방국들도 대책을 세울 겁니다. 그들과 연계해서 준비하는 방법도 고려하지요. 나라신도 천왕과 접촉하셔서 대책을 한 번 알아봐 주세요.”

나라신이 씁쓸한 표정을 지었다.

“하~ 그게…….”

“왜 그러십니까?”

“아닙니다.”

“천왕과 만나는 게 껄끄러우신 거군요.”

나라신이 말없이 고개를 살짝 끄덕였다.

“어차피 소득이 없을 것 같아서요.”

“하긴…… 그럴 만도 합니다.”

기대는 없었지만 그래도 다른 영역과의 공조는 중요한 일이었다.

"천왕은 내가 만나 볼 거고요. 다른 영역과의 협조는 여러분이 힘써 주세요."

내키지 않았지만 천왕에게 홀로그램을 보내자 즉시 홀로그램이 떴다. 홀로그램으로 천왕과 한국 나라신이 만났다.

천왕은 굳은 표정으로 인사했다.

"웬일이요? 한국 나라신이 나에게 홀로그램을 다 보내고요?"

"모든 것을 초월해서 지금의 위기를 공유하고 대책을 공동으로 마련하고자 자리를 마련했습니다."

천왕의 눈이 휘둥그레졌다.

"성소의 위기를 공동으로 대책을 마련하자고요?"

"그렇습니다."

"어떻게요? 성소 때문에 가슴이 답답한데 한국 나라신이 대책을 마련하자는 것이면 어떤 좋은 방법이라도 있소?"

한국 나라신은 괜히 천왕과 만났다는 생각을 했다.

"신장들이 성소가 무너지는 건 시간문제라고 하더군요. 그 전에 영역을 위해서 신들을 위해서 뭔가 할 수 있어야 하지 않겠습니까? 피해를 최소화할 수 있는 방법이요. 내가 머리가 나빠서 지금 해결책을 못 찾고 있어요. 혹시 천왕은 묘책이 있을까요?"

천왕은 한국 나라신을 쳐다보다 입을 열었다.

"역시 한국 나라신이요. 이 와중에도 그런 생각을 하다니……. 나도 그 생각을 하던 중이요. 하지만 피해를 최소화하는 것도 성소가 그나마 기능을 일부라도 하고 있을 때 가능한 거요. 완전히 기능을 못 한다면 피해를 최소화하기 위한 설정은 의미가 없어요. 이승에서 아기가 태어나는 일도 없을 거고 신계로 들어오는 신도 없을 테니까요."

한국 나라신은 천왕의 말에 동의했다.

"그래도 천 가지, 만 가지 경우라도 생각해서 멸망은 막아야지요."

"돌려 말하지 않겠소. 수천 가지 경우의 수를 다 생각해 봐도 성소가 기능을 못 하면 다 부질없어요. 그래서 내 생각의 마지막은, 멸망은 한국 나라신만이 막을 수 있을 것 같소. 한국 나라신이 신계에 들어올 때부터 떠돌던 전설의 신이라면 말이오. 전설대로 된다면 한국 나라신이 이 세상을 구할 것이요. 돌아가는 양상이 전설대로 되어 가고 있으니까 한국 나라신이 전설의 신이 되는 것은 필연인 것 같소."

"이런 말씀을 듣자고 보자는 게 아닙니다. 내게는 구멍 난 성소를 치료할 능력이 없어요. 물론 그 전설의 신도 아니고요. 그러니 성소가 기능을 완전히 멈추기 전에 신들을 구제하는 대책을 세우자는 겁니다. 우리 영역의 관리신들에게도 대책을 세우라고 해놨지만, 워낙 사안이 중대한지라 각 영역의 좋은 생각들을 모아서 대비하자는 거지요."

"만약 성소가 기능을 다 잃고 한국 나라신이 그 전설의 신이 아니라면 이 세상은 멸망할까요?"

한국 나라신은 말문이 막혔다.

'젠장, 저게 천왕이 할 소린가?'

"내가 성소를 치료할 능력이 없으니 신장들에게 욕도 많이 먹고 생각을 많이 하게 되더군요. 욕먹으면서 종교의 왕신들 원망도 많이 하고 속으로 욕도 많이 했어요. 차라리 천왕이 아니었으면 좋겠다는 생각까지 할 정도였죠. 책임감 없는 자연왕은 어떨지 모르겠지만 나는 그냥 한숨만 나옵디다. 모든 것이 사라지는 멸망이 아니라면 한국 나라신이 전설의 신이 되는 것도 나쁘지 않을 거요. 그런데 한국 나라신에게서 그런 맥 빠진 말을 듣게 되니까 다시 기분이 가라앉고 있어요."

"상황을 정확하게 인지하셔야 합니다. 나는 있는 그대로 말씀드렸어요. 성소의 뚫린 구멍을 막을 아무런 힘이 없다고요."

천왕이 고개를 숙였다.

"미국의 자존심은 곧 나의 자존심이었소. 그래서 한국 나라신이 전설의 신이라는 것도 처음엔 솔직히 인정하기 싫었소. 하지만 우리 영역이 세상에 존재하고 내 영역도 존재하고 내 신민들도 사는 방법, 만약 내가 왕신의 자리에서 내려간다 해도 그다음 생을 살려면 이 성소가 존재해야 하고 신계가 존재해야 하오. 이건 내 문제뿐만이 아니라 모든 신들의 문제이기도 하지요. 그래서 마지막으로 한국 나라신이 전설의 신이 되어 성소를 치료해서 보란 듯이 이 세상을 구제해 주는 영웅이 되어 전설을 완성하는 그림이었으면 좋겠소."

한국 나라신이 웃었다.

"웃으면 안 되는데…… 천왕의 말씀에 웃음이 나네요."

"웃지 마시오. 이런 말을 하는 나도 처참한 기분이니까. 일전에 나라신이 전쟁을 중지시키라고 요청한 걸 흘려들은 걸 후회하고 있소. 마지막 한 번의 기회라는 동지 신장의 조언을 묵살한 것도 후회되구요."

"만약 천왕의 바람대로 내가 전설의 신이 되면 세상은 구해질 수 있겠으나 보시다시피 난 그냥 한국 나라신일 뿐입니다. 아무런 색도 없고 새로 생긴 능력도 없어요. 없는 가능성에 희망 고문하지 마시고 최악에 대비한 대책을 마련하는 데 시간을 쓰십시오."

"여보시오, 나라신! 시간이라고 했소? 시간이 누구 편인지 좀더 두고 보면 알겠군요."

"무슨 말씀입니까?"

"만약 우리가 아무것도 하지 못한 채 성소가 기능을 멈춘다면 세상은 멸망할 거요. 성소가 기능을 멈추기 전에 한국 나라신의 능력이 더해져서 성소를 고치는 전설의 신이 된다면 세상은 구해지겠지요. 시간이 어느 편일까요?"

"시간……!"

"전설대로 흘러가고 있으니 나라신도 조금 기대하고 있잖소?"

한국 나라신이 손을 흔들었다.

"아닙니다. 난 그런 거 생각할 시간에 최악을 대비해야 한다고 생각해요."

"최악이면 멸망인데 뭘 준비한들 필요 없잖소."

한국 나라신은 치밀어 오르는 화를 누르며 천왕을 노려보았다.

"불필요한 일로 관리신들을 괴롭히는 건 내 취향이 아니오."

"알겠습니다. 그럼 불필요한 일은 나 혼자 하는 걸로 하지요. 안녕히 계시오."

한국 나라신은 천왕과의 대화를 후회했다.

# 악다귀 탈출

성소에 구멍이 나서 신계가 위태롭다는 소문은 삽시간에 신계에 퍼졌다. 모두 알고 있었다. 삼대 성소 중 하나라도 기능을 못 하게 되면 신계가 끝난다는 것을. 신계만 끝이 아니라 인간계도 끝이므로 결국 세상의 종말이었다.

천왕이 뒤늦게 홀로그램을 띄워 이스라엘 전쟁의 예를 들며 빛응축폭탄을 제거해 달라고 호소했지만 역시 귀담아듣는 영역은 없었다. 미국도 빛응축폭탄을 전혀 제거하지 않았기 때문이다.

천왕의 의도와는 다르게 오히려 러시아는 반대로 움직였다. 전쟁으로 인해 경제가 안 좋아진 러시아는 비밀리에 빛응축폭탄을 비싼 값에 원하는 영역들에게 일부를 팔아넘겼다. 비밀이라고 하지만 미국이 곧 알아챘고 러시아는 미국의 견제를 더욱 혹독하게 당해야 했다. 러시아는 빛응축폭탄을 우크라이나 국경 근처에 대거 배치했다.

한국 나라신은 성과없는 성소를 치료하면서 홀로그램으로 신계가 돌아가는 소식을 보고 듣고 있었다. 영역이 통일된 기쁨도 잠시, 한국 나라신은 미국과 중국, 러시아의 틈바구니에 끼여서 동맹국인 천왕의 편을 들지 않고 철저하게 중립을 지켰다.

성소가 구멍 난 판국에 영역 내의 일은 작은 일이 되어 버렸고, 당면 문제는 성소를 최대한 회복시키는 일이었다. 한국 나라신이 이런저런 생각을 하며 기록관을 치료하는데, 정화의 숲 추분 신장으로부터 홀로그램이 왔다. 긴급하게 와 달라는 내용이었다.

정화의 숲으로 순간 이동한 한국 나라신은 깜짝 놀랐다. 이미 한번 봤지만, 정화의 숲 외벽에 전보다 더 크게 구멍이 뻥 뚫려 있었던 것이다. 신장 셋과 다섯의 신관들이 걱정 가득한 얼굴로 인사를 하며 한국 나라신을 맞이했다.

엄마의 자궁과 같이 안락하고 포근하게 감싼 막 안에서 모든 기억을 지우고 인간계로의 환생을 위해 준비하며 이승으로 내려가는 길로 연결된 곳이 정화의 숲이다. 정화의 숲이 없으면 지상에서 새로운 생명으로 태어나는 동물은 없다. 이곳은 신계와 인간계를 직접적으로 이어주는 성소였다. 거대한 나무들이 끝없이 들어차 있고 수없이 많은 투명한 주머니들이 올망졸망 매달려 있었다. 크기도 제각각이고 빛깔도 다 다른 물방울처럼 생긴 주머니 속에서 영들은 신계의 삶을 접고 또 한 번 지상에서의 삶을 기다리며 잠을 잔다. 잠자는 동안 영(靈)은 투명해지면서 모든 기억을 지운다. 이 정화의 숲이 있음으로써 인간들의 환생이 가능했고 인간들은 모든 기억이 지워진 상태로 태어나 새로운 기억을 하나하나 만들어 채워갈 수 있었다. 이 과정은 인간만이 아니라 다른 동물들에게도 모두 적용되는 법칙이었다.

추분 시장이 안절부절못하며 말했다.

"이 정도까지는 아니었는데 점점 구멍이 벌어지고 있어서 겁이 덜

컥 나서요."

이스라엘 전쟁 후, 구멍이 났다는 소리를 듣고 와서 봤을 때는 작은 구멍이었던 것이 구멍이 더 커져 있었다.

"어떻게 된 거지요? 왜 더 커졌지요?"

"저것 보세여. 처음 빛에 녹았던 곳에서 미세하게 액체가 흐르면서 점점 주변까지 녹고 있어요."

"녹는다고? 맙소사! 그래서 처음보다 구멍이 엄청 커진 거군요."

한국 나라신은 녹고 있는 막에 일단 자신의 빛을 댔다. 빛에 닿은 부분이 움찔거리며 파르르 떨더니 이내 흐르던 액체가 멈췄다.

"오! 세상에⋯ 액체가 멎었다, 멎었어."

추분 신장의 말에 옆에 있던 두 명의 신장과 신관들의 눈이 커지면서 확인하느라 머리를 바싹 들이밀고 보았다.

"와! 정말, 정말 더 이상 녹지 않아여."

백로 신장의 말에 처서 신장도 감탄사를 내뱉었다.

"우와~! 역시 한국 나라신밖에 없어요. 한국 나라신은 해낼 줄 알았어요."

하지만 녹고 있는 곳은 한두 군데가 아니었다. 한국 나라신은 온몸을 틀어가며 뚫어진 가장자리에서 녹고 있는 부분에 최대한 빛이 닿게 해서 한 번에 구멍 하나씩을 멈추게 했다.

"나라신! 정말 고마워요. 이쪽도요."

한 곳의 액체가 흐르는 것을 멈추게 하고 나면 추분 신장이 그 옆에 뚫린 구멍으로 안내했다. 신장과 신관들이 한국 나라신이 몸을 움직이며 편하게 치료할 수 있도록 비켜 주었다. 신관들 중에는 홀로그램을 띄워 정화의 숲 외벽의 치료 상황을 다른 성소의 신장들과 자신들의 동료들에게 알리고 있었다.

"몇 군데나 뚫린 겁니까?"

한국 나라신의 질문에 추분 신장이 대답했다.

"총 여섯 군데였는데여. 녹으면서 두 군데가 하나로 되어 버렸어요. 저기 두 번째로 큰 구멍이 두 개가 합쳐진 구멍이에요."

"이것까지가 다섯 번째니까 일단 구멍 난 가장자리는 땜빵이 된 거네요. 진작 부르셨으면 이렇게 커지지 않았을걸요."

"예! 설마설마했는데 설마가 일을 키웠어요. 정말 고마워여, 나라신이시여!"

한국 나라신이 다섯 개 구멍의 가장자리를 모두 임시 처방은 했지만, 뚫린 구멍이 너무 컸다. 그 큰 구멍은 한국 나라신에게도 큰 부담이자 걱정으로 다가왔다.

"하아~ 정말 이 큰 구멍은 어쩔 수가 없군요. 어떡하지요?"

여기저기 뚫린 구멍을 보는 신장들과 신관들의 표정도 어두웠다.

"정화의 숲이 구멍이 제일 큽니다. 안에서 어떤 변화가 일어날지 너무 걱정됩니다. 그 전에 어서 구멍을 치료할 수 있는 방법이 있어야 할 텐데요."

처서 신장의 말에 백로 신장도 맞장구를 쳤다.

"그렇죠. 저 많은 생명들이 이승으로 가지 못하면 어떤 일이 벌어질지 상상도 안 돼요. 사신들에게 더 이상 신들을 정화의 숲으로 데리고 오지 말라고 했어요."

모두 마음이 무거운 가운데 뻥 뚫린 구멍 안을 들여다보던 한국 나라신이 추분 신장에게 말했다.

"정화의 숲 안을 잠깐 구경해도 될까요?"

"그럼여. 한국 나라신에게 우리가 못 해 드릴 게 뭐가 있겠습니까? 들어오셔요. 빛으로 방어막 치고여."

"예? 방어막이요?"

"우리들의 빛은 힘도 있지만 일종의 방어막 역할도 해요. 일반 신이라면 정화의 숲 공기에 닿으면서 빨려 들어가고 저기 주머니처럼 매달리게 되거든요. 그럼 이승으로 가는 직행열차를 타게 됩니다."

"아! 그렇군요. 그럼……."

한국 나라신은 자신의 주위에 빛으로 방어막을 쳤다. 막 밖에서는 보이지 않았지만 일단 안으로 들어오니 완전히 딴 세상이 펼쳐져 있었다. 그곳은 아름드리나무가 울창했고 나무마다 무성한 잎새에 작은 방울들이 점점이 달려 있었다. 큰 방울도 있었고 작은 방울까지 크기도 색깔도 다양했다. 공중에 떠 있으면서 이런 곳이 있다는 것이 신기했던 한국 나라신이 입을 벌리고 두리번거렸다.

"굉장해요! 이렇게 신성한 곳이었군요."

한국 나라신이 웅장한 정화의 숲에 감탄하자 추분 신장이 말했다.

"이런 장소가 무너지고 없어진다면 나를 비롯해서 신장들도 신관들도 매우 슬플 거예요. 평생을 여기서 일했으니까요."

"그렇겠어요."

공중을 휙휙 날아다니며 울창한 숲 사이사이를 누비며 내부를 훑어보던 한국 나라신에게 추분 신장이 말했다.

"이곳이 계속 지켜졌으면 좋겠어요. 이곳에서 계속 일하고 싶어요,

한국 나라신이여!"

"나도 그렇게 되길 바랍니다. 아직 아무 일도 일어나지 않았으니 좀 지켜봐야겠어요."

정화의 숲에 커다란 구멍이 뚫렸다는 소식은 금방 신계 전체에 퍼졌다. 천왕의 미국뿐만 아니라 중국, 러시아, 유럽, 아프리카 영역들까지 크게 놀랐고 일반 신들에게도 홀로그램을 통해 그대로 전해졌다.

평상시에는 관심도 없었고 삼대 성소의 존재는 신들이 이승과 저승을 드나들 때 거치는 통로였기에 알고 있어도 어디에 있는지 가늠도 못 했던 신들이었다. 그리고 삼대 성소가 고장이 나거나 망가질 수 있다는 생각을 해본 적도 없는 신들이었다. 따라서 정화의 숲에 구멍이 났어도, 상처가 났어도 어떻게든 고쳐질 거란 생각들을 대부분 하고 있어서 심각하게 받아들이는 신도 없는 듯했다.

그렇지만 천왕은 입장이 달랐다. 자연왕과 다녀온 기록관은 구멍이 작게 뚫려 있었고 한국 나라신이 치료하고 있어서 작은 구멍만 메우면 어떻게든 기능을 유지할 수 있으리라 생각되었다. 하지만 정화의 숲은 커다랗게 뻥 뚫린 구멍이 두 개에 세 개의 작은 구멍이 숭숭 뚫려 있어서 대충 막을 수 있는 크기가 아니었다.

놀란 천왕이 즉시 와서 상태를 살폈다. 뻥 뚫린 구멍 사이로 거대한 나무들이 빽빽이 들어차 있고 나무줄기마다 잎새마다 크고 작은 방울들이 알알이 맺혀 있는 것이 보였다.

천왕이 뚫린 구멍 사이로 정화의 숲에 들어오려고 하자 입동 신장과 백로 신장이 가로막았다.

"나, 천왕이요. 잠시 살펴봐도 되겠오?"

백로 신장이 차가운 표정으로 노려보면서 커다란 구멍을 가리켰다.

"경고했음에도 불구하고 결과가 이렇게 되었구나. 매우 유감이다. 유감은 나중에 따지기로 하고 어서 저 구멍을 봉할 대책이나 가져오라. 우리 신장들의 힘으로도 한국 나라신의 힘으로도 안 되는 일이다."

"나도 유감이요. 신장의 말을 흘려들은 건 아니오만 정말 이렇게 될 줄은 몰랐소. 이 정도면 한국 나라신이 고칠 수 있지 않을까요?"

입동 신장이 입을 씰룩거렸다.

"한국 나라신은 이 정도의 구멍을 치료할 수 없다고 했다. 이 구멍을 최종적으로 치료하고 메울 책임은 왕신들이다."

차갑게 대답하는 입동 신장 뒤로 줄줄이 여섯 명의 다른 신장과 신관들도 나타났다. 신장들이 대거 나타나자 천왕도 긴장하는 빛이 역력했다. 그러잖아도 신장들과 사이가 안 좋은 천왕이었다.

"낮에는 뜨거운 열기가 정화의 숲 내부로 들어오고 밤에는 차가운 공기가 유입되고 있다. 이러다간 이 숲에 있는 저 영들에게 바로 영향이 갈 텐데 즉시 조치해 달라."

한로 신장이 정화의 숲이 처한 상황을 얘기했다.

"신속하게 복구 작업을 하겠소. 아직 아무 일도 일어나지 않았잖소. 아무 일도."

천왕이 눈앞의 숲을 가리키며 한껏 움츠러든 말투로 말했다.

"무슨 일이든 일어나면 늦는 거다. 이 숲에서 어떤 반응이 일어나기 전에 복구해야 한다. 방법이 있다면 어서 서둘러라."

처서 신장이 으르렁거리자 천왕이 잠시 생각하는 듯하더니 갑자기 두 팔을 벌리며 말했다.

"젠장, 그런데 왜 나한테만 그러지? 왕신이 나만 있는 것도 아닌데…… 다른 왕신들에게도 똑같이 말해야 하잖소?"

입동 신장을 비롯한 일곱 신장들에게서 강한 빛이 뿜어져 나왔다. 한결같이 화가 난 신장들 표정을 본 천왕은 슬그머니 고개를 숙였다.

"아니, 아니 그게 아니라 자연왕도 책임을 회피하고 있고 나 혼자 하라고 하니까 말이요. 그렇게 화내지 마시오."

"객기 부리지 마라."

입동 신장이 무거운 목소리로 일갈했다.

"성소는 우리 신장들이 일하는 장소지만 우리 신장들이 할 수 있는 것은 신들의 관리와 운영뿐이다. 신들을 관리하고, 청소하고, 숲을 가꾸는 일이지 성소를 지키고 다쳤을 때 수리하고 복구하는 것은 왕신의 소임이란 말이다."

호통 소리에 위축된 천왕이 한숨을 쉬었다.

"휴우~ 왜 나한테만 신장들의 원망이 쏠리는지 모르겠다. 혹시 정화의 숲도 살아있는 생명체인데, 그럼 스스로 치유하는 자생력이 있지 않소?"

상강 신장이 나섰다.

"조그만 상처가 나면 스스로 치유할 수 있지만 저렇게 뻥 뚫린 구멍을 스스로 메울 수는 없다. 언제나 일정한 온도와 습도를 유지해야 하는 이곳의 환경이 깨지면 이곳에서 잠자던 신들이 다 깨어날 거다."

"그럼, 어떻게 되지요?"

상강 신장이 미간이 움찔거렸다.

"전례가 없는 일이라 아무도 모르지만, 최악의 경우 이승과 저승이 단절되는 사태가 일어난다. 이승으로 내려가는 신들이 없겠지."

서슬 퍼런 일곱 신장들이 한꺼번에 내뿜는 서늘한 기운에 천왕은 몸의 기운이 다 빠져나가는 것 같았다. 전에 없던 일이라 천왕은 속으로 당황스러웠다.

"알았소. 내가 최선을 다해 방법을 찾아보리다."

"빨리 가서 대책을 세우고 빨리 고쳐라. 시간이 없다."

백로 신장이 신경질적으로 소리치자 천왕이 잽싸게 그 자리를 벗어났다. 하여튼 신장들과 마주치기만 하면 면박 받는 게 일상이 되어 버린 것 같아서 천왕은 신장들을 무조건 피해야겠다고 생각했다. 동지 신장이 경고했을 때 진작 들었으면 좋았겠지만 이미 일은 터져 버렸다.

급한 대로 영역 내 과학자 신들을 총동원해 성소의 치료 방법을 의논했다. 과학자 신들은 먼저 성소 막(膜)의 재질을 파악하고 나서 보수할 방법을 찾아야 했기 때문에 정화의 숲 외벽을 찾았다. 외벽은 얇디 얇았지만, 손을 대면 미세하게 움직이는 것이 느껴졌다.

"살아 숨 쉬는 생명체라 피도 흘리고 춥고 뜨거운 것에 반응도 합니다. 이 재질은 신계에 없습니다. 이승에서 온 재질이에요."

그들의 판단은 오로지 하나밖에 없는 신비로운 생명체여서 대체 불가능하다는 판단이었다. 한 과학자가 생각난 듯이 말했다.

"종교의 왕신님들이 치유의 힘이 있다면 얼마나 좋았을까요."

하지만 이 생각은 천왕의 한마디에 묵살되었다.

"종교의 왕신들은 아무 도움도 되지 않았소. 미련 두지 마시오. 신장들이 정화의 숲으로 바람이 유입되는 것을 막기 위해 노력하고 있지만 언제까지 그럴 수는 없을 것이요. 빨리 대체할 수 있는 재질을 찾아서 붙여야 하오."

낮에는 정화의 숲의 서늘한 기운이 바깥으로 빠져나가고 반대로 밤에는 바깥의 차가운 바람이 정화의 숲으로 흘러 들어갔다. 그 바람의 흐름이 강해서 신장들이 터진 구멍 입구에 늘어서서 바람이 성소로 흘러 들어가는 것을 최소한으로 줄이느라 안간힘을 썼다. 신장들의 노력으로 처음 얼마간은 그래도 유입되는 바람이 적었으나 이마저도 신장들이 점점 지쳐가면서 내부로 유입되는 바깥바람은 점점 늘어나고 있었다.

천왕이 과학자 신들에게 질문했다.

"임시방편으로라도 저 커다란 구멍을 막을 뭐라도 설치해야 하오. 어떤 게 좋겠소?"

천왕의 말에 과학자 신들은 신계에서 구할 수 있는 여러 가지 물질을 가지고 와서 구멍 난 성소에 대 보았다. 하지만 하나같이 붙지를 않아서 접착제로 붙여 보려고 했지만 실패했다.

"신계에 유일하게 있는 인간계의 생명체라 신계의 허상은 받아들여지지 않는 모양이다."

과학자 신들은 신계의 물질로 성소의 구멍을 메우려는 노력을 포기했다.

"지상에서 붙일 수 있는 것이라도 가져오는 것은 어떨까?"

과학자 신 하나가 손을 들었다.

"그럼, 가장 가벼운 얇은 비닐을 가져다 붙이면 되겠네요."

다른 과학자 신이 말했다.

"그건 너무 무겁지 않나요?"

"최대한 얇은 걸로 하면 가져올 수 있지 않을까요?"

또 다른 과학자 신이 말하며 천왕을 쳐다보았다. 가능성이 있지 않겠냐는 무언의 질문이었다.

"흐음, 임시방편으로는 괜찮을 거 같군. 되든 안 되든 일단 해봅시다. 당장 능력 있는 군신들을 보내 가져오도록 합시다."

한 무리의 군대가 지상으로 파견되었다.

인간계에 있는 모든 것이 신계에 있었지만 이 경계를 넘어올 수 없는 것이 있었다. 그것은 무게를 가진 물질이었다. 영들의 무게는 그램으로도 나타내기 힘들 정도의 작은 먼지 같은 존재였다. 이런 신계에 무게가 나가는 것을 가져오는 것도 큰 문제였고 만약 가져와도 그것을 막을 수 있을지도 확실치가 않았다.

지상에 의기양양하게 내려갔던 천왕의 군대가 빈손으로 돌아왔다.

"무거워서 도저히 안 됩니다. 꼼짝도 하지 않아요."

"역시 그런가. 다른…… 다른 재질로는 안 되겠는가?"

천왕의 영역 내 과학자 신들은 고개를 저었다.

"삼대 성소는 단순한 재질이 아닙니다. 뚫린 구멍으로 차갑고 뜨거운 공기가 들어가는 것을 차단할 정도면 되는데요. 정화의 숲이 생명체이기 때문에 자생력이 있을 수 있으니 어떻게든 시간을 벌어야 합니다. 임시방편이라도 우리가 할 수 있는 것은 무게가 없는 것만 가능합니다. 잘 아시지 않습니까?"

그것은 천왕 자신도 잘 알고 있었다. 아무리 가벼운 지상의 물건이라도 신계로 들어오는 것 역시 전례가 없던 것이다.

설상가상 정화의 숲에서 벌써 이상징후가 나타나고 있었다. 내부

온도가 올라가면서 구멍과 가까운 쪽 나무에 매달려 있던 작은 방울 모양 주머니 영들이 떨어져서 공중에 떠다니기 시작한 것이다. 둥둥 떠다니는 주머니 속의 영들은 신장과 신관들의 노력으로 아직 바깥으로 나오진 않았지만, 어떤 영향을 미칠지 아는 이가 아무도 없었다.

막에 싸여 언제나 일정한 온도, 습도, 은은한 빛으로 유지되던 정화의 숲이었다. 막의 일부가 녹았을 뿐이지만 밖의 오염된 공기가 유입되고 열기가 섞여 들어갔다. 신장들이 교대로 기로써 바깥 공기를 밀어내고 있었지만, 시간이 갈수록 유입되는 외부 공기가 많아졌고 그 영향을 받아 정화의 숲의 온도는 변화되어 갔다.

구멍 뚫린 정화의 숲에서 바깥 기온에 가장 가깝게 노출된 아랫부분부터 매달려 있던 주머니 영들이 떨어지기 시작했다. 처음에는 몇 개씩 떨어지던 것이 점점 속도가 붙으며 떨어지는 방울 주머니가 많아졌다. 신장들의 노력에도 불구하고 수많은 이 주머니 영들은 정화의 숲 안쪽을 떠돌다가 몇 개씩 정화의 숲 바깥으로 빠져나오기 시작했다.

다급해진 신장과 신관들까지 나서서 입구에서 이 작은 주머니 영들을 막아서 숲 안쪽으로 되돌려 보내는 작업을 하였다. 하지만 나무에서 떨어지는 작은 주머니 영들이 많아지면서 신관들도 지쳐가고 있었다. 주머니 영들의 일부가 신관들의 통제를 벗어나 구멍 난 정화의 숲 밖으로 빠져나오고 있었다.


천왕은 홀로그램으로 이승을 훑어보고 있었다.
'나라면 지상의 물건을 신계로 옮길 수 있지 않을까?'
지상의 물건에도 깃털처럼 가벼우면서도 고도의 성능을 발휘하는 것들이 많았다. 그것들 중 가장 가볍고 튼튼한 것을 가져와 구멍 난 곳을 임시방편으로 붙여놓고 시간을 벌면서 또 다른 방법을 찾으면 될 것이었다. 하지만 군대를 지상에 보내 비슷한 물질을 가져오게 하는데 실패했다. 아무리 가볍더라도 무게가 나가는 것을 신계로 끌어올리는 것은 한계가 있었다.

'그래도 저대로 놔둘 수 없다.'

이승의 이른 새벽 시간, 천왕은 지상으로 내려가서 신계로 가져갈수 있는 소재를 찾았다. 가볍고 늘어나는 것이어야 했고 어떤 것도 통과할 수 없는 막이어야 했다. 찾아보니 정말 투명하고 가볍고 잘 늘어나는 비닐 막이 있었다. 가벼웠지만 필요한 만큼 가져가려면 그것도 꽤 무게가 나갔다. 일전에 보냈던 군신들이 가져오지 못했던 이유이기도 했다. 새것은 둘둘 말려 있어서 물리적인 힘이 가해져야 했지만, 신이 물리적인 힘으로 펼치기엔 꽤 단단하게 뭉쳐져 있어서 힘을 줘도안 될 것 같았다. 펼쳐져 있는 것은 대부분 더러웠고 조각도 불규칙했다. 정화의 숲의 뚫린 크기를 생각하며 펼쳐진 비닐 중 크기와 두께가얇은 것을 찾아 도심과 시골까지 샅샅이 훑었다.

그러다 한 농가에서 농부가 얇고 투명한 비닐을 딱 적당한 크기로자르고 있었다. 다 자르기를 옆에서 기다리고 있다가 천왕은 바람을일으켜 비닐을 농부에게서 낚아챘다. 농부가 깜짝 놀라 비닐을 잡으려고 급하게 손을 뻗었지만, 비닐은 바람을 타고 하늘로 순식간에 날아올랐다. 천왕이 일으키는 바람을 타고 비닐이 펄럭거리며 하늘 높이높이 솟아올랐다. 계속 바람을 일으켜 얇디얇은 비닐을 띄워서 이동시켰다.

신계에 이르러 비닐이 신계의 기벽(氣壁)에 닿자 비닐은 기벽에 붙은 채 기벽을 통과하지 못하는 것이었다. 천왕은 당황했다. 계속 바람을 일으키느라 힘도 빠지고 있는 참에 비닐이 기벽에 막히니 비닐이 팔랑거리며 다시 아래로 떨어지기 시작했다. 천왕이 놀라서 다시 바람을 일으켜 비닐을 끌어올리고 기벽에 빛을 쏘아 비닐이 들어갈 수 있는 구멍을 만들었다. 뚫린 구멍으로 비닐이 통과했다. 지금까지 신들만이 자유자재로 통과할 수 있었던 기벽(氣壁) 안으로 인간계의 물질이 처음으로 들어온 것이다.

지친 천왕이 신이 나서 곧장 정화의 숲으로 갔다. 의기양양하게 다가오는 천왕을 보고 뚫린 구멍에서 외부의 바람을 막아내고 있던 신장들이 어리둥절하며 비켜섰다. 정화의 숲 가장 크게 뻥 뚫린 구멍에 비닐 막을 갖다 대고 붙이자 표가 나긴 했지만 나름 훌륭하다고 생각되었다.

밖으로 나온 추분 신장이 깜짝 놀라자 천왕이 의기양양하게 붙인 비닐을 자랑했다.

"추분 신장, 보시오. 완벽하지는 않지만 일단 임시방편으로 조치했소이다. 훌륭하지 않소?"

추분 신장이 비닐을 만져 보며 천왕에게 말했다.

"어떻게 인간계의 물질을 신계로 가져왔는지 모르겠으나 대단하구나. 일단 빠져나오는 영들을 막을 수 있으니 좋군. 신관들에게 이곳을 관리하도록 말해 놓겠다. 다른 네 곳도 막아 달라."

"그럼요. 까짓거 이쯤이야 금방 하지요."

천왕이 신이 나서 다시 지상으로 내려갔다.

더 이상 주머니 영들이 정화의 숲을 빠져나오지 못할 것이고 일정 기간이 지나면 비닐이 막의 일부가 되어 주거나 스스로 치유가 되어 재생된다면 정화의 숲은 원상 복구되는 것이다.

천왕은 흐뭇했다.

'유난을 떨던 신장놈들, 그때 혼을 내줬어야 했는데…… 나중에 다 고쳐지면 두고 보자, 신장놈들!'

다시 농부에게 왔을 때 농부는 비닐을 다시 잘라서 막 비닐하우스로 들어가려던 참이었다. 천왕은 바람을 일으켰다. 농부가 비닐을 손에 꼭 잡고 놓지 않자 더 크게 강풍을 일으켰다. 비닐하우스가 흔들거리자 농부는 손에 쥐고 있던 비닐을 비닐하우스 안에 던져놓고 흔들거리는 비닐하우스의 골조를 잡으며 바람의 피해를 입지 않으려고 안간힘을 썼다. 덕분에 비닐하우스 안의 비닐은 바람을 타고 하늘로 날아올랐다.

두 번째 비닐이 두 번째로 큰 구멍을 막자 천왕의 자신감은 하늘을 찔렀다. 뻐길 대상이 없는 것을 아쉬워하던 천왕 앞에 더운 김을 내뿜으며 입추 신장이 나타났다.

"저게 뭔가? 신계의 물건이 아닌 거 같은데 뚫린 정화의 숲을 이승의 것으로 막은 것인가?"

"그렇소. 이제 더 이상 주머니 영들은 숲 밖으로 나오지 않을 것이오. 또한 외부의 공기가 숲 안으로 들어가는 것도 차단할 수 있소. 시간이 지나면 성소가 자체적으로 상처를 치유할 수도 있으니 시간을 꽤 벌 수 있을 것이요. 신장들이 내 소임을 다 하라고 일깨워 준 덕에 내가 아주 열심히 일해서 지상의 것으로 메웠소."

천왕이 양손을 허리에 대고 폼을 잡으며 으스댔다.

"그래? 어떻게 이승의 물질이 신계에 들어왔는지는 모르겠지만 일단 잘했구나. 그러잖아도 우리 신장들 힘들어서 지금 다 녹초가 되어 있는데 다행이야. 신관들도 한숨 돌리겠군. 근데 저게 잘 붙어 있을까?"

입추 신장이 우려를 나타내자 천왕이 냉큼 대답했다.

"얼마 후엔 정화의 숲 일부로 흡수될 것이오. 그리되면 완전 복구가 되는 것이지, 아셨소? 다른 신장들에게도 전하시오. 천왕이 정화의 숲을 정상으로 되돌려 놓고 있다고 말이오."

입추 신장이 천왕을 빤히 바라보다 말했다.

"정말 그리되면 좋겠다. 정말 그렇게 되길 바라지만, 하지만 그렇게 단정 짓지 말고 좀 지켜보도록 하자. 지금은 붙어 있지만 만약 정화의 숲이 저 재료를 거부해서 떨어져 나간다면 또다시 계속해서 붙인다거나 다른 방법을 찾아야 할 것이다. 저 재료는 인간의 기술에 의해서 만들어진 것이고 생명이 없다. 삼대 성소의 막은 생명체인 것을 알라."

천왕은 뜨끔했다.

"저 재료를 거부한다고?"

"천왕도 마음에 들지 않으면 거부하는 경우가 있지 않은가?"

"그거야 마음에 안 들면 당연히 거부하지만, 생각이 있고 자아가 있어야 하는 것 아닌가?"

"성소를 너무 우습게 보는군. 어쨌든 붙여 놓았으니 지켜보도록 하자."

입추 신장이 못 미더운 시선으로 비닐 막을 쳐다보며 사라졌다.

한시름 놨다고 생각했다가 입추 신장의 말에 다시 걱정되면서 신장들에게 돌아가면서 면박을 당하는 것 같아 또다시 부아가 치밀었다.

'신장놈들은 성격들이 왜 저 모양들이야. 잘했으면 잘했다고 칭찬을 해야지, 왜 딴지를 걸어. 에이, 상황이 상황이니만큼 참기는 하는데 저 비닐 막만 제대로 붙어봐라. 이놈, 처서 신장! 하지 신장! 동지 신장! 어떻게든 한 번 손 봐주리라……. 제발 붙어라, 제발!'

천왕의 바람과는 달리 비닐 막은 '찌지직! 빠―직' 소리를 내며 천왕의 눈앞에서 서서히 떨어지기 시작했다.

"안 돼!"

천왕이 외마디 소리를 지르며 떨어지고 있는 비닐 막을 다시 붙이려고 손으로 막았다. 천왕의 손과 맞닿은 정화의 숲 막(膜)이 파르르 떨었다.

"나, 천왕의 명령이다. 정화의 숲은 이 재질을 너의 일부로 받아들여라. 거부하지 말란 말이다."

천왕의 다급한 외침도 헛되이 손바닥이 닿았던 곳에 김이 오르며 구멍이 뚫려 버렸다.

"이런, 힘 조절을 못 했구나."

자신도 모르게 손바닥에서 나온 강한 기가 막을 압박하다 관통해 버린 것이다. 비닐은 절반쯤 떨어졌고 나머지 반도 펄럭이며 계속 떨어지는 중이었다.

"빌어먹을."

천왕은 군신(軍神)들을 불렀다. 떨어지는 비닐 막을 군신들이 촘촘히 늘어서서 붙잡아 막게 하고 자신이 돌아가면서 처음보다 더 강력하게 붙였다. 비닐이 붙어 있는 상태에서 군신들에게 계속 잡고 있으라고 명령하고 돌아서는데 한국 나라신이 와 있었다.

"소문이 사실이었군요, 천왕!"

천왕이 한국 나라신을 반갑게 맞았다.

걱정스럽게 말하는 한국 나라신의 눈에 붙여진 비닐 막과 그것을 잡고 있는 군신들, 주변을 떠다니는 작은 방울들이 보였다.

"천왕이 정화의 숲을 고친 건가요?"

한국 나라신의 질문에 천왕이 대답했다.

"내가 지상에 내려가 재질을 구해온 거요. 저 재료를 정화의 숲이 받아들이려 하지를 않아서 군신들이 잡고 있는 거고요."

한국 나라신이 질문했다.

"신계의 물질이 아니라서 받아들이지 않는 건가요?"

"아마도 그런 것 같소."

"이 작은 방울들은 뭡니까?"

"정화의 숲에서 떨어져 나온 주머니 영들이오."

한국 나라신이 손을 휘저어 작은 방울을 건드리자 힘없이 터져 버렸다. 천왕이 한국 나라신의 돌발적인 행동에 숨을 죽이고 지켜보았으나 터진 작은 방울은 눈에 보일 듯 말 듯 한 미세한 연기만 남기고 소멸되어 버렸다.

"저 주머니 영을 터트리면 이렇게 되는군요."

한국 나라신이 자신의 손바닥을 내보이자 천왕이 웃었다.

아직 얼마 되지 않은 정화의 숲을 빠져나온 주머니 영들을 처리하는 방법을 알아낸 안도의 미소였지만, 한국 나라신의 생각은 달랐다.

"이것도 하나의 생명체에요. 이렇게 마구 잡아 소멸시키면 우리 영역에서 새로 탄생할 생명인지도 모르는데 함부로 하면 안 될 것 같아요. 어느 영역에서 태어나든 저 작은 방울들이 다 생명체라는 겁니다."

천왕이 또 피식 웃었다.

"그렇지요. 우리 미국에 태어날 생명인지도 모르는데 말이요."

그들 뒤로 종교의 왕신들이 차례로 나타났다.

제일 먼저 나타난 왕신은 백호왕이었다. 백호왕은 천왕과 한국 나라신 뒤에 있는 정화의 숲을 보고 놀라는 표정을 지었다.

"맙소사!"

백호왕의 등장에 한국 나라신이 돌아보며 가볍게 아는 척을 했다.

"백호왕이네요."

입을 벌리고 탄식하는 백호왕 옆으로 미르왕이 나타났다. 어느 누구도 미르왕에게 인사하는 신은 없었지만 미르왕은 개의치 않는 것 같았다. 여느 때처럼 검은 기를 일렁이며 정화의 숲에 대한 소문을 듣고 확인하려고 찾아온 것이다. 옆에 있는 백호왕을 보고 눈으로 인사한 뒤 정화의 숲을 본 미르왕은 탄식을 내뱉었다.

"이제 정말 이 세계가 망하려나 보다. 성소에 큰 구멍이 나다니……. 그리고 저게 이승에서 가져온 물질이군."

천왕이 질문했다.

"웬일들입니까? 이곳에?"

"신계에 인간계의 물질이 웬 말인가?"

비닐 막을 보던 미르왕이 고개를 돌려 천왕을 노려보았다. 천왕도 미르왕을 보았지만 자신을 질책하는 눈으로 노려보던 미르왕을 이내 외면해 버렸다. 미르왕 신자들과 전쟁 중만 아니었어도 이 정화의 숲은 멀쩡했을 것이란 생각에 미르왕이 원망스럽기까지 하였다.

흰빛의 백호왕과 검은빛의 미르왕 옆으로 붉은색이 감돌더니 태양왕이 나타났다. 왕신들에게 성소에 대한 걱정은 공통의 관심사였고 상처가 난 부분의 치료 또한 지대한 관심사였다.

종교의 왕신들이 서로 인사하고 천왕과 한국 나라신이 있는 것을 보고 눈으로 인사한 뒤, 눈은 바로 정화의 숲에 덧대어 있는 비닐 막으로 향했다.

"허…… 고약한 신들이 기어이 일을 냈구먼. 그렇게 가르치고 가르쳤건만……."

태양왕이 혀를 끌끌 차며 말하자 미르왕이 눈을 흘겼다.

"무엇을 가르쳤다는 거요, 싸우는 법? 무기 만드는 법? 힘 자랑하는 법을 가르쳤소?"

"미르왕! 내가 설마 그런 것을 가르쳤겠소?"

"에헤이~ 또 다투시려고 그런다. 앞에 저 모양을 보고도 다툴 맛이 나시오? 여러분들이 화합을 못 하니 이 지경까지 된 것이오."

백호왕이 점잖게 타이르자 따지려고 입을 열려던 태양왕이 그만 입을 다물었다. 그러자 미르왕이 슬슬 비꼬기 시작했다.

"태양왕 말이 옳아요. 고약한 신들이 기어이 일을 냈군요. 태양왕이 그렇게 가르쳤을 리가 없겠지만 그럼에도 불구하고 나와 태양왕 신자 때문에 이 사태가 벌어진 건 사실이잖소. 그게 아마…… 신들의 욕심과 과시욕 때문이 아니겠소?"

"미르왕도 자제 좀 하시오. 이것 보시오. 이 떠다니는 작은 방울들은 뭐요? 천왕! 상황 설명을 들을까요?"

백호왕이 미르왕에게 감정을 자제하도록 다독거리며 천왕에게 상황 설명을 요구했다.

이때 성소 안에 있던 신장들이 말소리를 듣고 밖으로 나왔다. 성소 밖으로 나온 처서, 백로, 상강 신장이 천왕을 지나쳐 삼대 종교 왕신들에게 무표정하게 인사했다. 백호왕이 신장들과 인사하며 미소 지었다.

"또 신장들을 보게 되다니, 반갑기는 한데 마냥 좋아할 수가 없어서 안타깝소."

"성소의 상태를 보러 왔는가?"

백로 신장이 퉁명스럽게 질문하자 태양왕이 대답했다.

"성소의 문제는 신계 모두의 문제이고 왕신들의 최대 관심사요. 천왕이 성소를 고친다는 홀로그램을 봤기 때문에 와서 확인하는 중이요."

"흥, 치유의 능력도 없는 왕신들이 누구 일하는 걸 확인해서 뭐 한담. 저게 치료가 된 것 같은가?"

"천왕이 일하는 거 관리 감독하겠다는 건가?."

처서 신장과 백로 신장이 빈정대자 미르왕이 화를 냈다.

"왕신을 모욕하지 마라. 신장 주제에 감히 왕신들을 업신여기다니 혼쭐나고 싶은 거냐?"

신장들이 서로 쳐다보더니 기가 막힌다는 표정으로 웃었다.

"성소가 망가지니까 별꼴을 다 보는구나. 미르왕! 치료의 능력도 없어 성소 치료도 못 하는 주제에 무슨 염치로 여기에 와 있는 것이냐?"

"뭣이야?"

백로 신장의 말에 미르왕이 화를 내자 백호왕이 미르왕을 잡았다.

"참으시오. 치료의 능력이 없는 건 사실이잖소."

"백호왕은 자존심도 없는가? 저런 소리를 듣고도?"

"빈정 상하기는 나도 마찬가지요만 사실이잖소."

처서 신장이 혼잣말처럼 중얼거렸다.

"한국 나라신 말고 다 가 줬으면 좋겠네. 성소 구멍 난 게 구경거리야?"

"천왕이 노력은 하지만 저 비닐도 믿음이 가지 않아."

"인간계에서 들어온 거라 부작용이 있을 거야."

상강 신장과 백로 신장도 나지막이 중얼거렸다.

태양왕이 유심히 비닐 막을 보다가 말했다.

"천왕, 군신들이 저 막을 잡고 있는 것은 떨어지기 때문인가?"

태양왕의 관심은 정화의 숲에 쳐져 있는 비닐이었고 떨어지는 것을 방지하기 위해 군신들이 줄지어 잡고 있는 것에 꽂혀 있었다.

"예, 그렇습니다. 처음에는 붙어 있더니 자꾸 떨어져서요. 신계의 접착제로는 붙지 않습니다."

"언제까지나 저렇게 잡고 있을 수는 없을 것인데…… 붙일 방법을 찾아야겠구나."

"과학자 신들이 열심히 찾고 있습니다."

자연왕이 뒤늦게 나타나면서 갑자기 구멍 난 정화의 숲 앞에는 왕신들이 북적거렸다. 자연왕이 백호왕에게 다가와 인사하자 백호왕도 고개를 끄덕였다.

"신계를 이끌어 가는 5대 왕신이 천상 회의도 아닌 자리에서 다 모였군요. 여러분들도 성소가 구멍 나서 매우 걱정이 크신 때문이겠지요."

백호왕의 말에 자연왕이 화답했다.

"그렇습니다, 백호왕이시여! 생명을 가진 모든 신들이 드나드는 성소가 망가졌는데 걱정이 될 수밖에 없지요. 참, 저게 뭐람."

"다들 홀로그램으로 저 모습을 보고 몰려온 거 아니오. 천왕, 설명을 들읍시다."

뻥 뚫렸던 커다란 구멍에 비닐이 덧대어 있는 것을 가리키며 백호왕이 설명을 요구한 것이다. 왕신들과 신장들의 눈이 일제히 천왕에게로 쏠렸다.

"그게…… 전에는 상처만 났었는데 이번에는 구멍이 뚫려서 한국 나라신의 치료 능력으로도 불가능하다고 했어요. 신계의 모든 것을 찾아도 살아서 숨 쉬는 성소의 막 재질을 구할 수가 없었지요. 과학자 신들과 상의한 결과, 임시라도 이승의 가벼운 재료를 가져와 막아 놓고 방법을 찾는 것이 좋다는 결론이 났습니다. 군대를 보내 비닐을 가져오게 했는데 무게 때문에 일차적으로 실패했지요. 그래서 이차적으로 제가 직접 내려가서 가져왔어요. 막기 전에 떨어져 나온 주머니 영들이 조금 있는데 여러분들 주변에 떠다니는 그 작은 방울들이죠. 이제 더 이상 주머니 영들은 나오지 않습니다. 문제는 그 작은 방울들이 아니라 정화의 숲이 저 재료를 거부하고 있어서 떨어진다는 겁니다. 그래서 여러분들이 보시다시피 군신들이 붙잡고 있는 것이지요. 좀 지나면 거부 반응이 좀 덜 할 거예요."

천왕이 솔직히 얘기하자 자연왕이 질문했다.

"천왕의 군신들이군요. 이런 엄청난 일을 천왕이 비밀리에 작업하고 있었어요?"

예상된 자연왕의 비아냥이었지만 천왕의 눈꼬리가 치켜 올라가면서 얼굴이 일그러졌다.

"난 책임감 없는 자연왕과는 다르오. 해보는 데까지 노력할 거요."

자연왕이 고개를 끄덕였다.

"천왕의 책임감에 경의를 표합니다. 열심히 해보세요."

"노력하는 모습이 가상하구나. 지상에서 물질을 끌어올리다니……
쉽지 않았을 텐데 과연 천왕답다. 하지만 정화의 숲이 계속 거부하면
어떻게 되는가?"

미르왕의 의문에 태양왕이 동조했다.

"그러게요. 계속 붙어 있으면 좋겠지만 그렇지 않다면 그건 매우
중요한 문제요. 저 주머니 영들이 계속 빠져나올 수도 있다는 거잖소."

"예, 언제까지나 군신들이 저렇게 잡고 있을 수는 없는 일이지요."

백호왕이 맞장구치며 대답을 촉구했다.

"그걸, 나도 모르겠습니다. 하지만 상처가 났을 때 잘 치료해 주면
재생되면서 새살이 돋지 않습니까? 저런 상태로 시간이 지나면 정화
의 숲도 생명체이니 스스로 치유가 되지 않을까요."

"정화의 숲이 생명체이니 스스로 치료할 거라고? 뚫린 곳이 새로
메워지기라도 한단 말인가?"

백로 신장이 즉각 반론했다.

"아니면, 이승에서 사람들이 다쳤을 때 흔히 반창고를 붙이는데 상
처가 낫는다고 반창고가 피부가 되던가? 아니다. 상처가 나으면 반창
고는 떼어 버린다. 무슨 말도 안 되는 소릴 하는 거냐."

"음, 신장의 말씀이 옳소. 살아 있는 생명체에 무생물이 붙어서 생
명을 얻는다는 건 말이 안 되지요. 저 정도로 크게 뚫렸는데 재생되어

치료가 가능할 거 같지도 않소."

미르왕이 백로 신장의 말에 찬성했다.

"천 개의 방을 생각해 보면 답은 금방 나와요. 말이 천 개의 방이지, 만 개도 됐다가 만 오천 개도 됐다가…… 늘어났다 줄어들기도 하잖소. 필요하면 만들어 내고 필요 없으면 없애버리는 거지요. 기록관도 마찬가지고요. 하긴 기록관은 계속 늘어나기만 하지만요. 생명체가 아니면 이렇게 탄력적으로 움직일 수 없어요."

백호왕의 설명하는 사이 그들 주변으로 일반 신들과 여러 영역의 나라신들이 줄줄이 나타났다. 일반 신 한 명이 비닐 막을 가리키며 소리쳤다.

"저것 봐. 소문이 사실이었어."

새로 나타난 나라신들은 유럽과 중동의 나라신들이 대부분이었는데 나타나자마자 천왕과 태양왕 측 나라신들과 자연왕과 미르왕 측의 나라신으로 양분되어 무리를 만들어 섰다. 일반 신들은 분위기가 험악해지자 눈치를 보다가 하나둘씩 사라졌다.

"아니, 도대체 일반 신들이 어떻게 알고 온 거야? 여기저기 홀로그램이 다 떠 있는 거야?"

상강 신장이 의문을 나타내자 천왕이 슬며시 손짓하는 것이 보였다.

"홀로그램으로 자신이 일하고 있다는 것을 자랑하고 싶었던 거냐, 천왕!"

태양왕이 천왕을 질책했다.

"아니, 그게……."

모두의 시선이 천왕에게 쏠렸다.

"한심하군. 천왕이란 작자가 하는 꼴이란…… 그렇게 잘난 척을 하고 싶다고?"

백로 신장의 비아냥에 태양왕이 중재에 나섰다.

"힘들게 한 일에 대한 칭찬을 듣고 싶었던 거지요."

"부피도 있고 무게도 있어서 신계의 벽을 통과하기 어려웠어요. 군대가 갔어도 비닐을 못 가져왔다고요."

천왕의 말에 동지 신장이 깜짝 놀라서 질문했다.

"여보시게, 천왕! 비닐을 가지고 올 때 신계를 어떻게 통과했지? 이승의 물건은 신계로 들어올 수 없는데 말이다."

동지 신장의 말에 모두 놀라서 천왕의 대답을 기다렸다.

"그게…… 신계의 벽이 조금 찢어졌어요."

"뭐라고? 신계의 벽을 찢었다고?"

"맙소사!"

그 자리에 있던 모든 신들이 놀라서 입이 쩍 벌어졌다.

동지 신장의 얼굴이 일그러졌다.

"아주 골고루 신계를 망치는구나. 신계의 막에 구멍을 뚫고, 성소의 막에 구멍을 뚫고……."

천왕이 더듬거리며 대답했다.

"이승의 물건을 가져오려면 작더라도 신계의 벽이 찢어지는 건 어쩔 수 없소."

청명 신장이 기가 막힌 나머지 짜증을 냈다.

"아휴~ 미치겠네. 정말 어리석은 천왕 아닌가."

천왕이 청명 신장을 보며 말했다.

"그럼 이승의 물질을 신계로 끌어올리는 데 어떤 방법이 있소? 말해 보시오."

청명 신장이 대답 대신 질문했다.

"신계의 막을 찢었으면 그걸 원상복구 시켜 놓았는가?"

"그건 나중에 해놓을 거요. 지금은 성소를 위해 어떤 것이라도 시도해 봐야 하잖소."

갑자기 태양왕이 질문했다.

"만약 신계의 벽이 구멍 뚫린 채로 있으면 어떤 일이 벌어지는가?"

동지 신장이 대답했다.

"지상의 오염 물질이 구멍을 통해 그대로 들어올 것이다. 작아도 문제인데 두 번이나 이승의 물질이 통과했으니 그 구멍은 더 커질 거고 신계의 파괴가 가속화될 것이다."

"가벼운 비닐도 가져오지 말았어야 했는가?"

태양왕의 질문에 동지 신장이 짜증스럽게 대답했다.

"성소를 확실히 막을 재료가 아니었다면 안 하느니만 못하다."

갑자기 천왕을 쳐다보는 시선들이 따가워졌다.

미르왕이 말했다.

"어차피 천왕에 의해 이 신계는 파멸로 가겠구려. 천왕의 책임과는 철저히 반대로 했구먼."

"그럼에도 일한다고 생색을 내던걸. 신계를 망가트리는 일을 하고 있었으면서."

청명 신장이 비아냥거리고, 백로 신장은 분통을 터트렸다.

"성소를 고치는 것도 답이 없는데 신계의 막까지 찢어 놓다니, 제

정신인가?”

“차라리 자연왕처럼 가만히나 있을 것이지. 에잇 참.”

백호왕까지 비난하자 천왕이 화가 나서 얼굴이 벌게졌다.

“나는 나름대로 노력한 거요. 과학자 신들이 신계에서는 비슷한 재질이 없다고 해서 지상에서 가져왔단 말이요. 지상에 내려가서 힘들게 재료를 가져와 봉합해 놨단 말이요. 붙질 않아서 군신들이 잡고 있지만 그것까지 하는데도 엄청 힘들었단 말이요. 당신들은 그런 노력도 안 했잖소. 그러니 그만 떠들고 입들 닥치시오.”

나지막이 내뱉은 천왕의 말소리에 화가 난 기색이 역력했다. 청명신장이 날카로운 목소리로 천왕을 나무랐다.

“한국 속담에 방귀 뀐 놈이 성질낸다는 말이 있던데, 딱 천왕이 속담 속의 그놈이네.”

“뭐야?”

천왕이 화를 내자 태양왕이 나섰다.

“천왕은 나서지 않는 것이 좋겠다. 노력한 것은 인정하나 결과가 엉망이라 비난받는 것이다. 동지 신장! 신계의 막이 찢어지면 어떻게 고쳐야 하지요?”

“전례가 없어서 모르겠다. 지금 일어나고 있는 모든 게 다 전례가 없던 일이다.”

“성소도 구멍이 나고, 신계의 막도 찢어졌으니 멸망이 좀 더 빨리 오겠군요.”

태양왕의 말에 동지 신장이 화를 냈다.

“신들을 구제하기 위해 존재하는 종교의 왕신이 할 말은 아닌 것 같다. 성소든 벽이든 어떻게 고칠 생각을 해야 할 것 아닌가?"

"이미 그른 것 같소."

동지 신장이 화가 잔뜩 난 얼굴로 천왕과 왕신들에게 고개를 돌렸다.

"신장의 경고를 무시한 죄, 신들에게 엄청난 대가로 닥칠 것이다!"

동지 신장이 수신호를 하자 신장들이 서서히 사라졌다. 단, 추분 신장만 동지 신장에게 손을 들어 남겠다는 표현을 하고 남았다.

백호왕이 고개를 흔들었다.

"첫 번째 동지 신장이 와서 경고할 때 잘 들었으면 이번 사태까지 발생하지 않았을 것이다. 오늘 동지 신장을 보니까 매우 심각한 분위기에 완전히 세상의 끝이 예정된 것 같은 느낌이라…… 소름 끼치는 앞날이 두렵구나."

"잠깐 여기를 보라."

추분 신장이 홀로그램을 띄우고 여기저기 휙휙 뒤지기 시작했다. 이윽고 홀로그램은 신계의 막이 찢어진 곳에서 멈췄다.

"천왕이 인간계의 물질을 들여오기 위해 찢었다는 곳이다."

추분 신장의 말에 장탄식이 흘러나왔다.

"어?"

"생각보다 크구나. 이것도 심각하다."

추분 신장이 말을 이었다.

"얇디얇고 부피가 작은 비닐인데도 이 정도로 찢겼다. 더 이상 이 승의 물질을 들여오지 말라."

천왕이 대답을 못 하자 태양왕이 대신 나섰다.

"여보시오, 신장! 일을 하다 보면 이런 일도 생기고 저런 일도 생길수 있는 것이오. 그렇게 몰아대면 일하는데 위축되니까 너무 그러지마시오."

"태양왕은 신계가 멸망으로 치닫고 있는 것을 손뼉 치며 환영하란말인가? 그런가?"

화가 나서 소리치는 추분 신장의 소리는 주위를 서늘하게 만들었다.

백호왕이 혼잣말처럼 중얼거렸다.

"살자고 고치는 게 아니라 죽음을 재촉하는 사자가 천왕이었네."

추분 신장이 천왕에게 질문했다.

"천왕에게 한 가지 묻겠다. 신계의 막을 찢었을 때 그것을 원상복구 시킬 방법을 알고서 했는가? 아니면 무작정 했는가?"

천왕이 머뭇거리다가 작은 소리로 대답했다.

"비닐을 갖다 붙여야 한다는 일념밖에 없어서 신계의 막이 찢어지면 어떻게 된다는 생각은 하지 못했소."

태양왕이 고개를 저었다.

"정말 어리석구나. 그렇게 생각 없이 실행했단 말이지."

"하도 성소의 위급함을 알리는 왕신님과 신장들 때문에 제가 앞뒤잴 여유가 없었습니다. 신계의 벽이 찢어지는 걸 크게 생각하지도 않았고요."

천왕의 변명에 추분 신장이 다시 말했다.

"왕신이라는 신이 신계의 기본적인 안전시설과 근본을 모르는구나. 모든 신들이 사는 신계의 막이 얼마나 신들을 안전하게 보호하고있는 줄 아는가? 얇디얇은 신계의 막은 태양광으로부터 신들을 보호하고 이승의 더러운 오염 물질로부터 신들을 보호한다. 신들은 막의 미세한 구멍으로 드나들 수 있다. 그런데 무지막지한 인간계의 물질을 신계의 막을 찢으면서 들이다니…… 돌이킬 수 없는 실수다. 천왕은 신계의 막을 치료해야 할 것이다. 성소와 더불어 같이 치료해라."

잔뜩 일그러진 얼굴로 추분 신장이 천왕에게 으름장을 놓았다.

추분 신장이 홀로그램을 껐다. 천왕의 얼굴은 이미 창백하게 변했고 어떤 대답도 할 수 없는 상태로 보였다. 측은하게 천왕을 바라보던 태양왕이 말했다.

"실수는 누구에게나 있는 법이다. 지금이라도 신계의 막을 치료할 방법을 찾으면 되지 않겠나."

백호왕이 고개를 옆으로 기울이며 말했다.

"성소 치료도 못 하는데 신계의 막을 치료할 수 있을까? 한국 나라신이라면 모를까."

모두가 한국 나라신을 보자 한국 나라신이 두 손을 들고 흔들었다.

"가서 해보기는 했습니다만, 다치기만 했을 때와 구멍이 뚫린 것은 또 달라서 장담 못 합니다. 아니 안될 거 같아요. 그러니 기대하지 마시고 여러분들도 신계의 막 치료에 관심을 가져 주십시오."

"한국 나라신이 나서 준다면 신계의 막이 어느 재질인지 알아내고 치료도 가능하지 않을까요? 나는 한국 나라신이 해낼 거라고 믿어요."

백호왕의 말에 한국 나라신은 시선을 돌렸다. 미르왕이 한국 나라신을 향해 말했다.

"한국 나라신은 신계를 지키는 마지막 보루요. 성소도 신계의 막도 모두 신들이 저지른 것이지만 부탁할 곳은 한국 나라신밖에 없군요.

미안하지만 힘써 주시기 바랍니다."

미르왕이 공손하게 한국 나라신에게 부탁하며 손을 모으고 예를 표했다.

"누가 저질렀든 결국 한국 나라신이 치료를 전담해야겠군요. 부탁하오."

태양왕도 한국 나라신에게 공손하게 예를 표했다.

"결국 한국 나라신이 신계의 모든 짐을 짊어지게 됐어요. 잘 해내리라 믿습니다."

백호왕도 한국 나라신에게 예의를 표했다.

추분 신장이 말했다.

"천왕은 더 이상 단독으로 일을 처리하지 마라. 천왕은 한국 나라신을 도와 망가진 신계를 정상으로 복구하도록 노력하거라. 가겠다."

추분 신장은 한국 나라신에게 예의를 갖춰 인사한 다음 그대로 사라졌다. 어두운 얼굴로 종교의 왕신들도 자리를 떠났다.


정화의 숲 비닐 막을 막고 있는 군신들은 천왕군이었다.

비닐 막은 군신들이 손을 떼기가 무섭게 떨어졌다. 정화의 숲 구멍에 비닐로 덮인 부분은 투명해서 안의 모습이 그대로 밖에서 보였다. 하지만 다른 부분은 신기하게도 보이지 않았다. 일반 신들이 정화의 숲으로 들어가면 즉시 작은 방울 모양으로 변하며 나무에 매달렸기 때문에 비닐 막을 잡고 있는 군신들은 안으로 딸려 들어가지 않도록 주의해야만 했다.

비닐 막이 바깥에서 유입되는 공기를 차단해 준 덕분에 정화의 숲 공기는 차츰 안정되어 갔다. 바깥에 떠돌던 주머니 영도 거의 잡아다 정화의 숲에 넣었지만 일부가 아직 밖에 남아 있었다. 극히 소수였고 그것에 신경 쓰는 이는 아무도 없었다.

그러는 사이 바깥에 나와 떠돌고 있던 주머니 영들에게서 변화가 일어나기 시작했다. 어느 정도 시간이 흐르자 주머니 속의 영들이 눈을 뜨고 각성(覺醒)한 것이다. 기억이 지워진 상태에서 인간계 임산부의 자궁으로 들어가 인연법에 따라 태어나서 주어진 삶을 살아야 했던 영들이다. 미처 기억도 지우지 못한 채 둥둥 떠다니던 주머니 속에서 깨어나 현실을 자각하게 되었다.

이승으로 나갈 길이 막히고, 쉴 수 있는 휴식의 시간도 빼앗기고 신계에서의 삶도 다 막혀버렸다. 바라볼 수 있는 어떠한 희망도 없었다. 이러한 한과 상처를 각성하면서 악의 화신으로 변했다. 이 작은 악의 화신들은 용광로처럼 들끓는 분노를 품고 있었고, 세상에 대한 원망과 어디에도 속할 수 없는 서러움이 더해져 지금껏 볼 수 없었던 악다귀가 되었다. 세상 모든 것이 원수가 되어 버린 악다귀에게 거칠 것은 없었다.

정화의 숲을 지키고 있던 군신들은 악다귀들의 첫 번째 공격 대상이 되었다. 불과 수십 명에 불과한 악다귀였지만 워낙 크기도 작고 잽싸서 군신들이 미처 눈치채기도 전에 달려들어 혼줄을 물어뜯어 소멸시켰다. 옆에서 비닐을 잡고 있던 군신이 총으로 악다귀를 쏘았지만, 악다귀들의 속도는 총보다 빨랐다. 비닐을 잡고 있던 군신들이 차례로 악다귀에게 당하자 구멍난 정화의 숲을 막고 있던 얇은 비닐 막이 떨어져 나가 나풀거리며 아래로 아래로 떨어져 갔다.

이를 지켜본 신관이 놀라서 입동 신장에게 보고했고 정화의 숲 신장들은 다시 구멍 난 곳으로 몰려와 사태를 살폈다. 성소 밖에서 물방울처럼 둥둥 떠다니던 주머니 영들에게 빨간 눈이 생겨 있었고 시뻘겋게 핏발이 선 눈알을 부라리며 신장들을 노려보고 있었다. 악다귀의 숫자는 얼마 안 되었지만 더 이상의 피해를 막기 위해 신장들은 즉시 악다귀를 향해 빛을 쏘았다. 주변에 있던 군신들에게 달려들던 악다귀가 빛에 맞아 군신과 함께 소멸했고 나머지 악다귀들은 요리조리 빛을 피하며 자신들을 소멸시키겠다고 다가오는 군신들을 덮쳐 단숨에 혼줄을 물어뜯어 닥치는 대로 소멸시켰다. 당황한 군신들과 달리 악다귀(惡多鬼)들은 다음의 공격 대상을 정확하게 정해서 덤벼들었고 신의 생명줄인 혼줄만 정확하게 끊어 소멸시켰다. 혼줄은 기록관과 연결된 것으로 신계에 있든 인간계에 있든 한 생명당 하나의 혼줄이 있었는데 이것이 끊어지면 생은 단절되어 영원히 소멸되었다.

천왕이 비닐을 잡고 있으라며 보냈던 군신들이 악다귀에게 소멸되면서 비닐로 차단되어 있던 정화의 숲에 외부의 공기가 다시 들어가기 시작했다. 군신들이 악다귀에게 총을 쏘고 저항하다 절반 이상이 소멸당하자 군신들은 도망치기 시작했다. 몇 안 되는 악다귀가 집요하게 군신들을 쫓아다니며 소멸시키자 결국 구멍 난 정화의 숲 근처에는 군신들이 하나도 남아 있지 않게 되었다.

신장들이 구멍 난 정화의 숲 안에서 악다귀들을 향해 빛으로 공격하고 있었지만 악다귀들의 몸이 워낙 작은 데다 움직임이 빨랐고 날파리 떼처럼 무리 지어 다니며 공격하고 있었다. 일부가 신장들의 공격으로 소멸되자 악다귀들은 정화의 숲에 머무르지 않고 그곳을 떠났다.

구멍을 메우기 위한 재료를 찾아 돌아다니던 천왕에게 악다귀의 소식이 즉시 전해졌다. 천왕이 정화의 숲에 나타났을 때는 사라진 비닐막으로 인해 다시 뻥 뚫린 구멍이 보였고 그곳에 남아 있는 군신들은 없었다. 대신 안의 서늘한 공기가 바깥으로 빠져나가는 것을 막기 위해 신장들이 구멍에 기(氣)의 막을 펼치고 애쓰는 모습만이 보였다. 천왕은 가슴이 철렁 내려앉아서 주변을 살폈다. 혹시라도 비닐이 떨어져 있으면 다시 주워다 붙이려고 했지만, 비닐은 온데간데없이 사라진 뒤였다.

찢어진 구멍 안에서 빛으로 외풍과 내풍이 섞이는 것을 막고 있던 입동, 백로, 처서 신장이 천왕을 보았다. 입동 신장이 잔뜩 화가 난 얼굴로 천왕에게 다가왔다.

"정화의 숲이 다시 저 모양이 됐구나. 정화의 나무에서 떨어진 주머니 영들이 각성하기 시작했다. 당신이 보낸 군신들이 각성한 주머니 영들에게 소멸당했고 소멸되지 않은 군신은 다 도망갔다. 비닐을 잡고 있던 손이 없어졌으니 아래로 떨어진 모양인데 아직 신계에 있는지, 지상으로 떨어졌는지는 모르겠다. 각성한 주머니 영들이 무차별로 신들을 공격하고 있지만 아직 얼마 되지 않으니 군대를 동원해서 소멸시켜라. 주머니 영들이라 작아서 잘 보이지 않겠지만 눈이 시뻘게져서 악다귀가 되어 날뛰고 있으니 일반 신들이 위험하다. 그리고 천왕은 이 찢어진 막을 다시 막는 방법을 찾으라. 신장들이 힘들어서 죽을 지경이다."

입동 신장이 언성을 높여 천왕에게 말했다. 천왕은 입동 신장의 말에 담담하게 대답했다.

"그런가, 각성했다고? 그 조그만 물방울처럼 떠다니던 주머니 영들이 악다귀가 되면 갑자기 없던 힘이 생긴다는 건가? 어떻게 군신들을 소멸시킨단 말인가? 힘없이 픽픽 터지던 것들이."

천왕의 말에 찢어진 입구를 지키고 있던 처서 신장이 소리쳤다.

"못 믿겠으면 가까이 와서 들여다봐라. 상황이 어떤지."

처서 신장의 말대로 천왕이 찢어진 입구에 다가와서 정화의 숲 안을 들여다보았다. 안을 들여다보던 천왕은 소스라치게 놀랐다. 셀 수도 없이 많은 주머니 영들이 물방울처럼 둥둥 떠서 새빨간 눈을 부릅뜬 채 온통 구멍 난 쪽을 쳐다보고 있었다.

"저게 뭐야? 저게⋯⋯?"

"안에서 각성한 주머니 영들이다."

백로 신장이 짧게 말했다.

"저렇게나 많은 것들이⋯⋯ 다 각성을 했다고?"

"밖으로 빠져나간 것들을 다시 주워다 넣었는데 안에서 각성을 했다. 저렇게 이 근방에 모여서 밖으로 나갈 기회만 호시탐탐 노리고 있구나."

백로 신장의 말에 구멍 난 입구에 들어선 입동 신장이 덧붙였다.

"저 악다귀들까지 밖으로 뛰쳐나가면 세상이 혼란에 빠질 거다. 몇 안 되는 악다귀만으로도 군신들을 박살 내고 줄행랑을 쳤으니까 일반 신들은 도망도 못 가고 소멸될 거란 말이다. 저 악다귀들도 빛에 약하니 군신들에게 도망만 가지 말고 빛의 총을 잘 조준해서 쏘라고 해."

"총에 맞으면 악다귀들이 죽나?"

입동 신장이 떨떠름하게 대답했다.

"죽지만 맞힐 수나 있을지, 원. 워낙 작고 빨라서 날아다니면 무슨 날파리 같아서 맞추기가 힘들 거다."

천왕이 찢어진 입구 속으로 머리를 들이밀자 갑자기 안쪽으로 몸을 끌어당기는 힘이 강하게 느껴졌다. 천왕이 놀라서 몸을 뒤로 젖혔다. 입구에서 황급히 떨어지는 천왕을 보고 입동 신장이 어이없다는 표정으로 바라보았다.

"성소에 신들이 들어가면 주머니 영이 되어 저 나무들에 매달리게 된다. 천왕도 인간계로 내려가고 싶은가?"

천왕이 손사래를 쳤다.

"내가 빨려 들어가서 깜짝 놀랐소."

백로 신장이 말했다.

"성소 안의 기는 일반 신들을 끌어당기는 힘을 가지고 있다. 천왕이 아니고 일반 신이었으면 저 나무 어딘가에 주머니 영으로 매달려 있었겠군. 전에 비닐을 잡고 있던 군신들 몇도 저기 어딘가에 주머니 영으로 매달려 있다. 인과의 계산서가 없어서 축생으로 환생하겠지."

"천왕의 주머니 영…… 그것도 괜찮은 그림인데."

처서 신장이 아쉬운 표정을 지었다.

"비닐이 어디로 갔는지 아시오?"

천왕이 입동 신장에게 물었다.

"신계에 없는 모양이니 인간계로 떨어졌겠지. 그걸 다시 가져온다고 해도 군신들이 그걸 붙잡고 있을 수가 없다. 악다귀들에게 다 죽어 버리면 또 떨어질 거다."

"그러면 신관들이 잡고 있으면 안 되겠소?"

천왕이 나지막이 말한 소리에 신장들 셋이 발끈했다.

"뭐라고?"

"아니…… 뭐, 지금 그렇게 서서 지키고 있는 거나 비닐을 붙잡고 있는 거나 별반 차이가 없지 않소."

입동 신장이 화가 나서 소리 질렀다.

"정말 천왕이라고 이름값 대우를 해주었더니 안하무인이 도를 넘는구나. 우리를 한낱 군신과 비교를 하다니. 건방진 놈! 신장이 이 신계를 움직이는 실질적인 세력인 것을 모르느냐."

백로 신장과 처서 신장도 화가 잔뜩 나서 큰 소리로 외쳤다.

"염병할 놈 같으니라고. 성소도 신계의 벽도 찢어 놓은 놈이 어디서 왕신놀음이냐. 일이나 저지르고 다니는 깡패 같은 놈이."

"염치없고 뻔뻔한 놈 아닌가! 신장이 천왕의 종인 줄 아는가? 반성할 줄 모르는 쓰레기가 천왕이라니…… 한심하다."

욕을 퍼붓는 신장들에게 천왕도 심사가 뒤틀려졌는지 표정이 일그러졌다.

"일만 하던 신장들이 겁을 상실했구나. 일이나 하면 될 것이지 고분고분 대했더니 어디 감히 천왕에게 대들고 욕지거리를 해."

천왕이 황금빛을 눈부시게 펼치며 신장들에게 으름장을 놓았다. 천왕의 말이 끝나기도 전에 입동 신장에게서 빛이 쏘아져 나갔다. 빛은 천왕의 방어막에 맞아 '파곽!' 소리를 내며 공중에 흩어졌다. 뒤이어 처서 신장이 빛을 회오리 모양으로 쏘았고, 백로 신장에게서 쏘아진 빛은 천왕 앞에서 폭발하였다. 회오리바람처럼 돌면서 들이닥치는 빛에 놀란 천왕이 뒤로 쭉 밀려나며 폭발한 빛에 방어막 일부가 뚫리면서 몸에 상처를 입었다. 배에 상처를 입은 천왕이 분노에 찬 고함을 질렀다.

"이것들이 기어이 천왕의 매운맛을 봐야겠단 말이지. 좋다, 너희들이 원한다면 다 죽여주마."

천왕이 양팔을 벌리고 기(氣)를 끌어모았다. 입동 신장이 천왕이 공격할 기회를 주지 않기 위해 다시 빛다발을 쏘았다. 빛다발은 더욱 강해진 천왕의 방어막에 부딪히며 요란한 소리와 함께 흩어졌다. 입동 신장이 소리쳤다.

"천왕의 공격이 성소에 맞으면 안 된다. 싸움의 장소를 옮긴다."

입동 신장이 찢어진 정화의 숲 입구에서 벗어나 천왕과 마주 서고 백로 신장도 뒤따라와 입동 신장의 옆에 섰다. 그러자 천왕의 바람 공격이 바로 두 신장을 향해 세차게 불어왔다. 바람은 백로 신장이 날린 회오리바람에 막혀 중간에서 요란한 소리를 냈다.

"제법이구나. 신장 주제에 바람을 사용할 줄도 알고."

천왕이 바람을 비켜 쳐내면서 다시 빛을 뭉쳐 쏘았다. 빛은 입동 신장의 빛다발과 부딪쳐 엄청난 폭발음을 내며 주변을 환하게 밝혔다. 빛 속에서 또 하나의 거대한 빛다발이 두 신장에게 날아왔다. 급하게 빛을 쏘았지만 바로 앞에서 부딪치며 폭발하면서 백로 신장의 오른팔과 가슴에 상처를 입었다. 입동 신장이 놀라서 백로 신장을 부축하는 사이 또다시 천왕의 빛다발이 날아오고 있었다. 입동 신장이 급하게 방어막을 치며 빛을 뭉쳐 날렸지만 그보다 먼저 천왕의 빛다발이 코앞에서 터졌다. 두 신장이 온몸 여기저기에 상처를 입고 휘청거렸다. 그와 동시에 천왕도 어디선가 날아온 뾰족뾰족한 빛줄기를 무수히 관통당했다. 빛의 방어막을 뚫고 천왕을 공격한 신장은 정화의 숲 앞에서 찢어진 구멍을 지키고 있던 처서 신장이었다. 두 동료 신장이 천왕의 공격에 당하자 바로 지원 공격에 나선 것이다. 앞의 두 신장에 온 신경을 쏟았던 탓에 다른 방향에 있었던 처서 신장의 공격을 고스란히 맞은 천왕도 휘청거리며 온몸이 상처투성이가 되었다. 여기저기 빛의 잔재들이 거의 잦아들 즈음, 처서 신장이 비명을 질렀다.

"안 돼!"

천왕과 두 신장의 시선이 비명 소리를 따라갔다.

붉은 눈을 반짝이며 한 무리의 악다귀들이 구멍 난 정화의 숲에서 빠져나오고 있었다. 잠시 싸움에 정신이 팔린 처서 신장이 동료 신장의 공격 지원을 위해 몸을 찢어진 구멍의 바깥쪽으로 내민 사이 빈틈이 생긴 것이다. 처서 신장의 빛이 찢어진 구멍을 꽉 채우고 있어서 안에서 탈출의 기회만 엿보고 있던 악다귀들이 작은 틈을 놓치지 않고 대거 탈출을 감행한 것이다.

처서 신장이 급하게 다시 구멍을 빛으로 봉했지만 이미 수백만의 악다귀들이 찰나의 순간에 밖으로 빠져나갔다.

천왕도 두 신장도 당황한 상태로 주변을 휙휙 날아다니는 악다귀들을 보았다. 당황한 신장들이 빛을 쏘아 닥치는 대로 악다귀들을 소멸시키자 무리를 지어 다니던 악다귀들이 흩어지더니 이내 어디론가 사라져갔다. 악다귀의 대거 탈출로 상황이 돌변하자 천왕은 신장들을 한 번씩 노려보고 상처를 움켜쥐고 그 자리를 떠났다.

터진 정화의 숲 안쪽에는 여전히 셀 수 없이 많은 악다귀들이 빨간 눈을 깜박이며 뻥 뚫린 구멍을 빛으로 채워 막고 있는 신장들과 대치 중이었다. 처서 신장이 말했다.

"숲 기온이 이미 바뀌어서 주머니 영들이 각성하는 건 시간 차이일 뿐이다. 저 많은 신들이 숲 밖으로 나가게 해선 안 된다. 세상이 온통 죽음으로 난리가 날 거야."

백로 신장과 입동 신장도 상처를 잊고 소리쳤다.

"모든 신장과 신관들은 구멍 난 곳으로 모이시오."

# 開壁 3上

**초판 1쇄 인쇄** 2025년 01월 09일
**초판 1쇄 발행** 2025년 01월 15일
**지은이** 박모은

**펴낸이** 김양수
**책임편집** 이정은
**교정교열** 연유나

**펴낸곳** 도서출판 맑은샘
**출판등록** 제2012-000035
**주소** 경기도 고양시 일산서구 중앙로 1456 서현프라자 604호
**전화** 031) 906-5006
**팩스** 031) 906-5079
**홈페이지** www.booksam.kr
**블로그** http://blog.naver.com/okbook1234
**페이스북** facebook.com/booksam.kr
**이메일** okbook1234@naver.com

**ISBN** 979-11-5778-681-7 (04800)
　　　 979-11-5778-650-3 (SET)